KB262151

율리시안 대륙 전도
그랑디 산맥
마의 해역
마의 해역
랑케
트로니아
인타
타키온
갈라파고 군도
발키아
발트
라인란드 군도
베링
젠다
푸룽
로센
미크
팔랑가스
아센
크리타스
N
군신 The God of War
양병헌 판타지 장편 소설
FANTASY FRONTIER SPIRIT

군신
The God of War
양병현 판타지 장편 소설
FANTASY FRONTIER SPIRIT

# 군신 5

## 양병현 판타지 장편 소설

초판 1쇄 찍은 날 § 2008년 4월 4일
초판 1쇄 펴낸 날 § 2008년 4월 14일

지은이 § 양병현
펴낸이 § 서경석

편집장 § 문혜영
편집책임 § 조수희

펴낸곳 § 도서출판 청어람
등록번호 § 제1081-1-89호
등록일자 § 1999. 5. 31
어람번호 § 제1-0960호

주소 § 경기도 부천시 원미구 심곡1동 350-1 남성B/D 3F (우) 420-011
전화 § 032-656-4452 팩스 § 032-656-4453
http://www.chungeoram.com
E-mail § eoram99@chollian.net



ISBN 978-89-251-1266-4 04810
ISBN 978-89-251-1110-0 (세트)

군신

The God of War

양병현 판타지 장편 소설
FANTASY FRONTIER SPIRIT

5

[완결]

도서출판 청어람

# contents

# The God of War

## CHAPTER 01

### 루카스의 반격(反擊)

The God of War

베링 중부의 드실바 성.

루카스와 마리오, 그리고 맥그리가 자리를 같이했다. 팔이 잘린 사단장 베베토는 당분간 요양을 필요로 할 만큼 부상이 심해 안전한 후방으로 이송시켰다. 그만큼 타키온 제국군과 치열한 전투를 전개했다.

"소장이 무능해 큰 패배를 당했습니다. 어떤 처벌인들 달게 받겠습니다."

파리한 안색의 맥그리가 고개를 푹 떨어뜨렸다.

"승패는 군을 지휘하는 장수라면 피할 수 없는 운명, 너무 자책하지 마시오. 타키온이 건재하니 오늘의 치욕을 만회할 날이 곳 올 거요."

상황이 상황인지라 견책보다는 위로가 필요한 시점이다.

"변명은 아니지만 이번에 겪고 보니 다이얀이란 놈어 보통이 아니더군요. 심리전에도 무척 능한 자입니다."

"험험, 맥그리 장군의 말이 맞습니다. 아군의 심리적 상태를 십분 활용해 트로니아의 2개 군단을 대파했으니 말입니다. 아군에게 있어 가장 골치 아픈 자입니다."

"전 아직 이해를 못하겠습니다. 어떻게 동시에 세 명의 다이얀이 나타날 수 있는지 말입니다."

"분명 다이얀 본인임을 확인했소?"

"얼굴을 직접 보진 못했지만, 그를 상징하는 문양은 분명 확인했습니다."

문양은 가문과 자신의 신분을 표시하는 상징이다.

"으음."

곤혹스러운 표정을 짓는 루카스. 다이얀의 계략을 이미 간파하고 있지만, 문제는 그에 대한 아군 장군들의 두려움이 사태를 제대로 파악하지 못하게 하고 있었다.

"험, 험, 그것이 다이얀의 무서운 점이지요."

마리오가 루카스를 대신해 현재까지의 정보를 근거로 한 타키온 군의 움직임을 설명하기 시작했다.

알려지기로 다이얀은 웨든주의 얏탄 성에 입성했다 곧 판손 협곡으로 향하고 있다고 했다. 트로니아 군 장수들의 오해는 여기서부터 시작되었다.

무슨 이유에서인지 몰라도, 실제 다이얀은 전혀 움직이질 않고 있었다. 특수부대의 데릭이 얼마 전 확인한 정보에 의하면 그는 얏탄 성의 모처에 머무르고 있는 것으로 보고되었다.

다이얀은 자신과 비슷한 대역 인물을 만들어 대중 앞에 내세웠다. 그는 트로니아의 2군 1군단을 간단히 격파함으로 트로니아 군이 자신을 굉장히 부담스러워할 것이라 여겼다.

실제로 네이팜 군단장의 전사 소식이 알려지자 트로니아 군은 일체의 행동을 멈추었다.

다이얀은 로렌스의 봉기군을 이용해 솔론 성을 포위하는 척 위장했다. 물론 가짜 다이얀으로 하여금 그 봉기군을 이끌게 했다.

다이얀은 타키온 군이 솔론 성을 포위할 거라는 정보가 흘러들어 가면, 트로니아의 원군이 반드시 솔론 성을 구원하기 위해 출병할 것을 확신했다.

왜냐하면 자신이라도 웨든주에서의 교두보인 솔론 성을 포기할 수 없었기 때문이다.

그럴 경우, 원군은 거리상으로나 1군단을 구원한 역학적 관계를 고려할 때, 드실바 성의 3군단이 움직일 가능성이 가장 클 것으로 생각했다.

믿기 어렵겠지만, 루카스는 다이얀의 의중대로 군을 움직였고, 3군단은 궤멸 일보 직전에 몰리게 되었다.

드실바 성의 3군단을 잡게 되면 고립무원의 처지에 빠지는 솔론 성의 1군단 잔여 병력은 자연스럽게 발키아주로 후퇴할 것이다.

다이얀은 간단히 웨든주를 포함해 베링의 중부 이남에 대한 타키온의 방어선을 강화할 수 있다. 그런 연후 웨든주에 병탄이 마무리되면 이빨 빠진 늙은 개 베링은 별문제가 안 된다.

그의 작전은 완벽하게 성사되는 듯했다. 트로니아 최고의 군사 루카스도, 맹장 맥그리도 다이얀의 의중대로 움직였다.

하지만 신이 아닌 이상 인간의 계획이 모두 다 들어맞을 순 없다.

다이얀은 군사 루카스가 직접 병력을 이끌고 참전할 줄 몰랐다. 그것도 예상을 뒤엎는 빠른 속도로 말이다. 다이얀은 발라크 지역의 타키온 군을 대비해야 하기 때문에 루카스가 발키아주에 발이 묶일 줄 알았다.

그가 예상치 못한 결정적인 부분은 솔론 성에서 발생했다. 가짜 다이얀을 앞세워 솔론 성에 있는 1군단 잔여 병력의 발을 묶는 데 성공했다.

"험험, 그때 예상치 못한 일이 발생했지요."

"예? 제가 보기에 완벽한 작전으로 보이는데 예상치 못한 일이라니요?"

맥그리가 궁금한 기색으로 질문을 던졌다.

"헤헤, 저는 이번에 호부(虎父) 밑에 견자(犬子)없다는 말을 실감했지요."

"무슨 뜻인지?"

"헤헤, 네이팜 군단장의 아들인 헤인세 장군이 다이얀의 계략을 무너뜨렸지요."

솔론 성에 있던 헤인세는 자세히 적정을 살피다 타키온 군의 행동이 무언가 수상하다는 것을 발견했다. 병사들의 움직임이 그가 알고 들어왔던 타키온 군이 아니었다.

다른 장군들에게 자신의 의견을 들려준 헤인세. 다른 장수들이 다이얀이 주는 두려움에 주저할 때, 과감히 휘하 부대를 이끌고 성을 포위하고 있는 타키온 군과 전투를 벌였다. 예상대로 타키온 군은 상대가 되질 않았다.

"포로를 심문한 끝에 다이얀의 음모를 깨닫게 되었지요. 이들이 다이얀이 파견한 봉기군 세력이라는 걸 말입니다."

"아, 그런 일이 있었군요."

루카스는 솔론 성으로 향하다 헤인세의 보고를 받고 곧 방향을 틀어 맥그리의 3군단에 대한 구원에 나섰다.

"헤헤, 물론 내가 설명한 내용이 다이얀에게 직접 들은 것은 아니니 오해하진 마십쇼."

마리오의 마지막 말에 맥그리와 루카스가 참지 못하고 웃음을 터뜨렸다.

"마리오 경, 언제 이 사실을 직접 확인하겠소?"

"헤헤, 글쎄요. 살아생전 그럴 기회가 올지 모르겠습니다."

"곧 올 거요. 도리어 다이얀이 그때까지 살아 있을지, 그것이 의문이구려."

자신감에 가득 찬 루카스의 말을 듣자 왠지 모르게 자신감이 샘솟는 마리오와 루카스. 루카스와 같은 정신적 지주가 트로니아 군부에 있다는 사실에 마음이 든든해졌다.

"직접 보진 않았지만, 마리오 경의 말에 큰 차이가 없을 것이오. 사기를 떨어뜨리며 베링을 도모하려 했던 모양인데, 한 젊은이의 과감한 행동에 수포로 돌아갔으니. 하하, 아마 지금쯤 무척 속이 쓰릴 것이오."

"헤헤, 맞습니다, 군사님. 뭐, 이런 게 우리네 인생이 아니겠습니까."

"하하하, 마리오 경의 말이 맞소. 하하하하!"

오랜만에 크게 웃는 모습을 보여주는 루카스. 마리오와 맥 그리는 사람 같아 보이지 않던 그에게서 인간적인 일면을 느끼며 친근감이 뭉클 솟아났다.

"네이팜 장군께서 그렇게 칭찬이 자자하더니. 큰 공을 세웠군요."

"맥그리 장군 말대로 큰 공을 세웠소. 차세대 지도자감으로 전혀 손색이 없소이다."

"군사님, 그나저나 향후 아군은 어떻게 행동을 해야 합니까?"

"이번 일로 다이얀도 더 이상 무리하게 움직이지 않을 것이오. 장기전으로 갈 가능성이 커 보이니, 우리가 다이얀을 괴롭힐 시기가 왔소이다."

눈빛을 반짝이며 묘한 미소를 머금는 루카스.

그의 예상대로 삼국은 별다른 움직임을 보이지 않고 소강 상태를 유지했다.

그사이 다이얀을 상대하기 위한 비책을 마련한 루카스는 서둘러 팰트란이 있는 코린트로 향했다. 그는 황제의 재가가 떨어지면 다이얀을 상대로 화끈한 반격을 가하기로 단단히 결심했다.

*　　　*　　　*

얏탄 성 남부에 있는 전 성주의 별장을 무장한 병사들이 삼엄한 경비를 펼치고 있는 가운데, 별장 회의실에서 다이얀과 타키온 지휘관들이 모여 열띤 대화를 나누고 있었다.

"하아, 옛 성현들이 이르길 일의 성사는 하늘에 있다더니, 다 잡은 고기를 놓쳤을 뿐 아니라 어부마저 상해서 돌아왔네요."

창백한 표정의 다이얀. 최근 무리를 한 듯 얼굴이 전에 비해 많이 상해 있었다.

우측에 앉아 있던 앨프래드가 이 말에 고개를 푹 수그린다.

"아, 앨프래드 장군. 미안합니다. 내 장군을 문책하기 위해 이런 말을 한 것이 아니니 괜한 오해는 마세요."

"이보게, 앨프래드. 너무 자책할 필요없네."

다이얀과 직속상관인 필리프 장군이 위로의 말을 던지자 그제야 머리를 쳐드는 앨프래드. 안색이 썩 밝지 않다.

"어찌 이번 일이 장군의 잘못이겠습니까. 장군은 이미 트로니아의 군단장 네이팜의 목을 벤 큰 공을 세웠지 않습니까.

인간의 한계를 벗어나 발생한 일을 갖고 인간을 탓할 순 없는 노릇이지요. 앞으로 더 분발해서 큰 공을 세워주세요."

"죽을힘을 다해 군사님의 명을 수행하겠습니다."

힘없는 목소리로 자신을 위로하는 다이얀을 보며 앨프래드가 참지 못하고 눈시울을 붉혔다.

유캐슬에서 처음 작전 회의를 거행했을 때에 비해 얼굴이 많이 상해 있었다. 원체 몸이 약하다고 들었는데 그 말이 사실인 모양이었다.

내내 다이얀과 함께 행동했던 필리프 역시 이 광경을 보며 불운한 천재의 운명에 마음이 아파왔다.

"아니 두 분 지금 뭐 하시는 겁니까, 누가 죽기라도 했나요? 하하, 나 다이얀은 아직 건재합니다. 자, 그만 합시다."

다이얀의 농담에 억지로 신색을 회복한 두 사람. 한동안 침묵이 회의실을 감싸는 것은 어쩌지 못했다.

잘나가던 작전이 한순간에 틀어지자 기대가 컸던 만큼 실망도 크게 느껴진다.

"실망하지 마세요. 이제부터가 더 중요합니다. 특히 두 분의 역할이 대국을 좌지우지하게 될 겁니다."

"하명만 내리십쇼. 절대 실망시키지 않겠습니다."

"필리프 장군, 우선 휴든 평원에 주둔하고 있는 로렌스의 봉기군에게 경계를 늦추지 말라고 이르세요. 아마 가장 먼저 공격을 받게 될 겁니다."

"베링의 요한슨에게 말입니까?"

"그럴 가능성이 가장 크겠지요. 트로니아가 휴든까지 오긴 어려울 테니 말입니다. 아마 베링은 이번 기회가 웨든주를 회복할 수 있는 마지막 기회라 여길 겁니다."

"그럼 로렌스의 봉기군이 있는 곳에 아군 병력을……."

"아니, 그럴 필욘 없소. 트로니아를 견제하느라 많은 병력을 동원하진 못할 겁니다. 그리고 융베로 장군이 군사 고문으로 그곳에 있으니… 으윽!"

머리가 아픈 듯 얼굴을 일그러뜨리는 다이얀.

"다이얀 군사, 피곤하면 쉬고 내일 다시 회의를 하는 것이 어떻겠소?"

"아닙니다, 필리프 장군."

가볍게 손을 흔들고 다시 말을 잇는 다이얀.

"문제는 역시 트로니아입니다. 루카스 카라티노스가 어떻게 나올지 지금은 저도 감을 잡지 못하겠습니다. 좀 더 상황을 두고 봐야 할 것 같고요, 우선 두 분께 몇 가지 지시를 내리려 합니다."

"예. 말씀하시지요."

"앨프래드 장군은 전처럼 판손 협곡에서 트로니아 군의 준동을 견제해 주세요."

"알겠습니다."

"그리고 필리프 장군께서는 얏탄 성에 대한 방비를 강화하기 바랍니다. 얏탄 성은 웨든주의 거점으로 어떤 일이 있어도 지켜야 할 성입니다."

타키온 군의 도움이 있었다지만, 로렌스의 봉기군 손에 쉽게 함락된 얏탄 성. 베링 내부에 있던 성이라 성 방비가 의외로 허술했다.

"방어가 쉽진 않겠지만 이를 잃으면 큰일… 쿨럭, 쿨럭, 쿨럭, 커윽!"

말을 다 마치지 못하고 격한 기침과 함께 입에서 붉은 선혈을 흘리는 다이얀. 무리한 일정이 결국 그의 건강을 해쳤다.

"군사, 정신을 차리십쇼. 여봐라, 어서 속히 의원을 들라 이르거라."

의원의 약을 먹고 깊은 잠에 빠져든 다이얀.

"휴우, 군사의 건강이 날로 악화되고 있으니 큰일이로구나."

"그러게 말입니다. 빠르게 성장하는 트로니아를 제지하려면 군사께서 어서 건강을 회복해야 하는데 말입니다."

"앨프래드, 그럼 군사 말대로 움직이자고."

"알겠습니다."

두 사람은 의원의 약을 먹고 편히 잠든 다이얀을 보고서야 한숨 놓으며 그 별장을 나섰다.

두 사람이 별장을 떠난 지 얼마 되지 않아 검은 그림자가 별장에서 나와 사라졌다. 별장을 지키던 병사들은 힐끔 스쳐 지나가는 그림자를 보고 큰 새가 지나가려니 여겼을 뿐, 그 그림자가 트로니아의 유명한 특수부대장인 데릭이리라곤 전혀 생각질 못했다.

필리프와 앨프래드는 다이얀의 명대로 움직이기 시작했다. 다행히 트로니아와 베링 양측의 별다른 움직임은 감지되지 않았다.

얼마 전 발트에서 보내준 구호미가 베링 수도 투르손에 도착해 베링 정부가 한숨 놓았다는 소식이 들렸을 뿐이다.

그러나 그것은 표면적인 움직임에 불과했을 뿐이다. 물밑에선 타키온 군이 생각지도 못할 거대한 작전이 진행되고 있었다.

*　　　*　　　*

다이얀이 거동을 못하는 동안, 트로니아의 팰트란은 발트 왕국을 중재자로 베링에게 한 가지 제안을 했다. 베링 입장에선 화가 나 거품을 물고 쓰러질 제안이었지만, 누란지세(累卵之勢)의 위급한 상황에 있는 베링인지라 일언지하에 그 제안을 거절할 수 없었다.

그 구체적인 내용을 살펴보면 팰트란은 베링의 쿠벨 왕에게 지금 트로니아가 점령하고 있는 지역을 트로니아 영토로 인정할 것을 요구했다.

쿠벨 왕은 팰트란의 요구에 화가 치밀어 트로니아의 사신을 단칼에 베어버리려 했다.

만일 베링의 신하들이 만류하지 않고, 인정하는 대신 그 대가로 팰트란이 약속한 내용이 언급되지 않았다면 그 사신은 두 번 다시 트로니아 땅을 밟지 못했을 것이다.

펠트란은 이 요구를 들어주는 대가로 첫 번째, 정식으로 베링에 대한 공격을 멈추겠다는 약속을 천명했다.

두 번째, 베링에게 충분한 식량을 제공하기로 약속했다. 발트의 구호미가 도착했지만, 그 양은 베링 정부가 필요한 양의 극히 일부분에 불과했다. 현 상황에서 구미가 당기는 제안이었다.

세 번째, 베링 정부가 가장 아쉬워하는 부분으로, 웨든주에 있는 타키온 군과 봉기군이 절대 주 경계를 넘어 베링을 공격하지 못하도록 억제할 것을 약속했다.

추가적으로 펠트란은 웨든주에 있는 타키온 군과 봉기군에 대해 트로니아와 베링 양국이 제각기 기량을 발휘해 웨든주를 도모할 수 있다는 것을 약속했다.

쿠벨 왕은 펠트란의 제안에 대해 대신들과 며칠간 심도 있는 회의를 개최했다. 오만 가지 의견이 나왔으나, 이 난국을 타결할 뾰족한 해법은 나오지 않았다. 아니, 나올 수가 없었다. 양 제국과 수준이 다른 상태에서 베링이 선택할 수 있는 범위는 너무 좁았다.

쿠벨 왕은 마지막으로 총사령관 요한슨을 만나 그의 의견을 물었다.

"이런 상황이니 트로니아의 제안을 대번 거절하기도 그렇고, 그렇다고 그대로 받아들이자니 너무 분해 견딜 수가 없구려."

“전하의 고민을 해결하지 못하는 무능한 신하를 용서하여 주십시오.”

“휴우, 어찌 이 일이 경의 잘못이겠소. 경 생각에 트로니아 펠트란 황제의 제안이 어떻소이까?”

“두 마리의 호랑이가 집 안에 들어와 있는 형국입니다. 한 마리도 몰아내기 어려운 판에 둘을 동시에 상대하는 건 불가능하지요.”

요한슨의 말에 쿠벨이 고개를 끄덕였다.

“자력으로 해결 불가능하고, 둘 가운데 하나를 골라야 한다면 소신은 트로니아를 선택하겠습니다.”

“왜 그렇소?”

“트로니아 펠트란 황제의 야심도 만만치 않지만, 트로니아 군이 개입하게 된 데에는 피치 못할 사정도 있었습니다.”

“피치 못할 사정이라니요?”

“로렌스의 봉기군과 타키온 제국이 합세해 베링을 도모하려는데 트로니아가 어찌 가만 보고 있겠습니까. 타키온의 세력 확대는 곧 트로니아의 약화를 의미하는 것인데요.”

“으음.”

“타키온은 불손하게도 민란 세력인 로렌스의 봉기군과 손을 잡고 베링의 국기를 뒤흔든 자들입니다. 그들이 설령 트로니아보다 더 좋은 조건을 내걸어도 그들과 손을 잡아서는 안 된다는 것이 소신의 생각입니다.”

인간이 아무리 편견 없이 사물을 보고 판단하려 해도 인간인 이상 그 굴레를 벗어날 수 없다.

전통적인 맹방 트로니아와 호시탐탐 기회만 엿보던 타키온. 얼마 전 타키온 군에게 비바딘을 비롯해 수많은 수하들을 잃은 요한슨이 타키온에 대해 좋은 감정을 갖고 있을 리 만무했다.

"전하, 소신 생각에 서둘러 트로니아의 제안을 받아들이시고 전력을 다해 웨든주에 대한 공략을 서두르는 것이 좋다고 생각합니다. 트로니아보다 앞서 웨든주를 공략한다면 좋은 결과가 있을 겁니다."

요한슨은 베링의 독자적인 힘으로 이 난국을 타결할 방법이 없는 시점에서 당연히 트로니아의 제안을 받아들이는 것이 좋다고 도리어 적극적으로 쿠벨 왕을 설득했다.

"웨든주 수복은 자신있소?"

"웨든주 이북은 트로니아가 방어해 주기로 황제가 약속을 했으니 저흰 전력을 다해 웨든주를 공략할 수 있습니다. 목숨을 걸고 탈환하도록 하겠습니다."

"으음, 만에 하나 트로니아의 팰트란 황제가 이 약속을 어기고 다시 베링을 공격한다면……."

"소신이 보기에 그럴 가능성은 극히 적습니다. 타키온에 대한 선제공격은 있을지 몰라도, 발트나 베링을 공격하는 일은 없을 겁니다."

"알겠소. 내 장군의 말대로 하겠소."

쿠벨 왕은 결국 팰트란의 제안을 받아들이기로 결정을 내렸다. 양국 사신들이 오가며 신속하게 펠트란과 쿠벨 왕의 협정서에 서명을 받았고, 그날로 트로니아와 베링은 다시 동맹 관계를 회복했다.

쿠벨 왕의 이런 움직임은 제 살을 잘라 적에게 먹이는 어리석은 행위로 보여질 수도 있다. 그러나 이것이 전국시대를 살아가는 약소국의 비애이자 생존을 위한 몸부림이었다.

트로니아와 베링 양국은 약조에 따라 신속히 움직였다. 트로니아는 베링에 대한 식량 원조를 우선 진행했다. 원조 식량이 도달하자 베링은 웨든주를 수복하기 위해 요한슨을 중심으로 각지의 병력을 소집하기 시작했다.

트로니아도 베링과의 동맹 관계가 회복됨에 따라 이제부턴 타키온 제국만을 상대하면 되었다. 심지어 베링과의 협의에 의해 트로니아 군이 베링 영토를 통과해도 좋다는 쿠벨 왕의 약조도 얻어냈다.

루카스는 이 상황을 이용해 거대한 작전 계획을 수립했다. 펠트란을 제외하고 아무도 그의 원대한 계획을 아는 자가 없을 정도로 철저히 보안을 유지했다.

"허어, 하도 기막힌 작전이라 내 할 말이 없구려. 언젠가는 필요한 행동이라 여겼지만……. 이 시점을 활용하리라곤 예상치 못했소."

"목표는 동일하되, 달성 시점은 늘 달라지는 게 지극히 정상입니다. 과히 문제될 건 없어보입니다."

"짧은 시간 그대로 인해 야기될 결과를 생각하니 웃음만

나오는구려. 좋소이다. 그대의 작전을 승인하겠소.”

“고맙습니다, 폐하.”

팰트란은 위기를 기회로 돌리려는 루카스의 작전을 승인했다. 대륙을 또 한 번 흔들 엄청난 작전 계획을 말이다.

*    *    *

다이얀이 깊은 잠에서 깨어난 것은 트로니아와 베링이 비밀리에 동맹 관계를 회복한 그 다음날이었다.

의원이 다이얀의 간과 폐 기능이 크게 나빠졌기 때문에 과로는 금물이라고 신신당부를 한 까닭에, 1로군 사령관 필리프는 가능한 한 큰일이 아니면 다이얀에게 별반 보고를 하지 않았다.

결과적으로 보면 이 조그만 부주의가 타키온과 다이얀에게 회복할 수 없는 타격을 주게 되니, 한 치 앞을 내다보지 못하고 아옹다옹하는 유한한 인간의 한계를 다시 한 번 느끼게 해준다.

짹, 짹짹.

정원에서 작은 새들이 즐겁게 노닐고 있다. 다이얀은 흔들의자 위에서 평화로운 정취를 느끼며 따듯한 햇볕을 쬐고 있었다.

그때 시종 하나가 조용히 문을 두드린 후 조심조심 들어왔다. 다이얀은 미간을 살짝 찌푸리며 고갤 돌렸다. 큰일이 아니면 자신의 휴식을 방해할 이유가 없다는 것을 잘 알고 있었기 때문이다.

"필리프 장군께서 거실에서 기다리고 계십니다."

"그래, 알겠다."

다이얀은 옷매무새를 가다듬고 거실로 향했다. 아니나 다를까 초조한 표정으로 필리프 장군이 다이얀을 기다리고 있었다.

"군사, 쉬고 계신데 죄송합니다. 꼭 드려야 할 보고가 있어 찾아오게 되었네요."

"아닙니다. 이상한 동정이 보이면 바로 저에게 보고하라 했으니 그리 부담 갖지 마세요. 게다가 며칠 정양을 했더니 상태가 많이 좋아졌습니다."

"그럼 몇 가지 현안에 대해 보고를 드리겠습니다. 군사께서 예측한 대로 베링의 요한슨이 어제 휴든 평원에 있는 로렌스의 봉기군을 공격했다 합니다."

"그래요? 으음. 예상은 했었지만 상당히 신속하게 군을 움직였군요. 난 아무리 빨라야 가을 추수가 끝난 이후에나 움직일 줄 알았는데요."

다이얀이 고갤 갸웃거리며 말을 이었다.

"결과는 어떻게 되었나요?"

"군사의 예상이 들어맞았습니다."

요한슨 장군은 트로니아와의 협약에 의해 웨든주에 대한 탈환을 서둘렀다. 그는 가용 병력을 총동원해 투르손을 출발했다.

그는 휴든 평원에 도착하자마자 신속하게 로렌스의 봉기군을 공격했다. 로렌스의 봉기군은 지난번 베링 군을 상대로 큰 승리를 거뒀던 터라, 큰 부담 없이 베링 군을 맞이했다.

그러나 이번 요한슨의 베링 군은 지난번과 판이하게 달랐다. 급조한 병력이라 들었는데 사기와 병사들 훈련이 예상외로 잘되어 있었다.

로렌스는 베링 군과의 두 차례 전투에서 모두 패했다. 다시 한 번 더 패하면 휴든 평원 지역을 상실함은 물론 앗탄 성마저 베링 군의 공격 가시권에 들어오게 될 상황이었다.

그때 타키온의 군사고문 융베로가 로렌스에게 전권을 이양받은 후 휴든 평원 남부에서 요한슨의 베링 군을 크게 격파했다.

베링 군은 앞선 두 차례의 승리가 아무런 의미가 없어졌을 정도로 많은 지휘관들과 병사들이 목숨을 잃었다. 심지어 총사령관 요한슨이 머리에 부상을 입고 후퇴를 할 정도였으니 당시 상황을 보지 않아도 알 만했다.

"전령의 보고에 의하면 베링 군은 이번 패배로 더 이상 봉기군이나 타키온 군을 상대로 전투를 벌일 여력이 없다고 하더군요."

"필리프 장군, 융베로 장군은 앞으로 타키온의 차세대 지휘관으로 성장할 겁니다. 관심을 갖고 잘 돌봐주기 바랍니다."

“허허, 물론이지요. 걱정하지 마십쇼.”

큰일이 생기지 않았을까 생각했는데 단순한 기우로 끝나자 다이얀의 얼굴이 밝아졌다.

“아, 그런데 한 가지 아쉬운 점은 봉기군 역시 기력을 크게 상해 더 이상 북상하기는 어렵다고 합니다.”

“음, 아쉽긴 하지만 어쩔 수 없지요. 그건 그렇고 트로니아 군의 움직임은 어떤가요? 내 생각에는 솔론 성을 기반으로 판손 협곡을 향해 움직일 것 같은데 말입니다.”

“하하하, 절세의 다이얀 군사께서도 예상이 틀릴 때가 있군요. 트로니아 군은 군사께서 정양을 취하는 동안 아무 동향이 감지되지 않고 있습니다. 그들은…….”

“잠깐만요.”

‘트로니아 군이 아무런 움직임을 보이지 않고 있다고?’

다이얀은 순간 정확하진 않지만, 무언가 일이 잘못 돌아가고 있다는 것을 느꼈다.

트로니아 군의 움직임이 없는데 베링의 요한슨이 수도에 있는 전군을 이끌고 봉기군을 공격했다는 것이 이해가 가질 않았다.

“필리프 장군, 트로니아 군의 움직임이 없는데 요한슨이 어떻게 전군을 이끌고 봉기군을 공격할 수 있었을까요?”

“예?”

“수도에 있는 베링 군을 죄다 동원했다는데, 이는 그들이 트로니아 군을 전혀 염두에 두고 있지 않다는 사실을 의미하지요. 트로니아 군도 우리처럼 엄연한 침략군인데 말입니다."

필리프는 다이얀의 말을 듣고서야 자신도 뭔가 일이 이상하게 돌아간다는 것을 깨달았다. 트로니아가 이미 점령하고 있는 엑슨 성이나 드실바 성에서 수도 투르손은 무척 가까운 위치에 있다. 적을 코앞에 두고 베링 군이 무슨 배짱으로 전군을 이끌고 봉기군을 공격했을까.

"말을 듣고 보니 정말 이상하군요."

"필리프 장군. 당장 판손 협곡에 있는 앨프래드 장군에게 전령을 보내도록 하세요. 포진하고 있는 병사들을 이끌고 서둘러 얏탄 성으로 퇴각하라고 말입니다."

"군사, 하지만 판손 협곡을 적에게 내주면 웨든주는 물론 얏탄 성이 적의 공격 가시권에……."

"맞는 말입니다만, 자칫 잘못하면 요충지를 상실함은 물론 그곳에 있는 아군 역시 크게 당할 가능성이 있어 하는 말입니다. 아, 그리고 로렌스의 봉기군에게도 전령을 보내 휴든 평원에서 서서히 얏탄 성 방향으로 퇴각하라 이르세요."

"그럼 웨든주를 포기하는 겁니까?"

"트로니아 군이 정말 움직일 생각이 없다면 그 정도 후퇴는 아무것도 아닙니다. 의문이 가더라도 우선 내 지시대로 움직여 주세요."

"알겠습니다."

필리프는 더 이상 반문하지 않고 다이얀의 지시에 따라 작별 인사를 고하고 거실을 나섰다.

'루카스, 네가 무슨 계략을 꾸미고 있는 것이냐. 정말 승리의 여신이 너와 함께 하고 있단 말이냐.'

다이얀은 시선을 거실 밖으로 돌려 파란 하늘을 가로질러 가는 구름을 보았다.

커다란 자연의 흐름에 따라 천천히 흘러가는 구름과 자연의 아주 작은 일부분인 인간들이 자기 잘났다고 티격태격 대는 모습이 우습게 보였다.

'풋, 나도 구름 너 같았으면 좋겠지만, 이 세상에 그럴 수 있는 사람이 없겠지.'

다이얀은 이내 자신의 현실을 깨닫고는 피식 웃음을 터뜨렸다.


*     *     *


루카스는 다이얀의 거처를 정찰하고 돌아온 데릭의 보고를 통해 소문대로 그의 몸이 무척 불편하다는 것을 다시 한번 확인할 수 있었다.

'후후후, 다이얀. 네가 비록 경천동지(驚天動地)할 재능과 지혜를 지니고 있다 하나 최후의 승자는 내가 될 것이다. 건강한 것도 지휘자의 중요한 덕목 가운데 하나지.'

그에 대한 부담감이 줄어드는 루카스. 한편으로 자신이 이 정도로 다이얀을 의식하고 있었다는 사실에 크게 놀랐다.

“볼튼에 이어 다이얀인가.”

발키아의 볼튼은 지와 용을 적당히 겸비한 장군으로 맹장(猛將)에 가까운 인물이었다.

그가 처한 여건이 트로니아와 대등했거나 우수했다면 상대하기 무척 어려웠을 것이나, 그 당시 발키아는 트로니아의 공세를 막기 불가능한 상태에 있었다.

이런 한계를 갖고 있었던 볼튼이었기에 혼은 났지만, 다이얀과 같은 부담을 주진 않았다.

그러나 다이얀은 트로니아도 무시 못할 타키온 제국이란 거대한 배경을 지니고 있다. 게다가 트로니아 장수들을 여럿 없애며 트로니아 군에게 공포심을 조성하는 것도 성공했다.

'하지만, 너의 행운도 이제는 끝이다.'

트로니아와 베링과의 동맹 조약이 체결되기 전부터 루카스는 타키온 공략을 위한 준비를 서둘렀다.

루카스는 엑슨 성에 주둔하고 있는 2군 2군단장 브랜든 장군에게 투르손을 우회해 남부에 있는 판손 협곡을 향하도록 했다. 베링 정부의 항의가 있었으나, 타키온의 베링 공격을 막기 위해 이동한다는 대의명분 앞에 어쩔 수 없이 자국 영토의 통과를 허용했다. 오래지 않아 협약이 체결됨으로 이 문제는 곧 소멸되었다.

루카스는 또한 드실바 성의 맥그리 장군에게도 3군단 병력을 이끌고 판손 협곡 인근에 주둔토록 명령을 내렸다. 물론 브랜든이나 맥그리 모두 비밀리에 행군을 진행했고, 특수부대를 최대한 활용했다.

트로니아와 베링의 동맹 조약 체결을 모르는 타키온 군은 당연 베링 영토를 통과해 웨든주로 접근하고 있는 트로니아 군의 존재를 알아채지 못했다.

웨든주 공략을 위해 루카스는 브랜든의 2군단 병력 오만, 예비병으로 충원된 맥그리의 3군단 오만, 헤인세를 중심으로 한 1군단 오만 등 총 십오만 명의 병력을 동원했다.

상비병 제도를 운영하며 정기적인 훈련을 시킨 덕에 빠르게 병력을 보충할 수 있었다.


판손 협곡에 주둔하고 있던 1로군 1군단장 앨프래드는 휴든 평원에서 요한슨이 봉기군에게 대패했다는 소식을 듣고 한시름 놓았다. 그가 가장 두려워했던 부분은 트로니아와 베링이 연합군을 형성해 판손 협곡을 공격하는 것이었다.

양국이 동시에 판손 협곡을 노린다면 앨프래드의 병력은 앞뒤로 포위를 당할 것이고, 그 결과는 항복 아니면 괴멸 둘 중 하나일 것이다.

그런 염려를 덜어주기라도 하듯 베링의 요한슨이 대패를 당했다고 한다. 베링의 현재 전력을 감안한다면 베링 군은 더 이상 군사 행동을 일으키기 어렵게 되었다.

'베링이 그 꼴이 났으니, 이제부턴 트로니아만 신경 쓰면 되겠구나.'

앨프래드는 투르손 방면으로 일부의 경계병을 세워두곤

나머지 전군을 서부 방면 쪽으로 배치를 했다.

다음날 새벽, 앨프래드는 부관의 다급한 목소리를 듣고 잠자리에서 일어났다.

'무슨 일이지?'

앨프래드는 침대에서 서둘러 일어나 군장을 갖추고 막사 밖으로 나갔다. 그곳에는 부관과 함께 방금 도착한 듯 먼지로 찌든 척후병이 앨프래드를 기다리고 있었다.

"일찍부터 무슨 일인가?"

"조금 전 도착한 척후병의 보고 내용이 이상해서 장군께 달려왔습니다."

"보고 내용이 이상하다니?"

앨프래드가 의아한 얼굴로 척후병의 얼굴을 바라보았다.

"저희가 척후 활동을 전개하던 중 솔론 성 방향에서 트로니아 병력이 이곳을 향해 진격하고 있는 장면을 발견했습니다."

"뭐야?"

잠이 확 달아나며 앨프래드는 척후병에게 자세한 상황을 물었다. 트로니아 군이 확실하며, 진군 속도와 거리를 감안하면 오늘 정오 무렵 판손 협곡 어귀에 도착할 것 같다고 한다. 문제는 트로니아 군 병력이었다.

척후병의 보고에 의하면 솔론 성에서 다가오는 트로니아 군의 병력이 십만을 헤아린다는 것이다. 앨프래드가 놀라 몇 번을 확인했지만, 그 척후병의 대답은 한결같았다.

앨프래드는 그래도 미련을 버리지 못하고 다른 척후병의 소식을 기다렸으나, 적과 전투를 벌여 전멸을 당했는지 아무도 돌아오는 자가 없었다.

앨프래드는 심각한 고민에 빠졌다. 다이얀 군사는 자신에게 판손 협곡의 사수를 명령했다. 그러나 정말로 트로니아 군 십만이 넘는 대군이 온다면 쉽지 않은 전투가 될 것이다.

앨프래드가 지휘하는 1로군 1군단 병력은 당초 오만 명에서, 로렌스의 봉기군 지원과 두 차례의 전투를 겪으며 삼만 명으로 줄어 있었다.

더욱이 지난번 트로니아의 2군 1군단장인 네이팜이 매복에 걸려 전사를 했기 때문에 동일한 작전을 다시 구사하기도 어려웠다. 작전을 알고 있는 적에게는 아무 소용이 없기 때문이다.

그렇다고 가볍게 철수할 수도 없다. 다이얀 군사의 명령도 명령이지만, 웨든주의 전략적 요충지인 이곳을 쉽게 포기할 수 없었다. 판손 협곡이 적에게 넘어가면 얏탄 성까지 도중에 적당한 방어선이 없다.

즉, 판손 협곡을 적에게 넘겨주면, 그 후 다시 적을 맞이할 곳이 얏탄 성이 된다는 얘기다.

타키온 군 입장에서 부담이 너무 크다. 앨프래드는 진퇴양난의 입장에 빠져들었다. 결정을 빨리 내려야 했으나 쉽게 판단할 문제가 아니었다.

앨프래드는 다이얀에게 급히 전령을 파견하는 한편, 새로운 명령이 하달되기 전까지 판손 협곡을 사수하기로 마음을 굳혔다.

앨프래드는 발 빠르게 타키온 군의 진지를 협곡 위로 올려 배치했다. 병력의 열세 상황에서 누가 보아도 합리적인 위치 선정이 아닐 수 없었다.

힘들게 밑에서 위로 공격을 가할 적군을 물리치기에 이상적이었다. 그래서 대부분은 전략 요충지들이 고지대에 있는 것이 아니겠는가.

전열을 갖춘 지 오래되지 않은 정오 무렵이 되자, 서쪽 방면에서 과연 트로니아 군이 모습을 드러냈다. 척후병의 보고대로 그 규모가 보통이 아니다.

앨프래드는 협곡의 좁은 길을 최대한 활용키로 했다. 그는 대부분의 병사들을 협곡 상면의 양 능선에 배치했다.

이제 기다리기만 하면 된다. 앨프래드는 비록 적병의 규모가 세 배가 넘지만 방어하기에 충분한 승산이 있다고 보았다.

그러나 이런 앨프래드의 생각은 유한한 인간의 생각에 불과했다. 그는 신에 의해 움직이는 존재였지, 그가 모든 대국을 관장하는 신이 아니었다.

"장군, 큰일 났습니다."

속속 협곡 입구에 진지를 구축하는 트로니아 군을 바라보며 하릴없이 삼 일이 지난 이른 아침, 부관이 허둥지둥 달려왔다.

"경거망동하지 말고 차분히 행동해라 내 수차례 일렀거늘 아직도 그 모양이냐."

"죄송합니다, 장군. 하지만 너무 급한 일이 터진지라."

"무슨 일인데 그러느냐?"

"큰일입니다. 지금 트로니아 군이 동부 방면에서 판손 협곡을 향해 접근하고 있습니다. 바로 아군의 코앞까지 이르렀습니다."

"뭐라고?"

일순 앨프래드는 부관의 말을 이해하지 못했다. 분명 자신의 육안으로 조금 전까지 솔론 성 방향에서 온 트로니아 군을 확인했거늘 동부 방면에서 적이 다가오고 있다니, 이 무슨 말이란 말인가.

"너 이놈. 내 몇 번을 얘기했거늘 아직 정신을 차리지 못한 모양이구나. 네놈이 정말……."

"장군, 사실입니다. 저도 경계병의 말을 믿지 못해 직접 두 눈으로 확인을 했습니다. 틀림없는 트로니아 군이었습니다."

부관의 확신에 찬 어조에 앨프래드의 머리가 띵해졌다. 그는 망연자실한 표정으로 부관을 따라 협곡 뒤편으로 가서 동부 방향, 즉 휴든 평원 방향을 바라보았다.

"어억!"

앨프래드의 입에서 다급한 탄성이 터져 나왔다. 부관의 말이 거짓이 아니었다. 그것도 트로니아 군의 소수 단위 부대가 아닌 적어도 사오만을 헤아리는 대군이었다.

"이… 이럴 수가."

앨프래드는 너무 놀라 순간 정신을 수습할 수 없었다. 멍해 있는 앨프래드를 바라보고 있던 부관이 안 되겠다 싶어 앨프래드를 크게 불렀다.

"장군, 어떻게 해야 합니까?"

"……."

부관의 말에 앨프래드는 정신을 차렸지만, 당장 어떻게 대처를 해야 할지 아무 생각도 떠오르지 않았다.

'저들이 어떻게 휴든 평원 방면에서 왔단 말인가. 설마 베링 수도가 트로니아 군에게 점령당했단 말인가.'

베링 영토를 관통해 나타난 트로니아 군의 정체가 도무지 이해가 가지 않았다.

앨프래드는 갖가지 생각을 하면서 병력을 협곡의 최정상으로 몰고 올라갔다. 이곳에서 배수의 진을 칠 생각이었다.

하지만 트로니아 군은 앨프래드의 행동을 예상하고 있었다는 듯, 전혀 개의치 않고 앞뒤에서 협곡을 물샐 틈 없이 포위했다. 물경 십오만에 달하는 트로니아 군이 삼만의 타키온 군을 꽁꽁 에워싼 것이다.

트로니아 군진지, 루카스는 앨프래드의 행동을 느긋하게 지켜보며 옆에 있는 헤인세에게 말을 건넸다.

"헤인세, 조만간 부친의 복수를 할 수 있을 것이네."

"감사합니다, 군사님."

루카스의 말에 눈시울을 붉히며 헤인세는 협곡의 정상에 진을 구축하는 타키온 군을 노려보았다. 젊은 장군치고 중후한 성격에 그 재질이 뛰어났으나, 눈앞에 부친을 죽인 원수가 있다는 사실에 분노를 참을 수가 없는 그였다.

"진정하게. 적장은 이미 내 손안에 있는 것이나 다름없으니 가만 옆에서 지켜보다 마지막에 손을 쓰면 될 거네."

루카스가 헤인세의 어깨를 두드리며 위로를 해주었다. 그 때 데릭이 갑자기 루카스 앞에 모습을 드러냈다. 헤인세는 슬픔과 분노가 교차하는 가운데, 붉은 눈동자를 지닌 특수부대장 데릭의 출현에 큰 호기심을 느꼈다.

"어쩐 일인가?"

"적 전령을 잡았습니다."

"그런가, 수고했다."

루카스이 칭찬과 동시에 서신을 건네주고 바로 사라지는 데릭.

"참으로 놀라운 술법입니다."

소리없이 나타났다 소리없이 사라지는 데릭의 모습에, 헤인세가 젊은이의 호기심을 이기지 못하고 크게 감탄했다.

"흐흠. 다이얀의 심정이 어떤지 볼까."

루카스가 혼잣말로 중얼거리며 서신을 읽어 내려갔다. 발신인은 1로군 사령관 필리프 장군이었고, 수신인은 현재 궁지에 몰려있는 엘프래드 장군이었다.

"하하하, 다이얀이 한발 늦었구나."

루카스는 서신을 읽으며 큰 웃음이 절로 터져 나왔다. 이미 상황이 끝이 났는데 이 서신이 무슨 소용이 있단 말인가.

다른 한편, 다이얀이란 자에 대해 새삼스레 경탄이 절로 일었다. 자신이 생각하고 있는 것을 다이얀 역시 정확히 꿰뚫어보고 있었다. 만일 그가 병상에 있지 않았다면? 다시 한 번 모골이 송연해지는 루카스였다.

'다이얀, 신은 내 편에 있는 듯하구나.'

인간이 아무리 뛰어나도 신의 도움 없이 일을 성사시키기 어렵다는 사실을 여러 차례 몸소 체험한 루카스인지라 이번 작전의 성공을 확신했다.

"자, 그럼 앨프래드를 사냥해 볼까."

루카스는 병사들에게 미리 일러준 대로 작전을 시행하라 지시를 하달했다. 판손 협곡을 중심으로 트로니아 군이 준비해 온 물건들을 협곡 출입구에 내려놓기 시작했다. 모습을 보아하니 축축이 젖은 나뭇가지와 토막들이었다.

앨프래드는 판손 협곡 위에서 트로니아 군의 동향을 살펴보다 깜짝 놀랐다. 트로니아 군이 무슨 생각을 하고 있는지 감을 잡았다. 밑에서 불을 질러 자신들을 고사(枯死)시키려는 화공이었다.

앨프래드는 서둘러 1사단에 명령을 내려 트로니아 군의 움직임을 저지하라 지시했다. 큰 효과는 없겠지만 시간을 벌어보자는 생각이었다.

1사단 병력이 협곡 아래의 트로니아 군을 향해 기습 공격을 감행했지만, 미리 준비하고 대비한 트로니아 군에 의해 가볍게 격퇴되었다.

트로니아 군은 타키온 군의 공격을 막아내기만 할 뿐, 추격을 하거나 전선을 확대하지는 않았다. 이미 다 잡은 토끼를 두고 무리할 필요는 전혀 없었다.

타키온 군은 여러 차례 공격을 가했으나, 응전을 피하며 방어하는 트로니아 군에 의해 당초 기대했던 효과를 끌어내지 못하고 철수할 수밖에 없었다.

루카스는 화공 준비가 다 끝나자 의례적으로 사자를 보내 앨프래드의 항복을 권했다. 화공이 시작되면 많은 사상자가 발생할 수 있으니 지금 항복하라는 내용이 전달되었다.

"하하하, 사자는 내 말을 루카스에게 그대로 전하거라. 우리 타키온의 정병은 발키아의 나약한 병사들과 차원이 다르다고 말이다. 내 직접 루카스 그놈의 목을 베려 하니 잘 씻고 기다리고 있으라 하거라."

앨프래드의 답변을 전해들은 루카스는 말없이 가벼운 미소를 띠었다. 수많은 생명을 해치는 것이 달갑지는 않지만 대국을 위해 다른 방법이 없었다. 이곳에서 시간을 많이 소비할 수도, 그렇다고 적을 그냥 놓아줄 수도 없었다.

'나를 원망하지 말거라.'

"자, 준비한 나무에 불을 붙여라."

루카스의 명령에 따라 트로니아 병사들이 협곡 하단에 쌓아놓은 나무에 불을 붙였다. 젖은 나무들이라 불이 붙는데 비교적 시간이 걸렸지만, 일단 불이 붙자 활활 잘 타오르기 시작했다.

처음 루카스가 젖은 나무를 준비하라 했을 때 제장들은 그의 뜻을 이해하지 못했다. 젖은 나무는 연기가 무성할 뿐 아니라 불이 잘 붙지 않기 때문이다.

그런데 막상 젖은 나무에 불을 붙이고, 그 연기가 협곡 위에 있는 타키온 군을 향해 몰려가자, 그들은 그제야 루카스의 의도를 깨닫고 감탄을 금치 못했다.

트로니아 군 지휘관들은 안전한 지역까지 협곡을 오른 후 화살 부대를 근거리에 배치했다. 잠시 후 타키온 군이 연기로 인한 질식 상태를 참지 못하고 내려올 것이 분명했다. 그리고 그 예상은 한 치의 오차도 없이 실현되었다.

앨프래드는 바람을 타고 밀려오는 연기에 크게 당황했다. 나무토막을 준비하기에 화공을 시도하리라는 것은 예상했지만, 암석이 즐비한 판손 협곡이라 그리 큰 피해를 받으리라곤 생각지 못했다.

그런데 막상 뚜껑을 열어보니 여태껏 들어보지 못한 희한한 방법으로 자신들을 공격하는 것이 아닌가.

처음에는 견딜 만했다. 그러나 계속해서 연기가 밀려오자 타키온 병사들이 크게 괴로워하며 눈물, 콧물을 마구 흘려대기 시작했다.

"콜록, 콜록. 장군, 대책을 세워야지 이대로는 큰일 나겠습니다."

부관의 말에 연신 기침을 하던 앨프래드가 주위를 돌아보았다. 부관 말대로 가만있다가는 자멸하는 것이 틀림없을 것

같았다.

'안 되겠구나.'

"부관, 전군 공격 준비를 시켜라."

앨프래드의 명령이 떨어지자 타키온 병사들이 부산히 전투 준비를 마쳤다. 앨프래드는 그들을 이끌고 협곡을 내려와 트로니아 군을 향해 진격했다.

"전원 공격하라."

와~ 하는 함성과 함께 뿌연 연기를 뚫고 타키온 군이 트로니아 군을 향해 돌격하기 시작했다.

짙은 연기로 인해 앞이 보이지 않는 상황이었지만, 타키온 군으로서는 이판사판이었다. 가만히 앉아 개죽음을 당하느니 한 명이라도 더 많은 적을 죽이자는 것이 앨프래드의 생각이었다.

타키온 군이 큰 함성을 내지르며 트로니아 군 진영을 향해 돌격을 감행했지만, 짙은 연기 밖에서 타키온 군을 기다리고 있는 트로니아 군은 이런 타키온 군의 움직임을 자세히 지켜보고 있었다.

"발사하라! 발사하라!"

전방에 배치한 화살 부대의 공격이 타키온 군에게 가해졌다. 근거리에서 다수의 목표를 향해 발사하는 화살 공격은 무섭기 그지없었다.

휘익! 휘익! 휘익!

푸욱! 푸욱! 퍼억!

"커억!"

무서운 파공성과 함께 화살이 타키온 병사들의 몸을 파고 들었다. 하늘 높이 치솟았다 가속이 붙은 채 떨어지는 화살에 일반 갑옷은 물론, 방패마저 여기저기 구멍이 뚫리며 주인의 목숨을 보호해 주지 못했다.

보이지 않는 곳에서 날아와 정확히 타키온 군의 목숨을 앗아가는 공격에 목불인견의 참상이 벌어졌다.

앨프래드는 자신이 직접 병사들을 독려하며 몇 차례 적진 근처까지 돌격했지만, 그때마다 수많은 부하들의 시신만 남겨놓은 채 후퇴하지 않을 수 없었다.

앨프래드에게 답답한 시간은 계속되었다. 협곡 위로 다시 올라간들 그곳 역시 안전한 곳이 아니었다. 현 상황에서 유일한 방법은 한쪽 포위망을 뚫고 협곡을 벗어나는 것이다.

"타키온의 병사들아! 우리들이 물러설 곳은 없다! 후퇴해도 죽음만이 우리를 기다릴 뿐이다! 그럴 바에 한 명의 적이라도 더 죽이도록 하자! 자, 돌격하라!"

앨프래드가 큰 목소리로 병사들에게 소리친 후 앞장서서 트로니아 군을 향해 돌진했다.

다시 타키온 군이 비 오듯 쏟아지는 화살을 맞아가며 트로니아 군을 향해 공격을 감행했다. 한여름 날, 죽을 줄 알면서 불을 향해 달려드는 불나방처럼 타키온 군은 무모한 진격을 펼치다 속절없이 죽어갔다. 몇몇 병사가 적진에 도착하는 행운을 누렸지만, 이들을 기다리고 있는 것은 트로니아 군 병사들이 힘있게 내지르는 창날이었다.

"공격하라! 공격하라!"

잠시 후 기력을 상실한 타키온 군을 향해 진격하라는 지휘관들의 명령이 각 병사들에게 하달되었다. 트로니아의 창병이 전면으로 나서며 기력이 쇠한 타키온 군을 공격하기 시작했다.

연기에 질식되고, 몇 차례 협곡을 오르내리느라 기력이 쇠잔해진 타키온 군은 트로니아 병사들의 일방적인 공격을 받고 무참히 죽어갔다.

군단장 앨프래드 역시 몸 여기저기에 상처를 입어 붉은 피를 흘리고 있었다. 병사들의 상황을 바라보니 자신과 크게 다를 바 없었다.

'아, 이제 끝이구나. 더 이상의 희생은 이제 아무 의미가 없다.'

처연한 표정을 짓던 앨프래드, 큰 소리로 부관을 불렀다.

"콜록, 콜록. 장군, 부르셨습니까."

"부관, 수고가 많았다. 지금부터 내가 하는 말을 잘 듣고 시행에 옮기기 바란다. 이건 분명한 나의 명령이니 반드시 집행하도록 해라. 알겠느냐?"

"알겠습니다, 장군."

심각한 명령에 자신도 모르게 큰 소리로 대답하는 부관.

앨프래드는 엄숙한 신색으로 부관에게 최후의 명령을 내렸다. 앨프래드의 말이 계속될수록 부관의 표정이 점점 일그러졌다. 그리고 끝내 울음을 참지 못했다.

앨프래드는 울고 있는 부관의 등을 가볍게 두드려 주고는 인적이 드문 조용한 곳을 물색했다.

십만 이상이 어울려 전투를 벌인 것치고, 판손 협곡에서의 전투는 아주 싱겁게 끝났다.

1로군 1군단장 앨프래드 장군은 타키온의 장군답게 스스로 목숨을 끊었다. 네이팜처럼 그 역시 한 치 앞의 상황을 예측하지 못하는 무장의 운명을 벗어나지 못했다.

앨프래드는 부관에게 자신이 죽거든 지체말고 트로니아 군에게 투항을 하라 지시를 내렸다. 타키온 군의 입장에서 이 위기를 모면하기 위한 다른 방법은 없었다. 그냥 앉아서 죽거나 투항하거나, 단 두 가지 방법이 놓여 있을 뿐이었다.

앨프래드 본인은 스스로 목숨을 내놓음으로 타키온에 대한 충성을 바쳤지만, 더 이상 일반 병사들이 허무하게 생을 마감하는 것을 바라지 않았다.

뒤늦게 앨프래드의 자결 소식을 들은 헤인세는 직접 원수를 갚지 못해 아쉬운 마음이 들었지만, 제국의 무장으로서 명예로운 죽음을 택한 앨프래드에게 경의를 보냈다.

그는 루카스의 허락을 받은 후, 타키온 군 포로들이 지켜보는 가운데 정중하게 화장을 치뤄 앨프래드의 명예를 지켜주었다.

# The God of War

CHAPTER 02

지략 VS 지략

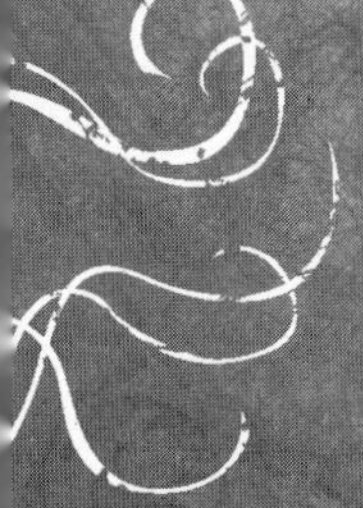

The God
of War

판손 협곡에 있던 앨프래드의 1로군 1군단 삼만 명은 이날 전투로 완전 괴멸이라는 처절한 상황을 맞이했다. 사상자가 이만오천에 달했으니 그 참상을 보지 않아도 잘 알 수 있었다.

나머지 병사들 가운데 극히 일부가 탈출하는 데 성공했을 뿐 나머지 병사들은 모두 트로니아 군의 포로가 되었다.

판손 협곡에서 타키온 군을 상대로 한 대승은 트로니아 군 입장에서 매우 큰 의미를 지니고 있었다.

과거 감히 올려다볼 수도 없었던 타키온, 유일한 왕자를 볼모로 보내야 할 정도로 역학 관계가 뚜렷했던 타키온, 다이얀이란 귀신같은 군사가 존재하고 있는 타키온, 이런 강국 타키온을 상대로 승리를 거둔 것이다.

루카스는 다음날 시간을 지체하지 않고 3군의 맥그리로 하여금 신속히 병력을 이끌고 휴든 평원으로 향하게 했다.

그는 맥그리에게 두 가지 명령을 내렸다. 봉기군을 지원하기 위해 얏탄 성을 나선 1로군 2군단장 드러프스의 부대를 공격하라는 것이 하나요, 연후 봉기군을 격파하라는 것이 두 번째 명령이었다.

특수부대장 데릭에게는 특수부대원들을 총동원하여 웨든 주 각 마을과 도시를 다니며 로렌스의 봉기군에 대한 반간계 작전을 지시했다.

반간계 작전은 간단했다. 로렌스가 당초의 순수한 마음을 버리고 타키온과 결탁하여 베링을 팔아넘긴 매국노라는 것이다. 그리고 그 실례로 봉기군과 함께 연합작전을 펼치고 있는 타키온 군의 예를 들었다.

이 작전이 성공한다면 주민들의 이반 현상은 물론 더 이상 봉기군에 가담하려는 주민들이 없을 것이다. 그리고 그 결과는 얏탄 성에 있는 타키온 군의 고립을 초래할 것이다.

루카스는 전장을 정리한 후 친히 십만 명의 대군을 이끌고 다이얀이 머무르고 있는 얏탄 성으로 향했다.

바야흐로 불세출의 두 기재, 루카스와 다이얀이 처음으로 직접 대결을 벌이게 되었다.

*　　　　*　　　　*

얏탄 성에 있던 필리프는 판손 협곡을 천행으로 탈출한 패잔병의 입을 통해 앨프래드의 1군단이 궤멸 당했다는 사실을 알았다.

그는 앨프래드의 전사를 슬퍼할 틈도 없이 두 가지 좋지 않은 소식을 듣게 되었다.

하나는 휴든 평원에 있는 로렌스의 봉기군을 지원하기 위해 출병했던 드러프스의 2군단이 맥그리의 매복 공격을 받아 대패했다는 소식이고, 다른 하나는 트로니아 군 선발대가 얏탄 성 외곽에 이르렀다는 소식이었다.

몸이 불편한 다이얀을 대신해 가급적 자신의 선에서 일을 해결하려던 필리프는 어쩔 수 없이 다이얀을 찾지 않을 수 없었다.

"허어, 한발 늦었나 보네요."

처연한 신색으로 침상에서 일어나 거실 탁자에 앉은 다이얀. 아직 얼굴에 병색이 가득했다.

"반평생을 같이 한 앨프래드가 전사했습니다. 유능한 장군이었는데, 아깝게 되었습니다."

"전쟁터에서 생과 사는 무장의 운명. 야속하게 들릴지 모르지만, 너무 슬퍼할 필요없습니다."

세속을 초월했을까. 뭔가 일반 사람들과 다른 모습을 보이는 다이얀이었다.

"지금은 죽은 자를 염려하기보다는 살아 있는 우리들이 어

떤 방법으로 생존해야 할지를 강구하는 것이 무엇보다 중요
합니다."

필리프는 다이얀의 말이 야속하게 느껴졌지만 입으로 표
현하진 않았다. 그의 말 가운데 틀린 점이 하나도 없었기 때
문이다.

"군사, 그나저나 현 상황이 매우 위급합니다. 척후병의 보
고에 의하면 트로니아 군은 루카스 카라티노스가 직접 병사
들을 이끌고 있다 합니다. 이미 선발대가 얏탄 성 북서부 지
역에 모습을 드러냈다고 하고요."

"루카스가 직접 지휘 한다고요? 하하, 이 다야인을 너무 과
하게 대해주는군요."

'나를 고립시킨 후 내 목숨을 앗아가겠단 생각이겠지.'

"으음. 장군, 아군의 상황은 어떤가요?"

"얏탄 성에 오만 병력이 있습니다. 드러프스의 잔여 병력
은 그대로 국경을 넘어 타키온으로 퇴각한다는 소식이 전해
졌으니 합류가 불가능하고요."

"그럼 결국 얏탄 성 오만 병력이 다란 말이군요."

"그렇습니다."

"트로니아 군의 상황은요?"

"대략 십만 전후로 알려져 있습니다."

"십만 전후라. 으음, 오늘 장군의 보고로 한 가지는 확실해
졌네요. 트로니아와 베링이 모종의 밀약을 체결했다는 것을
요."

“양국이 밀약 체결을요?”

“예. 그렇지 않다면 트로니아 군이 어떻게 판손 협곡까지 아군의 감시망을 피해 접근할 수 있겠습니까.”

“그… 그놈들이.”

다이얀의 말에 필리프는 눈앞이 캄캄해졌다. 자칫 잘못하면 타키온 군은 트로니아와 베링 양군의 협공을 받을 수도 있다. 더욱이 이곳 얏탄 성은 타키온이 아닌 베링의 영토였다.

“군사, 그리고 좋지 않은 소식이 하나 더 있습니다.”

“좋지 않은 소식이라니요?”

“웨든주에 로렌스의 봉기군에 대한 지역민들의 반감이 높아져 가고 있답니다. 이곳 얏탄 성에서도 몇몇 불순분자들을 색출해 처형을 했지만 다른 지역에선 이런 현상이 무척 심한 모양입니다.”

필리프는 얼마 전부터 급격히 심해지는 지역민들의 봉기군에 대한 적대감을 상세히 설명했다.

“하하하, 루카스, 이 사람이 선이 굵은 줄 알았더니 사갈보다 더 무서운 계략도 쓰네요. 대단하네요.”

대번 루카스의 반간계를 간파하고 웃음을 터뜨리는 다이얀.

필리프도 그제야 어떻게 된 연유인지 알고 이를 뿌득 갈았다. 그러나 그들에겐 방법이 없었다. 알면서도 당할 수밖에 없는 자신들의 처지가 더 마음을 답답하게 만들었다.

“다이얀 군사, 우선 얏탄 성을 벗어나는 것이 어떨까 싶습니다. 지금 성을 나서면 무사히 타키온 국경을 넘을 수 있으리라 보는데 말입니다.”

“필리프 장군, 루카스가 그런 예상을 못하겠습니까. 다시 한 번 확인해 보세요. 보나마나 트로니아 군이 이미 아군의 퇴각로를 다 봉쇄하고 있을 겁니다.”

“서… 설마.”

“장군, 그것보다는 전령을 몰트케 사령관에게 보내 트로니아 군의 움직임을 예의 주시하라고 일러주세요. 나를 노리는 것치곤 규모가 너무 커요. 뭔가 다른 계략을 꾸미고 있는 느낌이 드네요.”

다이얀은 두통이 이는 듯, 왼쪽 이마를 지긋 손가락으로 눌렀다.

“군사, 그렇다면 우린 어떻게…….”

“우리요? 당분간 우린 여기서 루카스가 어떻게 움직이는지 잘 보도록 해야지요. 아, 피곤하네요.”

다이얀은 필리프를 보고 빙긋 힘없는 미소를 보내곤 두 눈을 감았다.

필리프는 이 모습을 보고 속으로 깊은 한숨을 몰아쉬었다. 다이얀의 행동이 전혀 이해가 가지 않았다. 필리프 자신이 삶을 탐내는 소인은 아니었다. 그러나 자신이 보기에 얏탄 성에 웅크리고 있는 것은 자살 행위와 다를 바 없었다. 가만있다가는 앨프래드와 같은 꼴을 당할 것이다.

그런데 저 다이얀이라는 천재 군사의 행동을 보니 아무 일

없다는 듯 행동하지 않는가. 필리프는 아무리 생각해도 이해가 가지 않는다는 듯 고개를 갸웃거리며 별장을 나섰다.

하늘은 청명한 게 인간들 세상과는 아무 관계가 없다는 듯 고요하기만 했다. 하늘 저편으로 날아가는 기러기 떼가 그렇지 않아도 울적한 필리프의 마음을 흔들어놓았다.

"허허, 앨프래드, 내가 자넬 만날 날이 그리 멀지 않을 것 같다는 예감이 강하게 드는구먼. 허허허."

*　　　*　　　*

다이얀이 미적미적거리는 동안 예상대로 루카스의 대군이 얏탄 성 외곽에 모습을 드러냈다. 루카스는 지구전을 펼치려는 듯 바로 공성을 전개하지 않고 성문 앞에 견고한 진지를 구축하기 시작했다.

필리프가 몇 번 성문을 열고 출진해 진지를 구축하고 있는 트로니아 군을 공격했다. 하지만 이미 예상하고 반격을 가하는 트로니아 군에 의해 아무 소득 없이 격퇴당했다.

필리프는 결국 발만 동동 구르며 자신의 눈앞에서 견고한 진지가 구축되는 모습을 지켜보아야 했다.

물샐틈없는 포위망이 구축되자 루카스는 얏탄 성에 사자를 보내 즉각적인 항복을 요구했다. 필리프는 분기탱천(憤氣天)해 그 사자를 당장 베어버리고 싶었으나 그런 행동이 타키온 군에게 조금의 도움도 되지 않는다는 사실을 잘 알고 있는

지라, 생각할 시간을 달라고 요구한 후 사자를 돌려보냈다.

루카스는 절대 서두르지 않았다. 얏탄 성은 완전히 그의 손아귀에 놓인 성이 되었다.

"어서들 오시오."

얏탄 성을 포위하고 있는 2군 1군단과 2군단 소속 장군들이 루카스의 소집령을 받고 모여들었다.

"작전의 효율을 위해 몇 가지 발표할 사항이 있소. 헤인세 장군, 일어나시오."

"예, 군사님."

유일한 이십대 장군 헤인세 쥬로우가 늠름한 자태로 자리에서 일어났다.

"폐하께서 재가를 하셨소. 오늘부터 헤인세 쥬로우 장군은 정식으로 2군 1군단을 지휘하게 될 것이오."

"와아!"

함성이 터져 나왔다. 파격적인 임명이었다. 수많은 선배 장군들을 제치고 헤인세가 군단장이 된 것이다. 헤인세는 자신이 잘못 들은 건 아닌지 어리둥절한 표정으로 주위를 돌아보다, 사실임을 확인하고 감격한 표정으로 루카스에게 감사 인사를 올렸다.

"1군단장 헤인세 장군은 들으시오."

"예, 군사님."

"장군을 한시적으로 얏탄 성 공격 대장에 임명할 터이니 소임을 다하도록 하시오."

“알겠습니다.”

“잘들 들으시오. 나는 다른 작전을 수행하기 위해 이곳을 떠나야 하오. 얏탄 성에 다이얀이란 무서운 자가 있지만, 그는 우리 안에 갇힌 호랑이와 같은 신세요. 내가 지시한 대로 대처를 한다면 그는 이곳에서 옴짝달싹 못하고 있을 것이오.”

연이어 파격적인 명령을 내리는 루카스.

“헤인세 장군은 비록 공격 대장에 임명되었지만, 독단적으로 작전을 수행하지 말고 다른 장군들과 충분한 협의를 거친 후 작전에 임하도록 하시오.”

“걱정하지 마십시오, 군사님.”

“내 그럼 안심하고 이곳을 떠나겠소.”

다이얀을 확실히 묶어놓았다고 판단한 루카스는 다음 작전을 위해 비밀리에 얏탄 성을 떠났다. 이때까지 팰트란을 제외한 어느 누구도 루카스가 의도하고 있는 진정한 목적을 몰랐다.

루카스가 예상한 대로 다이얀은 전혀 움직이질 않았다. 왜냐하면 다이얀 역시 지금 상황에서 가볍게 움직이다간 루카스의 매복에 걸려든다는 것을 누구보다 잘 알고 있었기 때문이다.

다이얀이 필리프의 말을 듣고 얏탄 성을 나섰다면 그의 목숨은 이미 끝장났을 것이다. 루카스는 2군단장 브랜든으로 하여금 예상되는 퇴로 곳곳에 함정을 파고 다이얀을 기다리게 했었다.

루카스는 얏탄 성을 나선 후 웨든주 남부에 있는 타키온의 국경 요새 그렌시 성으로 향했다. 그는 출발과 함께 데릭으로 하여금 각 부대에 2단계 작전 계획을 통보토록 했다. 역사상 한 획을 긋게 될 사상 최대의 작전 계획을 말이다.

*       *       *

한편, 휴든 평원에 있던 로렌스의 봉기군은 그들을 향해 진군해 오는 대규모 병력을 발견했다. 이미 요한슨의 베링 정규군과 치열한 접전을 벌여 승리를 이끌어냈는데, 새로운 군대가 나타났다는 소식에 그는 크게 당황했다. 로렌스는 타키온에서 파견한 군사 고문 융베로를 급히 불렀다.

"무슨 일이신지요?"

"아, 융베로 장군. 어서 오시오. 내 이해가 가지 않은 일이 있어서 불렀소."

로렌스는 새로운 군대의 출현과 그들의 진군 방향이 아무래도 이곳 봉기군을 향하고 있는 것 같다는 내용을 설명해 주었다.

융베로는 순간 일이 잘못 돌아가고 있다는 것을 깨달았다. 베링에는 더 이상 봉기군을 공격할 부대가 근처에 없었다. 만일 베링 정부가 다시 봉기군을 공격하려면 상비군을 모아 훈련을 시켜야 하는데, 그러기에는 시간이 너무 짧았다.

‘그렇다면 국경 요새에 있는 병력을 동원했단 말인가? 아냐, 그건 불가능하다.’

“로렌스 경, 그들의 정체가 정말 베링 군이 맞습니까? 정확히 확인을 하셨는지요?”

융베로가 또렷한 발음으로 로렌스를 바라보며 질문을 던졌다.

“그게 무슨 말이오? 이곳 휴든 평원에 접근할 부대가 베링 군 외에 또 어느 부대가 있단 말이오?”

당연한 사실을 왜 질문하느냐는 듯, 로렌스가 의아한 표정으로 융베로를 바라보았다.

“그리고 판손 협곡에 앨프래드 장군이 건재하고 있으니 트로니아 군일 리도 없지 않겠소?”

“그렇긴 하지만, 소장이 알기로 베링은 지금 봉기군을 공격할 여력이 없습니다. 으음, 아무래도 제가 직접 정찰을 나가봐야 할 것 같습니다.”

“허허, 융베로 장군께서 정찰을 나가시면 우린 크게 안심할 수 있지요. 좋소.”

융베로는 곧 봉기군 정찰병의 안내를 받으며 휴든 평원으로 접근해 오는 군대의 소속을 확인하기 위해 진지를 나섰다.

말을 타고 약 반나절을 가자 저 멀리 일군이 먼지를 휘날리며 일직선으로 봉기군의 진지를 향해 진군하는 모습이 보였다.

“저들입니다.”

"도대체 누구란 말인가."

햇살 때문에 융베로는 한동안 그들의 기치를 확인할 수 없었다. 융베로의 애를 한참 태우다 마침내 그들의 기치가 시야에 들어왔다.

"억! 아니, 저들은."

융베로는 너무 놀라 말고삐를 놓칠 뻔했다. 그는 눈을 비비고 자신이 잘못 봤나 싶어 몇 번이고 그들의 기치를 확인했다. 하지만 몇 번을 보아도 분명했다. 펄럭이는 깃발에는 레드 드래곤의 모습이 선명하게 새겨져 있었다.

"트로니아 군이… 어, 어떻게."

그렇다. 그들은 바로 맥그리 박스턴이 지휘하는 트로니아 군이었다.

융베로는 어찌 된 연유인지 바로 파악이 되지 않았다. 그러나 다이얀이 언급한 것처럼 총명한 머리를 지니고 있는 그는 곧 앨프래드의 1군단에 큰 변고가 발생했음을 깨달았다. 그렇지 않고서야 판손 협곡 방향에서 트로니아 군이 나타날 리 없기 때문이었다.

'설마 드러프스 장군의 부대가 격멸당했단 말인가.'

트로니아 군의 규모는 어림잡아 오만가량 되어 보였다. 융베로는 바로 봉기군과 트로니아 군의 전력을 비교하기 시작했다.

봉기군은 얼마 전에 있었던 요한슨 장군과의 전투로 크게 기력을 상실한 상태였다. 비록 승리를 거두긴 했지만 피해가

만만치 않았다. 일만을 간신히 유지하고 있는데다, 그들은 모두 비정규병들이었다.

·봉기군 진지로 돌아오는 도중에도 융베로는 생각을 멈추지 않았다.

'이 난국을 어떻게 해결할 것인가.'

그는 현 상황에서 트로니아의 정규군을 상대로 대적하기가 어렵다고 여겼다. 그나마 의기로 뭉쳐 예상외의 힘을 발휘하던 봉기군 내부도 이전 같은 결속력을 상실한 지 오래였다.

로렌스가 직접 언급하진 않았지만, 융베로는 현재 봉기군의 문제점을 잘 알고 있었다. 처음 뜻을 같이했던 지사(志士)들은 하나둘 로렌스를 떠나 버렸다.

그들은 봉기군과 타키온 군과의 합작이 이루어지던 그때부터 로렌스와 거리를 두기 시작했다. 타국 세력을 끌어들인 로렌스의 처사에 불만을 갖게 된 것이다.

지금 로렌스 곁에 남아 있는 봉기군의 핵심 인물들은 뚜렷한 목적의식과 의지가 결여된 어중이떠중이들이거나 정의의 사도라 자칭하는 몇몇 무사들이었다. 이래도 한세상, 저래도 한세상 실패하면 모진 인생 끝내고 성공하면 한몫 잡자는 사회의 낙오자들이 봉기군을 이끌고 있었다.

'어떻게 해야 할까?'

융베로는 다이얀 같았으면 어떻게 했을까, 끊임없이 생각하고 또 생각했다. 그는 다이얀의 입장이 되어, 맥그리의 입장이 되어, 로렌스의 입장이 되어 여러 경우의 수를 헤아려

보았다. 그리고 마침내 하나의 결론을 내렸다.

'이곳에서 봉기군과 트로니아 정규군을 상대하는 것은 미친 짓이다.'

유능한 사람일수록 결정을 내리면 바로 실행에 옮긴다. 융베로는 봉기군 진지에 도착하자마자 타키온에서 파견 나온 수하들을 데리고 아무 말 없이 봉기군 진지를 떠났다.

로렌스는 융베로가 말도 없이 봉기군 진영을 떠났다는 얘길 듣고 기가 막혀 아무 말도 꺼낼 수 없었다. 그는 이번 전투에서 승리를 거둔 후 얏탄 성으로 돌아가 융베로의 상관에게 그의 처벌을 강하게 요구해야겠다고 굳게 마음먹었다.

로렌스는 곧 봉기군으로 하여금 전투 준비를 시켰다. 웨든 주에서 봉기한 이후 여러 차례 정부군을 상대로 승리를 거둔 봉기군이었다. 로렌스 본인도, 그의 수하들도 모두 과거의 신화를 굳게 믿었다.

그들은 이전에 그들을 도왔던 앨프래드나 융베로의 역할이 얼마나 컸는지를 아직 깨닫지 못하고 있었다. 로렌스는 기존 타키온 군 장군들이 사용했었던 진형을 구축하며 다가오는 트로니아 군을 기다렸다.

다음날, 날이 밝자마자 저 멀리 가는 점 같은 트로니아 군이 모습을 드러내기 시작했다. 그 점들이 점점 많아지더니 작은 입자가 모이고 모여 커다란 눈덩이를 만드는 것이 아닌가.

일사불란하게 전열을 갖추며 다가오는 트로니아 군의 위용에 봉기군 진영이 술렁이기 시작했다. 로렌스 역시 그들이 발산하는 날카로운 기운에 크게 당황했다.

그는 서둘러 봉기군 대열 앞으로 나서 봉기군의 사기를 북돋기 위해 노력했다.

양측은 서로를 바라볼 수 있는 위치까지 접근했다. 봉기군 진영이 다시 한 번 술렁이기 시작했다. 아무리 보아도 트로니아 군 병력이 자신들보다 적지 않았다. 지금까지 병력의 열세에 처해본 적이 없었던 봉기군이었다.

로렌스는 속으로 조바심도 나고 불안한 느낌이 들었지만, 이미 기호지세의 상황이라 다른 방법이 없었다.

두두두두! 두두두!

트로니아 군 진영에서 사자가 봉기군 진영으로 다가왔다. 그는 백기를 들고 천천히 로렌스가 있는 중앙으로 다가와 맥그리의 전언을 전달했다.

"안녕하십니까, 로렌스 경. 전 트로니아 2군 3군단장인 맥그리 장군께서 보낸 사자입니다."

"맥그리 장군의 3군단이었구려. 그래, 무슨 일이오?"

"장군께서는 로렌스 경께서 현명한 결정을 내려 항복하길 원한다는 말을 전달하라 하셨습니다."

사자는 우선 판손 협곡에 있던 앨프래드와 1군단의 괴멸 사실을 털어놓았다. 더불어 봉기군을 지원하기 위해 북상하던 드러프스 역시 일격을 당해 타키온 국경을 넘어 퇴각했다는 소식을 들려주었다. 앨프래드가 자결하고 2군단이 퇴각했단 소식을 듣고 로렌스는 대경실색했다.

"애… 앨프래드 장군이 자결을."

"그렇습니다."

로렌스는 쉽게 그의 말을 믿지 못했다. 앨프래드가 자결을 하다니, 이 무슨 말인가. 함께하면서 그의 무용과 지략을 누구보다 잘 알고 있던 로렌스라 사자의 말에 큰 충격을 받지 않을 수 없었다.

봉기군 진영에서 여기저기 웅성거리는 소리가 흘러나오기 시작했다. 맥그리 장군의 예상대로 동요하는 기색이 역력했다.

사자는 연이어 얏탄 성마저 트로니아 군에게 포위당해 곧 함락당할 위기에 처해 있고, 트로니아 제국은 이미 베링과 동맹 관계를 맺었다는 소식을 전달했다.

"그, 그 말이 사실이란 말이오?"

"사실입니다. 판손 협곡을 돌파하지 않고, 베링 정부의 협조와 요청이 없었다면 트로니아 군이 어떻게 이곳까지 올 수 있겠습니까."

"으음."

당황하는 로렌스의 안색을 놓치지 않고 항복을 권유하는 사자.

"맥그리 장군께서는 만일 봉기군이 지금이라도 무기를 버리고 항복한다면 로렌스 경과 봉기군의 목숨을 안전하게 보장… 커억!"

"아니, 누가!"

말을 끝내지 못하고 화살을 맞아 목에서 피를 토하며 죽은 사자를 보고 로렌스가 화를 벌컥 내었다.

"도대체 누가 관례도 모르… 아니, 그댄?"

"로렌스 경, 더 이상 그런 쓸데없는 말을 들을 필요없습니다!"

삼십대의 무인이 앞으로 나서며 큰 소리로 외쳤다.

아드밀손. 로렌스와 교우 관계를 맺고 있는 무사로, 사자로 인해 봉기군의 사기가 저하될 것을 우려해 화살로 사자를 죽여 버렸다. 아무리 원한 관계가 깊은 상태라도 사자의 생명을 해치는 행위는 금기였다. 그 금기가 휴든 평원에서 깨졌다.

"아드밀손 경, 아무리 그래도 사자를 죽이는 건."

"괜찮습니다. 정의를 위해 일어선 우리들이 아닙니까. 누가 오더라도 우리의 적수가 될 순 없습니다."

"와아아!"

"아드밀손 무사의 말이 맞소."

"싸웁시다. 우리가 더 잃을 게 무엇이 있겠소."

"맞소. 싸웁시다."

"잠깐, 내 말을 좀 들어……."

아드밀손으로 인해 촉발된 분위기에 휩싸인 봉기군. 이성을 촉구하는 로렌스의 말은 함성에 묻혀 공허하게 사라지고 말았다. 대세는 삽시간에 전투를 벌이는 방향으로 급선회하게 되었다.

맥그리는 멀리서 사자가 갑자기 말에서 떨어지는 것을 보았다. 근거리에서 직접 보진 않았지만 대략 무슨 상황인지 깨달은 맥그리.

'너희들이 나의 호의를 무시하는구나.'

"전군 공격 준비하라!"

맥그리의 명령에 트로니아 군이 부산하게 움직이기 시작했다.

"오필란 장군, 정면 공격이면 되겠지요."

"장군 뜻대로 하면 될 겁니다. 이런 평야 지대에서 저런 오합지졸을 상대하는 데 무슨 작전이 필요하겠습니까."

다이얀에게 죽을 고비를 넘긴 3군단 군사 오필란이 대번 맥그리의 말에 동의했다.

"전군 공격하라!"

이어 터진 맥그리의 공격 명령. 여기저기 공격을 알리는 나팔소리가 울려 퍼지며 트로니아 군이 진격을 시작했다.

트로니아 군은 일격에 봉기군을 분쇄하기 위해 중앙을 두텁게 강화했다. 말발굽 소리가 대지를 울리며 좌우 측면을 치고 나간다. 창을 곧추세우고 전진하는 트로니아 군의 모습은 가히 환상적이었다.

맥그리와 오필란은 후미에서 곧 벌어질 전투를 지켜보고 있었다. 로렌스의 봉기군도 트로니아 군의 공격에 맞서 진격을 시작했다. 가만히 보아하니 초승달을 닮은 진형이었다.

"하하하하, 기특하군요."

"왜 그러시오?"

"루카스님의 장기인 초승달 전형이 봉기군에 의해 펼쳐질 줄은 정말 몰랐습니다. 나중에 이 말을 듣게 되면 루카스님께서 크게 웃을 겁니다."

맥그리도 오필란의 말에 가볍게 웃음을 터뜨렸다. 초승달 진형은 적과 대등한 전력에서 좌우 측면을 강화, 적을 포위 섬멸하는 대형이다. 로렌스의 봉기군이 지금 사용할 수 있는 대형이 아니었다. 불을 향해 덤벼드는 불나방 같은 봉기군을 바라보며 맥그리의 마음은 그다지 편하지 않았다.

"장군, 그런데 제가 듣기로 저 봉기군에 타키온의 군사 고문이 있다고 들었는데, 저들의 움직임이 너무 심하네요."

"그러게 말이오. 그의 이름은 아직 알려지지 않았지만, 그간 전투 양상을 보면 상당히 우수한 자로 알려져 있던데, 오늘 보니 영 딴판이군요."

두 사람이 여유있게 대화를 나누는 사이 양측 선두가 맞닥뜨렸다.

양측 지휘관들이 커다란 목소리로 병사들을 독려하며 공격을 시작했다. 손에 들고 있던 무기를 있는 힘껏 앞으로 찔러대는 병사들. 여기저기 묵직한 비명과 함께 비명 소리가 터져 나온다.

피가 튀는 혈전.

하지만 전투는 초반부터 승부가 분명히 갈렸다. 트로니아 군이 거침없이 적 중앙을 파고들며 공격을 가하자, 애초부터 전의를 상실한 봉기군은 전투가 시작되자마자 전열을 흐트러 뜨리며 무너지기 시작했다.

물러서지 말라는 외침이 봉기군 진영 곳곳에서 흘러나왔지만 공허한 메아리로 끝이 났다. 비전투원들인 봉기군은 사기가 최고조에 달했을 때, 건조한 겨울 산에 번지는 불처럼 일국의 강병들과 싸워도 전혀 뒤지지 않는 용맹을 발휘했다. 하지만 꺼져 가는 불처럼 의욕을 상실했을 때는 아무 대책 없이 무너지는 것이 또한 그들이었다.

봉기군은 순식간에 전열이 무너졌다. 트로니아 군 선두가 적 중앙을 파고들자 봉기군 진영 전체가 와해되었다. 트로니아 군과 조우하지 않았던 후방에서부터 전선을 이탈하는 자들이 나오기 시작했다.

이를 보던 다른 봉기군들 역시 손에 들고 있는 무기를 던지고는 그들을 따라 같이 도망치기 시작했다. 지휘관들이 이를 말리려 무진 애를 썼으나 아무 소용이 없었다.

거의 학살에 가까운 일방적인 공격을 당하던 봉기군. 한 시간이 채 경과하기 전, 무기를 버리고 항복하는 자들이 나오기 시작했다. 한 명이 투항하자 우후죽순처럼 투항하는 자들이 다른 곳으로 번지기 시작했다. 심지어 전투를 독려하던 지휘관들 역시 이 대열에 동참했다.

일방적인 전투가 전개되었기 때문에 양측의 피해는 도리어 그다지 크지 않았다.

"로렌스는 도망친 모양입니다. 포로나 전사자 가운데 그는 없었습니다.”

“타키온의 군사 고문은 찾았소?”

“그 역시 탈출한 모양입니다. 타키온 출신 장군 한 명이 전투가 벌어지기 얼마 전 부하들을 이끌고 진지를 떠났다는 소문을 들었습니다.”

“그자의 신분은 확인하셨소?”

“1로군 소속 장군으로 융베로라고 하던데, 혹시 들어보셨습니까?”

“융베로라… 기억에 없는 인물인데.”

맥그리가 기억을 더듬으며 타키온 군의 장군들을 떠올려 봤지만 그런 이름은 없었다.

맥그리는 정리가 끝나는 대로 휴든 평원에서 얏탄 성 방면이 아닌, 동부 방면으로 방향을 잡고 진군하기 시작했다. 그것이 루카스가 맥그리에게 비밀리에 지시한 명령이었다.

‘그렌시 성을 점령하라고? 타키온을 상대로 전면전을 벌이자는 것인가.’

맥그리는 이번 작전의 중요성을 강조하던 루카스의 얼굴을 거듭 떠올렸다.

트로니아 군의 움직임에 따라 루카스의 작전이 윤곽을 드러내기 시작했다.

베링을 두고 타키온 제국과 다툼을 벌이던 트로니아. 루카스는 이번 기회를 통해 타키온과의 본격적인 확전을 계획했다. 감히 꿈도 꾸지 못했던 타키온을 상대로 말이다.

타키온의 수도 앙카라에 있는 황제 집무실. 드미트리 2세와 몰트케 사령관이 심각한 표정으로 대화를 나누고 있었다.

"사령관, 어떻게 해야 한단 말이오? 다이얀 경을 그대로 두고 볼 수만은 없잖소?"

"당연하신 말씀입니다. 다만 지금 다이얀 군사를 위해 움직일 부대가 마땅치 않다는 겁니다."

몰트케는 필리프 장군이 보내온 전령의 소식을 듣고 바로 드미트리 2세에게 알현을 요청했다. 그리고 다이얀이 보낸 서신을 그에게 보여주었다.

드미트리 2세는 천재 전략가요, 군사이면서 근친이 되는 다이얀의 위급한 상황을 가만히 두고 볼 수 없었다. 그러나 몰트케의 말대로 당장 그곳으로 파견할 병력이 마땅치 않자 좌불안석하며 애를 태우고 있었다.

현재 타키온의 야전군 가운데 1로군은 총 4개 군단 가운데 3개 군단이 다이얀과 함께 베링의 웨든주에 발이 묶여 있었다.

2로군은 앙카라 서부 방면에서 베링과 발트 양국을 억제하고 있었고, 3로군은 타키온 북부의 그래온주에 주둔하고 있었는데, 만일 몰트케가 억지로 병력을 차출해 다이얀을 구한다면 2로군 병력이 가장 적당했다.

그러나 몰트케가 2로군을 이끌고 갈 경우 그래온주와의 연계가 끊기기 때문에 북부에 공격을 받게 되면 3로군이 고립될 가능성이 있었다. 이 점 때문에 몰트케는 쉽게 결정을 내릴 수 없었다.

몰트케가 생각하고 있는 최악의 경우는 트로니아 군이 그래온주를 공격할 경우 자신은 2로군을 이끌고 그래온주를 구원하기 위해 출동해야 하는데, 그럴 경우 다이얀을 구하지 못하는 것은 물론 타키온 남부의 발라크 지역마저 위험에 처한다는 것이었다.

안톤의 죽음을 대가로 얻은 마지노 요새와 트로니아 발키아의 다툼을 이용해 어부지리로 얻은 발라크 지역은 적에게 결코 쉽게 넘겨줄 수 없는 영토였다.

"폐하, 현 시점에서 다이얀 군사를 구하기 위해서는 그래온주와 발라크 지역이 위험에 처할 가능성이 있습니다."

"사령관, 다이얀 경의 서신을 봤지만, 난 솔직히 트로니아가 감히 발라크 지역이나 그래온주를 향해 이빨을 드러내지는 않으리라 보고 있소."

"저도 그렇게 생각하고 있습니다만 만에 하나 그런 일이 발생한다면……."

루카스는 비록 이 자리에 없지만 몰트케와 드미트리 2세가 이런 고민을 하고 있을 줄 십분 예상하고 있었다.

결론이 쉽게 나지 않자, 드미트리 2세는 마침내 결정을 내렸는지 머리를 쳐들고 몰트케를 바라보았다. 결연한 그의 의지를 쉽게 엿볼 수 있었다.

"몰트케 사령관, 우선 다이얀 경을 구하도록 합시다. 그사이 각 국경 요새에는 명령을 내려 경계를 강화하도록 하고 적의 준동에 절대 경거망동하지 말고 방비에 힘쓰라 하면 되지 않겠소?"

"폐하의 말씀이 그러시다면 소장은 그 말씀에 따르겠나이다."

"안톤의 예에서도 봤었지만, 영토야 나중에 다시 회복할 기회가 있지만 한번 가버린 사람은 영원히 다시 불러올 수 없잖소."

"하하, 맞습니다. 역시 폐하다운 명석한 말씀이십니다."

몰트케는 서둘러 휘하 장군들을 소집했다. 그는 앙카라의 수비를 강화함은 물론 인타 왕국에 사신을 보내 지원군을 요청했다. 그리고 트루젠에 있는 2로군 사령부에 급전을 보내 병력을 유캐슬 방면으로 이동시킬 것을 명령했다.

분주히 움직이는 건 타키온만이 아니었다. 트로니아도 루카스의 작전 계획 아래 숨 가쁘게 움직이고 있었다. 마치 타키온 군의 움직임을 정확히 예상하고 있었다는 듯, 몰트케의 뒤통수를 강하게 내려쳤다.

앙카라를 출발한 몰트케가 베링 인근에 도착했을 무렵 청천벽력과 같은 소식이 전해졌다. 그가 예상했던 최악의 상황 가운데 하나가 발생한 것이었다.

키발트 요새 인근, 사마칸트 시에 주둔하고 있던 트로니아의 1군 병력이 일주일 전 전격적으로 타키온 국경을 넘었다.

1군 병력은 타키온 북부의 그래온주 국경을 넘어 가볍게 국경 요새인 악티온 성을 함락시켰다. 악티온 성은 그래온주에 있는 거성으로 그리 쉽게 함락시킬 수 있는 성이 아닌데 쉽게 함락되었다.

트로니아 1군은 파죽지세의 기세로 그래온주의 전략 요충지이자 3로군 사령부가 있는 안티 성을 향해 진격 중이라는 보고가 전달되었다.

"이런, 젠장할."

욕이 절로 터지는 몰트케. 땅을 치며 분통을 터뜨렸지만 다른 방법이 없었다.

"다이얀 군사, 미안하오. 폐하께선 영토보다 사람을 먼저 구하라 하셨지만, 제국의 사령관 신분으로서 나는 그럴 수가 없구려."

몰트케는 눈물을 흘리며 2로군을 이끌고 북부 그래온주로 향했다. 몰트케가 회군을 하는 가장 큰 이유는 다름이 아니었다.

만일 그래온주가 그대로 트로니아의 손에 들어간다면 제국 황제가 살고 있는 앙카라가 트로니아 군의 공격 가시권에 들어가기 때문이다.

더욱이 군사력이 그다지 강하지 않은 인타 왕국 역시 같은 운명에 놓인다. 만일 인타가 랑케 왕국 같은 꼴을 당한다면 발키아의 전철을 밟지 말란 법도 없다.

전쟁에 있어 수도의 함락은 그 국가에 있어 치명적이었다. 비록 황제가 적군을 피해 도망칠 수는 있겠지만 그 국가의 사기가 땅에 떨어짐은 물론, 국가적인 망신을 당하게 된다. 그래서 대부분의 황제나 국왕이 끝까지 수도를 지키려는 이유가 여기에 있었다.

*     *     *

"하하, 폐하, 작전은 순조롭게 진행되고 있습니다."

1군 사령관 해밀턴 장군이 옆에서 같이 말을 몰고 가는 팰트란에게 환한 얼굴로 보고를 한다.

"그렇구려. 당시 반신반의하면서 루카스 경의 작전을 승인했는데, 현재까진 그의 계획대로 딱딱 들어맞는구려."

루카스의 작전. 팰트란은 베링과 동맹 조약을 체결할 당시 루카스의 타키온 침공 계획에 대한 작전을 승인했다. 그리고 마침내 그 침공 계획을 실행에 옮긴 것이다.

사전에 타키온의 그래온주에 대한 공격 준비를 끝내놓고 타키온 군의 움직임을 예의주시하고 있던 팰트란. 몰트케가 앙카라를 떠나는 날이 바로 트로니아 1군의 공격을 알리는 신호였다.

몰트케는 예상대로 앙카라를 서둘러 나섰고, 그의 행적을 확인한 팰트란은 친히 1군 병력을 이끌고 그래온주에 발을

디뎠다.

"큰 피해는 없었소?"

"예, 폐하. 에드문드 군사가 워낙 치밀하게 작전을 수립한 상태에서 특수부대의 우탕카와 탈라시안 족 전사들이 큰 활약을 했습니다."

"하하, 대단한 능력을 지니고 있는 전사들이지요. 과거 랑케의 수도를 점령할 때도 그들의 공이 컸다오."

"공성전을 전개할 때 특히 활용도가 높더군요."

"음, 그들의 도약력을 감안하면 그럴 것이오."

팰트란의 말이 떨어지기가 무섭게 몇몇 탈라시안 족 전사들이 앞으로 달려가는 모습이 눈에 들어왔다.

"안티 성까지는 며칠이나 걸리오?"

"예상대로라면 3일 뒤에 도착할 수 있습니다."

"드미트리 2세가 펄쩍 뛰겠구려."

"그럴 겁니다. 안티 성마저 함락시킨다면 우린 타키온의 수도 앙카라를 언제든지 공격 목표로 설정할 수 있습니다. 또 인타 왕국과 국경을 접하게 됨으로써 인타에 대한 영향력을 강화할 수 있으니 일석이조(一石二鳥)의 중요한 역할을 감당할 수 있으니까요."

팰트란은 이번에 해밀턴의 병력 운영을 보고 속으로 감탄을 금치 못했다. 물론 에드문드의 전략과 탈라시안 족 전사들의 도움이 있었지만, 이렇게 순조롭게 그래온주에 발을 딛게 될 줄은 몰랐다. 발키아를 멸망시키고 이런 우수한 인재를 거둘 수 있게 된 것은 팰트란에게 있어 큰 행운이 아니라 할 수 없었다.

해밀턴은 4군단장 샤마르 옥타비스 장군으로 하여금 안티 성 남부, 발트 왕국과 인접해 있는 프렝 성을 공격하도록 명령했다. 성에는 수비병이 거의 없는 상태였다.

이런 상황이 타키온과 같은 거대 제국이 안고 있는 허점이었다. 만일 고만고만한 국가끼리 인접해 있었다면 프렝 성과 같은 요충지에 일정 수준 이상의 병력을 주둔시켰을 것이다.

그러나 타키온은 발트 왕국에 대해 전혀 방비가 없었다. 독자적으로 발트는 타키온에 대해 절대 군사행동을 일으킬 수 없었기 때문이다. 이런 허점을 루카스는 결코 놓치지 않았다.

해밀턴은 프렝 성을 점령해 곧 북상할 몰트케의 2로군을 방어할 생각이었다. 몰트케가 갖은 방법을 동원하더라도 이십 만 이상을 동원하기는 어려울 것이다. 몰트케의 발을 잡고 있는 동안 그래온주를 석권하면 이번 작전은 100% 성공이다.

국경을 넘은 지 이십일 째, 팰트란과 해밀턴은 본대를 이끌고 안티 성 서부에 도달했다.

타키온 제국의 3로군 사령관 브레드 하멜 장군이 성을 나와 진지를 구축하고 있었다. 브레드는 정보를 통해 트로니아 군 병력이 약 십오만 전후라는 것을 파악했다. 그에 반해 브레드의 3로군 병력은 이십만. 그 가운데 십오만을 즉시 전투에 투입할 수 있었다.

이미 그래온주의 서부가 완전히 트로니아 군 수중에 떨어졌기 때문에 성에서의 소극적 방어는 적절한 수비 전략이 아니었다. 비록 중앙에 트로니아 군의 침공 사실을 통보했지만 원군을 기다리기에는 위험 부담이 너무 컸다.

브레드 장군은 전형적인 야전군 지휘관이었다. 그의 용병술은 타키온에서도 알아주는 명장으로, 실력으로 제국에 세 명 있는 사령관 가운데 하나가 될 수 있었다.

해밀턴은 직접 척후를 나와 브레드의 진지를 확인했다. 한눈에도 견고해 보여 쉽지 않은 전투가 될 것으로 예상되었다.

해밀턴은 적진에서 2㎞ 떨어진 지점에 아군 진지를 구축했다. 아마 이삼 일 내로 전투가 전개될 것 같은 예감이 들었다.

이곳은 타키온 제국 영토. 시간을 끌면 끌수록 트로니아 군에게 유리한 점은 없었다. 해밀턴은 가급적 빠른 시간에 적을 섬멸하고 견고한 방어선을 구축해야 했다.

삼 일째 되던 날, 날이 밝자마자 트로니아 군이 전투 준비를 시작하자 타키온 군도 이에 맞서 응전 신호를 보내왔다.

얼추 비슷한 양군의 전력. 이런 상황에서는 병사들의 훈련 정도와 사기, 지휘관의 용병술이 승패를 좌우한다. 해밀턴은 거대한 임시 망루에 올라가 직접 전투를 지휘할 예정이었다.

멀리 타키온 군의 대열이 눈에 들어왔다. 브레드 장군은 일선을 두텁게 하고 중앙에 2군단과 3군단 병력 십만을 집결시켜 놓았다. 말을 직접 하진 않았어도, 물러설 의지가 전혀 없다는 브레드의 완곡한 표현이었다.

해밀턴도 이에 맞서 진형을 갖추기 시작했다. 해밀턴은 사칸 데이본의 1군단을 제일선에, 아이콘 세이모어의 2군단을 이선에 배치했다. 그리고 타이론 함시의 3군단 병력을 둘러 나눠 좌우익에 각각 배치했다. 해밀턴의 승리를 위한 패는 바로 타이론의 3군단 병력의 활약이었다.

1군단장 사칸은 예하 사단장 네 명을 불러 각오를 다지는 한편, 전투 준비를 하달했다. 해밀턴 사령관으로부터 별다른 지시가 없는 것을 보니 1군단은 단순한 전면전을 벌여야 할 것으로 예상되었다. 하기야, 이런 평지에서 양측 합쳐 삼십만 에 육박하는 병력이 운집해 있는데 전면전 말고 무슨 별다른 전술을 구사할 수 있단 말인가.

"자, 지난번 발키아를 도모할 때 별다른 공을 세우지 못한 우리들이다. 지금 폐하께서는 이 자리에서 직접 나와 계시고 때에 따라 전투에도 참전하실 것이다. 저들의 병력 역시 우리와 비슷한 수준이라고 한다. 우리 1군단을 너무 우습게보는 것이 아닌가 하고 화가 나기도 한다. 보여주자, 왜 우리가 트로니아 군 1군 1군단 병사들이 되었는지 말이다. 알겠는가?"

"잘 알겠습니다, 장군."

"유햇슨 장군, 달리 할 말이 있으시오?"

"하하, 없습니다."

1군단 군사 유햇슨이 고개를 설레설레 젓는다.

"각자 위치로 돌아가고 그대들의 건투를 빌겠다."

사단장들이 사칸의 말에 큰 소리로 대답을 하고 자신들의 위치로 돌아갔다.

"유행슨 장군, 내 심장이 격하게 뛰는구려."

"어련하시겠습니까, 제국을 상대로 제국에서 벌이는 첫 번째 전투이니 말입니다."

노장 사칸의 심장이 말대로 계속 두근거렸다. 지금까지 늘 타키온의 공격을 받아왔다. 오늘 처음으로 입장이 바뀌어 제국을 공격하게 되었다. 전투다운 전투를 벌이게 되었다.

삶과 죽음이 교차하는 시간이 곧 오겠지만, 지금 이 순간만은 한없이 가슴 뿌듯한 기쁨을 느끼는 사칸이었다.

잠시 후 사칸의 1군단이 공격 준비를 끝내자 기다렸다는 듯, 공격 명령을 하달했다. 결코 질 수 없는 한판이었다.

뿌우우우, 뿌우우우!

트로니아 군 진영에서 큰 고동 나팔소리가 울려 퍼졌다. 타키온의 브레드 장군 역시 트로니아의 공격이 시작되었음을 깨닫고 서둘러 공격 명령을 하달했다. 절대 약한 모습을 보여선 안 된다.

대지는 순간 양측에서 불어대는 나팔소리로 가득 찼다.

브레드는 1군단 오만을 가장 선두에, 2군단과 3군단을 1군단의 좌우 후방에 배치했다. 전선을 좁혀 견고하게 중앙을 강화하겠다는 포석이었다. 공격보다는 수비에 적합한 적당한 진형이었다.

　말발굽 소리와 중장보병들이 일정한 보폭으로 걸어가며 만들어내는 발자국 소리를 중심으로, 드넓은 대지 위를 가득 메운 양군 병사들이 서로를 향해 서서히 접근하는 모습은 일대 장관이었다.

　양군 병사들은 한 치의 흐트러진 모습 없이 눈앞에 보이는 적을 노려보며 전의를 불태우기 시작했다.

　북부 대륙의 강호가 된 이래 타국의 침략을 한 번도 허용한 적이 없는 타키온. 늘 타국을 공격하는 입장에 있었고, 전투 장소도 타국이었다.

　그런데 이번에 트로니아가, 과거 속국에 가까웠던 나라가 침공을 한 것이다. 기가 막히고 상대적으로 더 울화가 터지는 타키온의 병사들이었다.

　이에 비해 트로니아의 병사들은 어떠한가. 트로니아만큼 타키온에게 많은 고통을 당한 나라는 없었다. 강병에 고개를 숙일 줄 모르는 기질로 발트나 베링에 대해 늘 부당한 대우를 받았다.

　왕의 죽음과 왕자의 볼모, 아무리 전국시대라곤 하나 흔치 않은 경험을 한 트로니아였다. 현명한 왕의 등극과 뛰어난 신하들의 가세에 힘입어 발키아라는 대국을 완전히 집어삼켰다.

　이제는 뛰어넘을 수 없을 것 같던 타키온이라는 거대 제국을 공격하고 있는 것이다. 오늘 이 전투에서 승리한다면 트로니아는 타키온에 확고한 교두보를 확보하게 된다. 과거는 오늘로써 끝이다. 앞으로는 타키온에게 두려움의 대상이 될 트로니아가 탄생하게 된다.

선두 병사들이 어느덧 상대방 병사의 눈매까지 확인할 수 있는 지점에 도달했다. 진득한 살기가 서로의 눈을 찔러댔다. 이제 저들의 무기에 내가 죽느냐, 아니면 나의 무기에 저들이 죽느냐만이 남아 있을 뿐이다.

"공격하라! 공격하라!"

상대방의 거친 호흡 소리가 들려올 무렵 양측 지휘관들이 마지막 명령을 발했다. 이것으로 모든 과정은 끝이 났다. 남은 것은 죽고 죽이는 외로운 승부만이 남아 있었다.

선두 병사들이 서로 공격을 주고받기 시작했다. 한 손에 방패를, 다른 한 손에는 단창을 위주로 한 타키온 병사들은 빠른 속도로 트로니아 군의 중앙 선두를 파고들기 위해 최대한의 속도로 돌격해 들어왔다.

여기저기서 비명 소리가 터져 나왔다. 그러나 아무도 그 비명 소리에 귀를 기울이는 사람이 없었다. 병사들은 오직 자신의 눈앞에 다가오는 적을 향해 창을 내찔러댔다.

바로 전까지 동고동락을 같이했던 전우의 모습은 어디에도 보이지 않았다. 그들의 시야에 들어오는 광경은 자신과 비슷한 무장을 갖추고 자신의 목숨을 노리며 달려드는 적병의 모습뿐이었다.

"공격하라! 공격하라! 여긴 우리의 영토다! 한 치도 물러서지 마라!"

큰 소리로 외치며 병사들의 사기를 북돋아주는 타키온의 지휘관들.

타키온의 정예병들은 과연 보통이 아니었다. 그들은 한 치도 물러서지 않고 트로니아의 강병을 맞이해 선전했다.

전선은 팽팽하게 유지되었다. 3로군 1군단과 트로니아 1군단 병력은 서로 물고 물리는 접전을 계속 전개하고 있었다. 타키온 군이 방어하는 입장이긴 했지만, 자신의 국가를 지켜야 한다는 입장에서 전투를 벌이느라 트로니아 군보다는 더 절박한 상태에서 싸울 수밖에 없었다.

이는 동일한 조건에서 전투력을 더 높이는데 음으로 양으로 작용할 수밖에 없는 부분이었다.

눈에 잘 띄지는 않았지만, 트로니아 군이 서서히 밀리기 시작했다. 3로군 1군단이 사칸의 1군단을 압박하기 시작한 것이다.

사칸은 이 모습을 보고 인상을 잔뜩 찌푸렸다. 트로니아 1군 1군단은 트로니아의 최고 정예 부대였다. 그런데 도리어 밀리기 시작하자 사칸은 안 되겠다 싶어 직접 예비병을 이끌고 전투에 끼어들었다.

트로니아 병사들은 자신들의 사령관인 사칸이 직접 말을 몰고 적 진영을 향해 달려가자 다시 사기가 크게 고무되었다.

큰소리로 사칸 장군의 이름을 외치며 병사들이 타키온 군에게 반격을 펼쳤다.

전투란 묘한 것이다. 병력의 다수로 해결되는 것도 아니고,

병사의 사기로 해결되는 것도 아니다. 여러 부수적인 요소들이 잘 결합되었을 때 승패가 갈리곤 한다. 여기에 어떤 결정적인 전기가 더해지면 승패는 분명해진다.

사칸이 직접 선두에서 적과 공방전을 벌일 때 1군단 후방에 있던 아이콘 장군의 2군단 병력이 앞으로 치고 나왔다.

그러자 타키온의 브레드 장군 역시 좌우 측면에 뒤처져 있던 2군단과 3군단 병력을 전진시켰다.

양측 합쳐 5개 군단, 이십오만 명의 병력이 서로 뒤엉켜 전투를 벌이게 되었다. 난전은 무수히 많은 지휘관들의 목숨을 요구한다.

여기저기서 화려한 갑주를 입고 전투를 지휘하던 고위급 장군들이 병사들의 창과 검에 치명상을 입고 목숨을 잃었다.

몇 차례나 죽을 고비를 넘기며 적병과 전투를 벌이던 사칸. 피인지 땀인지 모를 액체가 그의 얼굴을 가득 덮을 무렵 후방에서 퇴각 신호가 떨어졌다. 1군단장 사칸과 2군단장 아이콘은 고개를 끄덕이더니 서서히 병력을 뒤로 후퇴시켰다.

전투에 몰입해 있던 타키온 군은 트로니아 군 중앙이 서서히 물러서자 더욱 기세가 살아 후퇴하는 트로니아 군에게 맹공을 퍼부었다. 트로니아 군 곳곳에서 큰 피해가 발생했다.

타키온 군 지휘관들은 이대로라면 오늘 내로 트로니아 군을 격퇴시킬 수 있을 것이라는 생각이 머릿속에 서서히 떠올랐다. 그들은 더 큰 소리로 병사들에게 공격을 가할 것을 지시했다.

시간이 얼마나 지났을까? 중앙으로 압박을 가하던 타키온 군은 갑자기 좌우에서 가해지는 압박에 크게 놀랐다. 그들은 그제야 앞만 바라보던 시야를 넓혀 좌우를 같이 살펴보고는 안색이 크게 일그러지기 시작했다. 일로 전진하며 트로니아 군을 공격하던 대가를 받아야 할 시점이 된 것이었다.

브레드가 정신이 차려 상황을 살펴보니 타키온 3로군은 어느덧 항아리 모양의 트로니아 군 진형에 갇혀 있었다. 그것도 벽이 상당히 두텁게 형성된 항아리에 말이다.

상황은 급변했다. 공격하라는 트로니아 지휘관들의 외침이 곳곳에서 울려 퍼지며 타키온 군은 공황 상태에 빠져들기 시작했다.

타키온 군이 실제 트로니아의 함정에 걸려든 것은 아니었다. 아직 양측은 대등한 전력을 바탕으로 대등한 전투를 벌이고 있었다. 그러나 트로니아 군 기치가 사방에서 펄럭이며 자신들을 압박하자 스스로 무너지기 시작한 것이다.

공격도, 후퇴도, 애매모호한 상태에서 타키온 군 지휘관들이 갈등하는 사이, 3군단이 좌우익에서 공격을 가해오고, 후퇴하던 1군단과 2군단이 반전하며 반격을 가하자 타키온 군 진열이 크게 흔들렸다.

전력 차가 분명하지 않은 상태에서 승패는 기세에 달려 있다. 타키온 군은 자신들도 모르게 기세를 트로니아 군에게 넘겨주게 되었다.

전열이 흐트러지며 일선의 병사들은 본능적으로 맞서 싸우기보다는 뒤로 물러서고 싶었다. 하지만 이선에 있는 아군이 길을 가로막고 있기 때문에 이것도 불가능했다. 후퇴하려고 몸을 빼는 병사들과 미처 빠지지 못한 상태에서 일선의 병사들이 몰려오자 타키온 군 대열은 형편없이 헝클어져 버렸다.

브레드는 갑자기 전황이 갑자기 일변해 아군이 밀리자 잠시 어쩔 줄 몰라 했다. 그러나 그는 이십만 병력을 지휘하는 3로군 사령관답게 곧 냉정을 되찾았다.

브레드는 우선 안티 성 수비병들에게 후퇴를 명령했다. 만일 야전에서 패하더라도 안티 성에서 다시 한 번 적과 맞서 싸워야 되기 때문이었다.

그는 성 수비병을 퇴각시키고, 연후 3군단과 2군단, 그리고 마지막으로 1군단을 후퇴시키려고 생각했다. 현 상황에서 적절한 판단이었고, 적절한 명령이었다.

야전에 참전했던 안티 성 수비병들이 몸을 돌려 후퇴하기 시작했다. 브레드 역시 이 틈에 껴 같이 퇴각을 시도했다. 후미를 가로막고 있는 트로니아 군이 없자 브레드는 안도의 한숨을 내쉬었다.

그런데 브레드가 전선을 이탈할 즈음 갑자기 전방에 일군의 기병대가 돌진해 오는 것이 아닌가? 브레드는 두근거리는 가슴을 억지로 진정시키며 다가오는 기병대의 정체를 확인했다.

"어억!"

그는 마침내 기병대의 정체를 확인하고 너무 놀라 벌린 입을 다물지 못했다. 앞에서 돌진해 오고 있는 기병대는 트로니아 황실기를 높이 휘날리고 있었다.

'어떻게 된 일일까? 설마 트로니아 제국 황제가 직접 참전을 했다는 말인가?'

브레드는 설마했지만 그의 추측은 조금도 다르지 않았다.

팰트란은 황실 근위대로 승격한 오천 명의 근위대 병력을 이끌고 전선을 우회해 타키온 군의 후방에 자릴 잡고 있었다. 그곳에서 전황을 살피며 적의 숨통을 끊어놓을 시점을 찾고 있던 중, 브레드가 그물에 걸려든 것이었다.

정확한 병력 수를 확인할 수 없었지만, 팰트란은 전의를 상실한 채 퇴각하는 타키온 군에게 절대 승리를 확신했다.

두두두두! 두두두두!

"공격하라! 공격하라!"

가장 선두에 서서 검을 휘두르며 돌격을 명령하는 팰트란. 근위대의 임무가 무엇인가? 황실과 황제의 위엄을 드높이고 그를 호위하는 것이었다.

황제가 앞장서 달리자 이미 마흔을 넘긴 근위대장 브라이언이 기를 쓰고 그 뒤를 달린다. 나머지 오천 근위병 역시 이를 악물고 말에 박차를 가했다.

팰트란의 신상에 무슨 일이 생기면 큰일이다. 근위병들은 모두 절박한 심정으로 적을 향해 돌격했다. 그들의 위세는 가히 험한 산도 허물 지경이었다.

지축을 울리며 돌격해 오는 근위대의 공격에 오금이 저려 무기를 떨어뜨리는 병사들이 속출했다. 일선에 있던 병사들이 비명을 내지르며 좌우로 흩어졌다. 같은 마음을 갖고 있던 차에 앞에서 도망치는 병사들이 보이자 이선에 있던 병사들 역시 동일한 움직임을 보였다. 그것으로 타키온 군의 운명은 결정되었다.

처참한 비명 소리가 울려 퍼지는 가운데, 펠트란을 선두로 한 근위대가 그대로 안티 성 수비병을 양단하며 중앙을 가로질러 갔다.

말발굽에 밟혀 여기저기 내장이 터지고, 뇌수가 흘러나오며 죽어가는 타키온 병사들. 짙은 피비린내가 장내를 진동시켰다.

"물러서지 마라! 싸워야 한다!"

브레드가 울상에 가까운 얼굴로 흩어지는 병사들에게 소리쳤으나, 공허한 메아리에 불과했다. 이미 전의를 상실한 병사들에게 기병을 상대하라는 말은 어불성설이었다.

펠트란이 지휘하는 황실 근위대는 안티 성 수비병들을 십자로 갈라 버렸다. 앞에서 뒤로, 좌에서 우로 흩어져 도망가는 타키온 병사들은 기병을 구성된 근위대의 좋은 표적에 불과했다.

브레드는 긴 장검을 빼어 들고 짓쳐들어 오는 트로니아 근위병을 무섭게 베어버렸다. 큰 비명 소리와 함께 근위병이 상체가 양단되어 말 위에서 굴러 떨어졌다.

"저기 트로니아의 황제가 있다. 황제만 잡으면 승리는 우리의 것이다."

브레드가 주변에 있는 병사들을 독려하며 펠트란을 노리

고 달려들었다. 그러나 팰트란을 철통같이 엄호하고 있는 근위대 병사들의 방어막을 뚫는 건 근본적으로 불가능했다.

그사이 후방에서 1군 병사들이 노도와 같은 모습으로 달려오는 모습이 브레드의 두 눈에 들어왔다. 이제 모든 것은 끝이었다.

브레드는 마지막 순간이 왔다고 생각했다. 문득 트로니아의 급격한 성장을 바라보며 타키온의 미래가 걱정되었다. 앞으로의 일은 몰트케나 다이얀이 잘 알아서 할 것이나 결코 쉽지 않을 것이란 예감이 들었다.

브레드는 크게 고함을 내지르며 팰트란을 향해 단신 필기로 돌진해 들어갔다. 그의 앞을 가로막던 근위병 서넛이 순식간에 피를 뿌리며 말 위에서 떨어졌다. 그러나 그것이 다였다.

브레드는 마지막 몸부림을 치다 트로니아의 노장인 사칸 장군의 검에 목이 달아났다.

팰트란은 여세를 몰아 그래온주의 전략 요충지인 안티 성을 곧바로 공격해 들어갔다. 약 일만 명이 버티던 안티 성 수비병들은 전원 옥쇄를 각오하고 최후의 일인까지 버텼지만 우탕카를 대장으로 하는 탈라시안 족 전사들의 눈부신 활약 덕에 빛이 바래고 말았다.

# The God of War

CHAPTER 03

북부 대륙의 재편(再編)

The God of War

　**몰**트케는 앙카라 북부의 비커스 성에 다다랐을 무렵 안티 성 함락 소식을 접했다. 땅을 치고 통곡했지만 이미 늦었다.

　애석함도 잠시, 몰트케는 신속히 2로군을 이끌고 비커스 성의 북동부에 있는 솔키 성으로 향해야 했다. 트로니아 군이 그래온주에서 앙카로로 진격하기 위해 반드시 통과해야 할 지역이다.

　험준한 산기슭에 위치하고 있는 솔키 성은 규모도 규모였지만, 무엇보다 지리적 이점으로 방어가 용이한 곳이었다.

　'휴우, 어쩌다 타키온이 이런 한심한 지경에 처하게 되었단 말인가.'

솔키 성으로 향하는 도중 몰트케는 자신도 모르게 깊은 한숨이 터져 나왔다. 과거 안톤 재상이 팰트란 왕자의 귀국을 그토록 염려하고, 국혼까지 맺어가면서 관계를 유지하려 했던 이유를 어렴풋이 깨닫기 시작했다.

몰트케는 갑자기 안톤 재상의 빈자리가 크게 느껴졌다. 다이얀도 대단하긴 하지만 경험 면에선 그를 따를 수 없었다.

솔키 성에 도착한 몰트케는 그래온주에 정보원을 파견해 상황을 확인하는 한편, 솔키 성의 방비 상태를 재점검하고 수선할 곳을 서둘러 개수하도록 했다.

다이얀의 목숨이 경각에 달려 있다고 하나 이곳 솔키 성에서 트로니아 군의 남하를 저지하는 일이 더 중요하고 급했다.

*　　*　　*

그래온주의 주도가 있는 안티 성. 팰트란은 성 내부를 둘러보며 또 한 번 전쟁의 참혹한 현실에 인상을 찌푸렸다. 여기저기 널려 있는 타키온 병사들의 시신들. 저들이 기실 무슨 죄가 있어서 차가운 대지에 육신을 뉘여야 한단 말인가. 이런 모습을 볼 때마다 역설적으로 대륙 통일에 대한 강한 필요성이 느껴졌다.

"타키온 군의 대응은 어떻소?"

"특수부대의 정보에 의하면, 타키온의 몰트케 사령관이 2로군을 이끌고 비커스 성을 지나 솔키 성을 향해 나아가고 있다고 합니다."

"솔키 성이라… 으음, 그가 그래온주를 수복하기 위해 무리한 행동을 하진 않을 테고."

"그렇습니다. 보나마나 솔키 성에 대한 방비를 굳건히 할 겁니다."

"그런 장수일수록 상대하기 녹록지 않지요."

해밀턴과 대화를 나누며 회의실에 들어가자 1군 장수들이 자리에서 일어나 예를 갖추었다.

"수고들 많으셨소. 우리가 살아생전 타키온 땅을 밟아볼 수 있을까 꿈을 꾸었는데, 이렇게 빠른 시간에 타키온 영토의 일부를 점령할 줄 몰랐소. 이 모든 것이 그대들의 목숨을 돌보지 않는 행동에서 나왔다고 생각하며 다시 한 번 감사드리오."

"아닙니다, 폐하. 폐하의 결단력과 의지가 없었다면 어찌 오늘의 대승이 있었겠습니까?"

해밀턴이 제장을 대신해 펠트란에게 공을 돌렸다.

인사말이 끝나자 에드문드가 일어나 전투 결과를 보고했다.

승리를 거뒀지만 트로니아 군 사상자도 꽤 많이 발생했다. 특히 중앙 선두를 담당했던 사칸의 1군단 병력에서 사상자가 많이 나왔다.

지휘관으론 트로니아 군 사단장 삼 인과 연대장 10인이 전사했다. 이에 비해 타키온 군은 3로군 사령관 브레드 장군과 예하 삼 인의 군단장이 모두 전사했다.

"에드문드 경, 앞으로의 계획은 어떻게 진행되오?"

"루카스 군사의 작전에 의하면 1군은 이곳에서 몰트케 사령관의 발을 잡고 있어야 합니다. 하지만 절대 타키온 군과 전면전을 벌여서는 안 된다고 신신당부하셨습니다."

루카스가 신신당부를 하지 않더라도 트로니아 1군은 그래온주를 수중에 넣음으로 더 이상의 확전을 벌일 이유도, 여력도 없었다.

전략적 요충지 안티 성에 1군 사령부가 자릴 잡았다. 1군의 역할은 안티 성과 프렝 성을 연결, 타키온 제국과의 국경선을 명확히 긋는 작업을 할 것이다.

또 하나, 1군이 병행해야 할 작업은 인근에 있는 인타 왕국에 유무형의 압력을 가함으로, 타키온 일변도의 외교를 펴던 그들로 하여금 중립 외교 노선을 채택하도록 만드는 일이었다.

"그래온주에서 앙카라까지는 이십 일이 채 걸리지 않습니다. 하지만 앙카라에 도달하기 위해선 솔키 성을 통과하지 않으면 안 됩니다."

특수부대의 정보를 근거로 분석한 결과, 솔키 성은 지리적 환경 때문에 공격하기가 무척 어려운 성이었다. 산 중턱에 성이 자리 잡고 있어 그래온주 방면에서 공격을 가하기 위해서는 산 아래에 있는 요프 강을 건너 산을 올라야 한다. 쉽지 않은 일이었다.

그에 반해 안티 성이나 프렝 성은 평야 지대에 위치하고 있기 때문에 상대적으로 적의 공격을 받기 쉬운 곳에 위치하고 있었다.

"폐하, 따라서 북부 국경을 현 상태로 고착시키기 위해 안티 성 동부에 대규모의 방벽을 건설해야 할 것으로 사료됩니다."

"구체적으로 어느 지점이오?"

"소장이 보기에 요프 강을 내려다볼 수 있는 그린토 구릉지가 가장 이상적으로 여겨집니다."

"알겠소. 방벽 건설은 에드문드 경에게 일임할 터이니 제장들은 그에게 협조를 아끼지 마시오."

"알겠습니다, 폐하."

트로니아 군이 발 빠르게 움직이는 동안 몰트케는 이미 그래온주 수복에 대한 기대를 저버렸다. 정확하고 빠른 판단이 요구되는 시점에서 과감히 버릴 것은 버리겠다는 결단을 내린 것이다.

그는 역으로 트로니아 군의 공격을 대비해 솔키 성 아래를 흐르는 요프 강가에 대규모 진지 구축하게 했다. 평시에 경계병들이 적의 동향을 살핌과 동시에 일정 수준의 군사력을 보유하게 해, 갑작스런 적의 도발에 대응할 수 있게 했다.

몰트케는 2로군 병력 이십만 가운데 1개 군단 오만 명을 수비병으로 배치한 후, 2로군 사령관 유겐트 장군과 함께 다이안을 구하러 출정하려 했으나 트로니아 군의 불온한 움직임 때문에 일시 출발할 수가 없었다. 특히 트로니아 제국 황제 펠트란이 안티 성에 머무르고 있다는 정보를 확인하곤 더욱 움직일 수 없었다.

＊　　　＊　　　＊

모든 것은 루카스의 손아귀에서 움직이고 있었다. 다이얀이 얏탄 성에서 옴짝달싹 못하는 동안 타키온 군의 움직임은 루카스가 예상한 범위를 벗어나지 못했다.

몰트케가 솔키 성에 발이 묶여 있는 사이 루카스는 브랜든의 2군단과 맥그리의 3군단 병력으로 구성된 혼성 부대를 이끌고, 지휘 계통의 부재로 혼란에 빠져 있던 타키온의 국경 요새 그렌시 성을 가볍게 수중에 넣었다.

루카스는 그렌시 성에 수비병을 일부 남기고는 바로 남하를 시작했다. 루카스가 노린 곳은 다름 아닌 타키온 군 1로군 사령부가 있는 남서부의 전략 요충지 유캐슬 성이었다.

만일 유캐슬 성을 점령할 수 있다면 타키온의 발라크 지역은 트로니아라는 바다 가운데 떠 있는 섬처럼 고립되어 버린다. 일격으로 과거 발키아 제국 영토를 모조리 회복하려는 루카스의 대담하고 치밀한 작전.

다이얀을 궁지에 몰아넣어 몰트케로 하여금 남부로 향하게 한 후, 북부 국경을 침공해 그래온주를 점령함은 물론, 몰트케를 그곳에 묶어두었다. 그리고 자신은 텅 비다시피 한 유캐슬 성을 접수하기 위해 출동을 했다.

　유캐슬 성에는 1로군 소속의 네스파 장군이 일만 수비병과 함께 성을 방어하고 있었다. 그는 최근 필리프 사령관이나 다이얀 군사의 소식이 통 오질 않자 무척 불안한 상태로 있었다.

　네스파는 아직 얏탄 성이 포위되어 있고, 서부 국경 요새인 그렌시 성이 함락된 사실을 모르고 있었다. 게다가 북부의 그래온주가 트로니아의 공격을 받아 점령되었고, 몰트케 총사령관이 다이얀을 구하기 위해 남하하다 방향을 바꾸어 북으로 향한 후 아직 출발을 못하고 있다는 사실도 모르고 있었다. 그 정도로 전격적으로 움직이고 있는 트로니아 군이었다.

　고요한 오후, 집무실 안에서 이리저리 거닐며 깊은 생각에 빠져 있던 네스파는 갑자기 문을 열고 들어오는 부관을 보고 인상을 잔뜩 찌그렸다.

　"장군, 큰일 났습니다."

　"허어, 무슨 일인데 그리 경우가 없는 것이냐."

　"트, 트로니아 군이 진격해 오고 있다 합니다."

　"뭐라고, 다시 한 번 말해보거라. 누가 오고 있다고?"

　잘못 들었다는 듯 귓구멍을 파고 있는 네스파. 트로니아 군이 진격해 오고 있다는 부관의 거듭된 말에 얼굴이 파랗게 질려 버렸다.

　척후를 보내 사태 확인에 나선 네스파 장군은 얼마 후 부관의 보고가 사실이란 걸 깨닫고 일순 몸을 휘청거릴 정도로 어질거렸다.

"트, 트로니아 군이 어떻게 저쪽에서 나타난단 말인가. 그
렌시 성 수비병들은 도대체 무엇을 하고 있었단 말이냐."

트로니아 군의 규모는 칠만 이상의 대군이었다. 1로군 이
십만 명이 주둔하고 있을 때야 아무 문제 없었지만, 지금 그
들은 모두 작전에 투입된 상태였다. 비록 유캐슬 성이 견고함
을 자랑하는 타키온의 이름난 성 가운데 하나였지만, 칠팔 배
차이가 나는 병력 차를 이길 수 있는 정도는 아니었다.

네스파는 급히 전투 명령을 하달했다. 그 자신도 무장을 갖
추고 성 망루로 향했다. 수비병들은 굳은 표정으로 각자의 위
치를 잡고 방어 준비에 몰두했으나, 얼굴에 드리워진 어두운
그늘은 어쩔 수가 없었다.

루카스는 도달하자마자 유캐슬 성에 대한 포위를 시작했
다. 성 수비병들은 트로니아 군의 모습을 보며 분통을 터뜨렸
지만, 그저 그들이 하는 행동을 가만 바라보는 수밖에 없었
다.

포위망 구축이 끝나자 루카스는 네스파에게 사자를 보냈
다. 망루에 올라 트로니아 군 사자를 접견한 네스파.

"사자는 무슨 일이냐. 더 이상 접근하지 말고 그 자리에서
할 말이 있거든 뱉어보거라."

"알겠습니다, 장군. 저는 루카스 군사의 명을 받들어 네스
파 장군의 항복을 권유하기 위해 왔습니다."

트로니아의 루카스 카라티노스 군사가 군을 총지휘하고
있다는 말에 네스파는 가슴이 철렁 내려앉았다.

“현재 유캐슬 성은 완전 고립무원의 상태에 빠져 있습니다.”

이미 베링의 웨든주에 파견 나갔던 1로군은 트로니아 군에게 두 차례 패배를 당한 상태에서 잔여 병력이 얏탄 성에 있었고, 그렌시 성마저 트로니아 군에게 항복을 했다.

“그렌시 성처럼 무혈입성을 허락하면 털끝 하나 건드리지 않고 안전한 퇴각을 보장하겠다고 하셨습니다. 이 부분은 네스파 장군께서 원하시면 그렌시 성의 파온 장군을 대면하게 해드릴 것입니다.”

사자는 쓸데없는 희생을 원하지 않는 루카스의 전언을 상세하게 전달했다.

네스파는 사자의 말을 듣고 바로 결정을 내릴 수가 없었다. 결사 항전을 택한다면 이 자리에서 사자를 활로 쏘아 죽이면 된다. 그러나 네스파는 자신의 결정을 기다리는 병사들의 얼굴을 보자 이런 생각을 바로 포기했다.

그들의 눈에는 헛된 희생을 피하자는 의미가 노골적으로 노출되어 있었다. 더욱이 트로니아 군의 공격진에는 그 무섭다는 루카스가 있지 않은가.

네스파는 심사숙고를 거듭한 뒤, 결국 루카스의 항복을 받아들였다. 항전을 해도 성을 잃을 바에야 피해를 줄여 훗일을 도모하자는 생각이었다.

성에 대한 양도 절차가 이루어졌고, 무기를 회수당한 타키온 군은 네스파 장군의 지휘하에 유캐슬 성을 떠났다.

　루카스와 트로니아 군 장수들은 유캐슬 성을 무혈점령하게 되자 사기가 크게 고무되었다. 그렌시 성에 이어 타키온의 거성인 유캐슬 성을 아무 피해 없이 수중에 넣었다.

　'후후후, 너희들의 조그만 욕심이 이런 결과를 낳게 되리라고는 꿈에도 생각지 못했을 것이다.'

　루카스는 베링을 도모하려는 의도에서 시작된 타키온 군의 일련의 행위를 비웃었다.

　이것으로 사상 최대의 작전 가운데 절반을 달성했다. 이제 발라크 지역에 대한 공략과 웨든주에 발이 묶여 있는 다이얀을 처리하는 일만이 남았다.

　루카스는 유캐슬 성 망루에 올라 거대한 타키온의 동부 평야 지대를 바라보았다.


＊　　　＊　　　＊


　루카스가 얏탄 성에 대한 포위망을 끝내고 그렌시 성을 향해 출발한 지 오래지 않아 일단의 인물들이 얏탄 성에 몰래 잠입해 다이얀이 머무르고 있는 별장을 찾았다.

　곤히 자고 있던 다이얀은 시종의 부름을 듣고 자리에서 일어났다. 옷을 가다듬고 거실로 나간 다이얀. 그곳에는 이미 필리프 사령관을 포함해 서너 사람이 자릴 잡고 있었다.

　그들은 웨든주에서 봉기를 일으킨 로렌스와 그의 동료들이었다. 휴든 평원을 탈출해 갈 곳 없는 그들이 이곳으로 도망을 쳐왔다.

"안녕하셨소, 다이얀 군사. 곤히 자는데 미안합니다."

로렌스가 초췌한 몰골로 인사를 올린다. 보아하니 이만저만 고생한 모양이 아니었다. 그 옆에 있던 로렌스의 동료 아드밀손과 렘토스도 같이 인사를 올렸다.

"자, 어서 자리에 앉으세요."

"감사합니다."

로렌스는 자리에 앉자마자 타키온의 장군 융베로에 대한 비겁한 행동을 성토한 후, 휴든 평원에서 트로니아 군에게 대패한 사실을 상세하게 일러주었다.

다이얀은 로렌스의 말을 들으며 얼굴에 아무런 기색을 드러내지 않고 간간이 고개만 끄덕였다.

"다이얀 군사, 이제 어찌하는 것이 좋을까요?"

필리프가 근심 어린 기색으로 다이얀에게 물었다.

"지금 얏탄 성을 포위하고 있는 트로니아 군의 상황은 어떤가요?"

"헤인세의 1군단 병력을 주축으로 사방에 포진을 펼치고 있는 상황입니다. 최근 정보에 의하면 루카스가 일단의 병력을 이끌고 얏탄 성을 떠났다는 말도 있습니다."

필리프의 말을 듣고 다이얀은 처음으로 반응을 나타냈다. 그는 손가락으로 탁자를 가볍게 두드리며 깊은 생각에 잠겼다. 필리프와 로렌스 일행은 가만 다이얀의 행동을 지켜보았다. 얼마의 행동이 흘렀을까.

"내가 없는 사이 세상이 좁다 하고 설쳐 대고 있나 보군요. 자, 그가 없으니 이제 우리가 움직일 차례로군요."

오랜만에 다이얀의 두 눈동자가 초롱초롱 빛났다. 움직이겠다는 다이얀의 말에 필리프도 만면 가득 환한 표정을 짓는다.

"필리프 장군, 현재 성안에 있는 병력은 오만이 맞지요?"

"맞습니다."

"루카스가 저 다이얀을 너무 우습게보고 있군요. 좋습니다. 이제부터 우리 타키온이 아직 건재하다는 것을 보여줍시다. 내 말을 잘 들으……."

다이얀이 정색하며 작전 지시를 내리려 할 때였다.

"이곳엔 쥐가 상당히 많군요."

쉬익!

로렌스의 동료인 무사 아드밀손이 중얼거리더니 창밖을 향해 손을 재빠르게 휘둘렀다.

"으윽!"

비명 소리와 함께 털썩 바닥에 육중한 물체가 떨어지는 소리가 들려왔다.

"웬 놈이냐!"

필리프가 이를 보고 놀라 밖으로 뛰어나갔다. 저택을 경비하던 병사들이 횃불을 들고 마당을 비춰보니 검은 야행복을 입은 인물이 몸통에 단검이 꽂힌 채 죽어 있었다.

"누군지 확인해 보셨습니까?"

"말로만 듣던 루카스의 특수부대원인 모양입니다."

"하하, 내 일거수일투족을 속속들이 감시하고 있었던 모양이네요. 그나저나 로렌스 경의 동료 분 가운데 이런 고수가 있었을 줄은 몰랐습니다."

"과찬의 말씀이십니다."

야큐트파의 고수인 아드밀손은 각종 암기에 능했고, 일찍이 로렌스와 친분을 맺어왔다. 그는 원래 남부 대륙 출신으로, 스스로를 자유 무사라 칭했다. 로렌스가 당한 일에 같이 분노를 느꼈고, 그를 부추겨 봉기군을 결성하는 데 큰 역할을 담당하기도 했다.

"군사, 이곳의 경계를 더 철저히 해야겠네요. 저런 자가 지금까지 군사를 감시하고 있었다는 생각을 하니 가슴이 철렁합니다."

"필리프 장군, 하나 분명한 것은 루카스가 아직은 나를 암살하고 싶은 생각은 없나 봅니다. 하하하, 그것이 얼마나 뼈아픈 실책인지 내 확실히 보여주겠소."

다이얀이란 인물도 정녕 보통은 아니었다. 이런 상황에서 태연히 웃음을 짓고 농담을 하는 모습에 그를 처음 대면하는 아드밀손과 렘토스의 얼굴에 감탄의 기색이 역력했다.

"자, 이미 한 배를 타고 있는 우리들이니 같이 이 난국을 타개할 방법을 찾아봅시다."

다이얀은 지도를 펼쳐 놓고 자신의 구상을 그들에게 상세히 설명해 주었다. 간단하면서도 핵심을 찌르는 그의 계획에 네 사람은 얼굴 가득 경탄의 빛을 띠면서 다이얀에게 작별을 고했다.

그들이 돌아간 것을 확인한 다이얀. 다시 지도를 펼쳐 놓고 깊은 생각에 잠겼다.

'루카스, 한시도 방심할 수 없게 만드는 자로구나.'

루카스가 그렌시 성을 향해 출발했다는 얘기를 듣는 순간 대략 그의 의중을 파악할 수 있었다.

'나를 십분 활용해 자신이 원하는 것을 얻었겠지. 으음, 어떻게 하는 것이 타키온에 도움이 될 것인가? 발라크 지역에 있는 마시온 요새로 향하는 것이 좋을까, 아님 유캐슬 성으로? 아냐. 유캐슬은 이미 루카스에게 떨어졌을 가능성이 크다. 그렇다면 2로군 사령부가 있는 트루젠 성이 적합한데……'

다이얀은 눈으로 확인하진 않았지만 대략 루카스의 의중을 간파하고 있었다.

'발라크 지역으로 들어가면 일시적으로 루카스를 괴롭힐 수 있을 것이다. 그러나 고립된 지역에서의 활동은 한계가 있고, 내가 움직이지 못하는 동안 그가 또 무슨 흉계를 꾸밀지 모르는 일.'

다이얀은 고민에 고민을 거듭하다 급히 사람을 시켜 로렌스의 동료인 자유 무사 아드밀손을 불러오게 했다.

"찾으셨습니까?"

"새벽녘에 미안합니다."

"무슨 말씀을. 군사께서 필요하시면 언제라도 달려오겠습니다."

이미 다이얀에게 마음이 푹 빠진 아드밀손.

"하하, 그렇게 말씀하시니 고맙습니다. 다름이 아니고 경에게 부탁할 일이 하나 있어 불렀습니다."

"무슨 일인지 모르겠지만 제가 할 수 있는 일이라면 최선을 다하겠습니다."

"지금 경의 정보 수집 능력이라든가 소식을 전달하는 속도는 어느 정도 수준입니까?"

다이얀의 물음에 아드밀손은 일순 답을 하지 않고 의아한 표정으로 다이얀의 얼굴을 바라보았다. 언뜻 그의 질문을 이해하지 못한 듯했다. 잠시 후 입을 여는 아드밀손.

"북부 대륙에 비록 많은 수는 아니지만 아큐트류의 동문들이 각지에 퍼져 활동을 하고 있습니다. 그들의 직업이 대게 도장을 운영하고 있고, 검술을 배우는 사람들이 대부분 고위층의 자제들이라 나름대로 정보 수집에 유리하다고 봅니다. 그리고 소식을 전달하는 데 있어서는 말을 타면 일반 사람들과 비슷할 것이고, 속보를 놓고 본다면 저희가 훨씬 빠르지요. 다른 사람 눈에 띄지 않게 전달하는 것도 가능하고요."

"역시 내가 잘못 보진 않았군요."

다이얀은 아드밀손의 말에 만족해하며 그에게 몇 가지 일을 당부했다. 아드밀손은 다이얀의 부탁을 받고 바로 길을 나섰다.

“휴우, 힘들구나.”

다이얀은 그를 배웅하고 거실에 있는 의자에 털썩 주저앉았다. 정면 벽에 걸려 있는 한 폭의 그림이 눈에 들어왔다. 하얀 눈이 내리는 가운데 고고한 기운을 간직한 채 꽃을 피우고 있는 매화를 그린 그림이었다.

유약하면서 강인한 매화. 다이얀은 문득 저런 삶을 살다 가고 싶다는 생각이 들었다. 어떤 역경이 닥쳐와도 흔들리지 않고 그 자태를 유지하며 화려한 꽃을 피우는 그런 삶을 말이다.

“일이 이 지경에 이르렀으니 발라크는 포기하자. 마시온 요새가 아깝긴 하지만, 그 또한 사람이 있어야 그 효용을 발휘하지 않겠는가.”

다이얀은 몸은 피곤한데 잠이 오질 않아 날이 샐 때까지 그곳에 앉아 눈을 그림을 바라보며 여러 가지 상념을 떠올렸다. 얏탄 성의 하루가 그렇게 갔다.

＊　　　＊　　　＊

얏탄 성을 포위하며 다이얀의 발을 묶어두는 데 주력하고 있던 헤인세. 너무 조용한 얏탄 성의 반응에 슬슬 긴장이 되기 시작했다.

초기 압도적인 병력의 우위는 비밀리에 루카스가 병력을 차출해 감으로 크게 줄어 있었다. 오만 대 오만. 그런 상태에서 아무런 동정이 감지되지 않자 도리어 불안한 마음이 인다.

헤인세는 부관을 시켜 생사고락을 같이 한 고참 사단장 만시니 장군과 토세론 장군에게 다시 한 번 성의 동정을 자세히 감시하라는 지시를 내렸다.

트로니아 군 분위기는 헤인세와 달리 얏탄 성의 움직임이 너무 없기 때문에 병사들의 긴장이 상당히 풀려 있었다. 또, 너무 오랜 긴장은 병사들의 사기를 저하시킬 수 있기 때문에 알면서도 방관하는 부분이 있었다.

그렇게 며칠이 흘렀다. 평소처럼 군장을 꾸리고 각 성문 앞에 있는 진지 순시를 하려던 헤인세.

갑자기 동부 방면에서 요란스런 함성이 들려왔다. 그곳은 1사단장 만시니 장군이 진을 구축하고 있는 곳이었다.

헤인세는 급히 병사들을 보내 무슨 일이 발생했는지를 파악하게 했다. 오래지 않아 부관이 허겁지급 달려오며 헤인세에게 보고를 한다.

"장군, 큰일 났습니다. 동문의 만시니 장군이 갑자기 밀려든 봉기군의 공격을 받고 있습니다."

"뭐라고? 봉기군의 공격을 받고 있다고?"

헤인세는 순간적으로 어리둥절해 정확한 사태 파악을 할 수가 없었다.

지금 웬 봉기군이란 말인가? 헤인세가 알기로 로렌스의 봉기군은 휴든 평원에서 맥그리 장군에게 완전 격멸된 것으로 알려져 있었다. 그런데 트로니아 정규군을 공격할 정도의 봉기군이라면 그 규모가 보통이 아닐 것인데 어찌 된 일이란 말인가.

머리를 갸웃거리며 생각을 거듭하고 있을 무렵, 동문 방향에서 더 큰 함성이 들려왔다. 헤인세가 이 함성에 놀라 흠칫거릴 때 병사 한 명이 급히 달려왔다.

"장군, 얏탄 성 동문이 열리며 타키온 군이 쏟아져 나오고 있습니다. 앞뒤로 공격을 받느라 고전하고 있다고 구원을 요청하고 있습니다."

전혀 생각지도 못했던 봉기군의 공격과 그 틈을 노리고 성에서 출격한 타키온 군의 협공에 만시니의 1사단이 고전을 면치 못하고 있다는 소식이었다.

헤인세는 구체적인 내용은 몰랐지만, 봉기군과 타키온 군 사이에 모종의 약속이 있었다는 것을 깨달았다.

"서둘러 동문에 있는 만시니 장군을 지원토록 해라. 그리고 남문과 북문에 있는 2사단, 3사단은 동요하지 말고 현 위치를 사수하라 이르거라."

"알겠습니다, 장군."

부관에게 급히 명령을 내린 헤인세였지만 좀 늦고 말았다. 만시니의 1사단이 고전하는 소식을 듣고 남문에 있던 토세론 장군이 2사단 병력을 이끌고 구원에 나선 것이다.

루카스가 그렇게 신신당부했던 공조 체계가 단번에 깨져버렸다.

성 망루에서 이를 보던 다이안은 회심의 미소를 그리며 필

리프에게 다음 작전을 지시했다. 토세론의 2사단 병력이 남
문을 떠나자마자 남문이 열리며 타키온 군이 다시 물밀듯이
쏟아져 나왔다.

　동문의 만시니를 구원하기 위해 달려가던 토세론의 2사단
은 측면을 향해 돌진해 오는 타키온 군의 모습에 놀라 방향을
선회하려 했으나, 한두 명의 병사가 아닌 대규모 병력을 쉽게
방향 전환시키는 것은 쉽지 않았다. 차라리 더 속력을 내 1사
단을 구원함만 못했다.

　순식간에 2사단의 허리를 강타한 타키온 군. 심각한 피해
가 발생했다. 토세론이 고래고래 소리치며 방향 전환에 성공
했지만 그간 입은 피해가 이만저만이 아니었다.

　동문을 향해 달려가던 헤인세는 남문에서 고전을 면치 못
하고 있는 2사단을 보고 어쩔 수 없이 방향을 틀어 토세론을
구원해야 했다. 한번 잘못 끼워진 단추는 그 후 연속적인 오
판을 낳게 했다.

　헤인세가 4사단을 이끌고 토세론을 구원하는 사이 타키온
군이 역시 서문을 열고 쏟아져 나왔다. 그들은 서문 진지를
박살내고 곧바로 북문을 향해 달려갔다.

　헤인세는 이를 보고 땅을 쳤지만 병력을 다시 되돌리기엔
시간적으로 불가능했다. 그는 남문에 있는 토세론을 구하는
데 최선을 다해야 할 뿐이었다.

　헤인세가 직접 지휘하는 4사단이 2사단을 도와 타키온 군
을 공격하자 그들의 예봉이 잠시 꺾이는 듯했다. 말 그대로

잠시뿐이었다.

헤인세가 적과 접전을 벌이며 주위 상황을 돌아보니 이미 동문과 북문의 1사단과 3사단은 완전히 괴멸당해 사방으로 도망치기 바빴다. 더욱이 그들을 격파한 타키온 군이 남문을 향해 다가오는 것이 아닌가.

자칫 잘못하면 1군단 붕괴라는 참혹한 결과가 나올 것을 우려한 헤인세. 바로 퇴각 명령을 하달했다. 적절한 순간에 나온 퇴각 명령. 만일 퇴각 명령이 조금만 더 늦었다면 헤인세의 예상대로 1군단은 당분간 재기 불능의 상태에 빠졌을 것이다.

헤인세는 타키온 군의 추격을 피해 서쪽이나 북쪽이 아닌 남쪽을 택했다. 헤인세는 남으로의 후퇴는 루카스가 지나간 흔적이 있기에 타키온 군이 추격을 꺼려할 것이라 판단했고, 그의 판단은 정확했다.

얏탄 성 남부 20㎞ 지점. 헤인세는 퇴각한 병사들을 수습하며 깊은 한숨을 들이마셨다. 꼴이 말이 아니었다. 병력의 삼분지 일을 단 한 차례의 전투에서 상실했다. 그나마 조기에 무너져 퇴각하는 바람에 사상자가 적게 발생했고, 2사단장 토세론이 경미한 부상을 입었을 뿐, 고급 지휘관들 가운데 전사자는 아무도 없었다.

"내 그리 신신당부 했거늘, 어찌 이리 병력을 경솔하게 움직인단 말입니까!"

헤인세가 토세론을 보며 질책하자 얼굴을 붉히며 고개를

떨어뜨리는 토세론. 입이 백 개라도 할 말이 없었다. 보다 못
한 만시니가 나서며 정확한 상황을 설명했다.

"죄송합니다. 그러나 소장의 입장에서 이 점은 분명히 설
명 드려야겠습니다. 새벽녘에 일단의 주민들이 북쪽 방향에
서 성으로 접근했습니다. 선두에 어린애와 여인들이 있는지
라 얏탄 성에 대한 소문을 모르고 찾아온 유민으로 판단하고
성으로의 접근을 막았습니다. 그때 그들의 후미에 있던 건장
한 유민들이 갑자기 병사들을 공격했지요. 후방에 대한 방비
가 없던 터라 큰 피해가 발생했고, 그 틈을 노려 타키온 군이
공격을 가했습니다."

"으음, 말을 듣고 보니 철저히 계산된 공격이었구려."

헤인세는 만시니의 설명을 듣고 곧바로 다이얀을 떠올렸
다. 그자 아니면 이런 계략을 쓸 수 있는 사람이 몇 안 되기
때문이다.

"오늘 있었던 잘못에 대해서는 향후 다시 논의하기로 하
고, 우선 루카스님께서 지시한 얏탄 성의 다이얀을 잡아두기
위한 임무를 계속 수행해야 할 겁니다."

헤인세의 말에 사단장들이 각기 자신의 의견을 개진했으
나 병력의 열세 상황에서 1군단이 취할 수 있는 방법은 하나
밖에 없었다. 적의 퇴로로 여겨지는 성 동쪽에 매복하고 있다
퇴각하는 다이얀을 공격하는 방법이었다.

며칠 뒤, 헤인세가 병사들을 수습해 얏탄 성 동부 방면으로
이동하려 할 때, 얏탄 성을 정찰하고 돌아온 특수부대원이 성

내 상황을 보고했다.

그의 보고를 들으며 헤인세의 얼굴이 시시각각 바뀌더니 보고가 끝나자 허탈한 심정으로 한숨을 푹 내쉬었다.

"정말 성내에 아무도 없단 말이냐?"

"그렇습니다. 제가 틀림없이 확인했습니다. 타키온 군은 이미 성을 나갔다고 합니다."

"이런 젠장할."

헤인세는 서둘러 병력을 이끌고 얏탄 성으로 달려갔다. 성 근처에 이르자 특수부대원 보고대로 타키온 군의 흔적이 보이지 않았다.

헤인세는 그래도 안심이 안 되는 듯, 선발대를 보내 성 내부를 살펴보게 했다. 성 내부를 샅샅이 확인한 후 돌아와 보고하는 선발대. 성내에 타키온 군은 한 명도 없었다.

얏탄 성을 거저먹은 헤인세. 그는 서둘러 루카스에게 다이얀이 성을 나갔다는 사실을 전달하게 한 후 쉴 틈 없이 다이얀을 추격하기 시작했다.

'이놈을 놓쳐서는 안 된다. 두고두고 트로니아에게 해가 될 놈이다.'

헤인세는 이를 뿌득 갈며 말에 박차를 가했다.

*　　　　*　　　　*


루카스는 유캐슬 성을 접수한 데 이어 성 남서부에 있는 블샌 성을 공략해 점령하는 데 성공했다. 이로써 발라크 지역은 완전히 트로니아 군에게 포위가 되었다. 이제 얏탄 성에 다이얀만 처리하면 이번 작전은 완전 성공이다.

루카스는 데릭으로 하여금 2군 사령관 루이스에게 발라크 지역에 대한 공격을 명령했다. 마시온 요새가 있지만 후방에 있던 요새라 수비병이 그리 많지 않다. 그 상태에서 구원이 없을 경우 그리 어려운 대상은 아니었다.

유캐슬 성 집무실에서 제장들과 더불어 간만에 휴식을 취하며 다음 작전을 구상하고 있을 때, 맥그리가 루카스를 찾았다.

"군사님, 헤인세 장군의 전갈입니다."

"헤인세 장군의 전갈? 다이얀이 움직이기 시작했나 보구려."

서신을 읽다 인상을 팍 구기는 루카스.

"이런 통탄할 일이 있나."

"무슨 일이십니까?"

맥그리가 의아한 표정으로 묻는다.

"휴우, 다이얀이 얏탄 성을 무사히 탈출했다는구려."

"예에?"

"다 잡은 대어를 놓쳤을 뿐 아니라, 이자가 무슨 흉계를 꾸밀지 모르니… 앗차!"

루카스는 서신 마지막을 읽다 깜짝 놀라 소리쳤다.

"맥그리 장군."

"예, 군사님."

"장군은 나와 함께 속히 병력을 이끌고 얏탄 성 동부 방면으로 가야 할 것 같소. 헤인세가 다이얀을 추격한다고 길을 나선 모양인데, 그를 도와줘야 할 것 같소."

불길한 마음이 솟구친다.

'네이팜을 잃은 지 얼마 안 됐는데, 이번에 그의 자식마저 잃는다면 내 어찌 네이팜의 얼굴을 보겠는가.'

루카스는 2군단장 브랜든에게 유캐슬 성 수비를 맡기고 부리나케 말에 올랐다. 젊고 영준한 헤인세의 얼굴이 떠올랐다.

'경솔하기는. 다이얀 정도 되면 당연 헤인세가 추격할 줄 알고 있지 않겠는가.'

루카스는 지도를 놓고 심각하게 다이얀의 퇴각로를 예측해 보았다. 두 가지 경로가 있었다. 하나는 웨든주 최동단을 통해 북으로 우회해 타키온 국경을 넘는 노선과 남으로 우회해 타키온으로 들어가는 노선이었다.

"음, 이자가 어느 경로를 택하느냐에 따라 헤인세의 운명이 결판나겠구나."

루카스는 지도를 뚫어져라 바라보며 혼잣말로 중얼거렸다.

루카스의 염려에도 불구하고 헤인세는 다이얀을 놓치지 않기 위해 그의 흔적을 발견한 후 맹렬히 추격했다.

자신을 군단장에 임명한 루카스의 기대에 부응해야 한다
는 강박관념과 부친인 네이팜을 죽음에 몰아넣은 다이얀에
대한 원한이 절묘하게 결합되어 투지를 불타오르게 했다.

"장군, 흔적을 보아하니 하루 정도면 타키온 군의 후미를
잡을 수 있을 것 같습니다."

만시니의 보고에 골몰히 생각에 잠긴 헤인세.

"만시니 장군, 그렇다면 오늘 밤 쉬지 말고 행군을 강행해
그들을 기습 공격하는 것이 어떻겠습니까?"

"그 방법도 괜찮긴 한데, 지금 병사들이 상당히 지쳐 있는
상태입니다. 차라리 휴식을 시키고 내일 행군 속도를 올리는
것이 어떻겠습니까?"

"만일 그러다 다이얀이 타키온 국경을 넘어버리면 그를 쫓
는 게 다 허사가 되질 않습니까? 좀 힘들더라도 내 생각대로
합시다."

"알겠습니다, 그렇게 준비토록 하겠습니다."

만시니가 더 이상 말을 하지는 않았지만 1군단 병사들은
사실 쉬지도 못하고 계속 적의 뒤를 쫓느라 매우 지쳐 있는
상태였다.

여기서 한 가지 눈여겨볼 대목은 헤인세와 1군단 사단장들
이 간과한 사실이 있었다. 그것은 그들이 쫓고 있는 자가 다
름 아닌 천재 전략가 다이얀이란 사실이었다. 그런 천재가 허
술하게 흔적을 남긴 채 퇴각하겠느냐는 것이다. 그들은 깨닫
지 못하고 있었지만, 타키온 군이 남긴 흔적은 흔적이 아니라

그들을 유인하기 위한 미끼라 보는 것이 더 타당할 것이다.

헤인세와 1군단은 점점 자신들의 목을 죄이는 그물 속으로 들어가는 물고기처럼 다이얀이 파놓은 구렁텅이에 제 발로 들어가고 있었다.

야간 행군을 거듭한 끝에 날이 샐 무렵 타키온 군을 따라잡게 되었다. 척후의 보고에 의하면 타키온 군이 구릉 너머에 진을 치고 있는데, 새벽녘이라 경계가 허술하다는 것이었다.

헤인세는 자신의 판단이 옳았다고 확신하며 전세를 일거에 뒤집을 생각을 했다. 그는 전투 준비를 명령했고 곧 병사들은 공격 준비를 다 갖추었다.

병사들은 비록 야간 행군을 감행해 육체적으로 크게 지친 상태였으나, 방심하고 있는 적을 기습 공격한다는 사실에 사기가 크게 고조되었다.

일정거리까지 조용히 접근을 시도한 트로니아 군. 헤인세의 공격 명령이 하달되자 단위 부대별로 속력을 내며 타키온 군의 진지로 돌격하기 시작했다.

예상치 못한 트로니아 군의 공격을 받았다는 양, 타키온 군이 허둥지둥 놀라 도망치는 모습이 보였다. 트로니아 군은 이런 모습에 더욱 신이 나 공격 속도에 박차를 가했다.

그들이 타키온 군 진지에 거의 다다랐을 무렵, 헤인세를 비롯한 1군단 지휘관들은 뭔가 일이 잘못되었다는 것을 깨달았다.

소수의 경계병만 도망을 쳤을 뿐 대다수의 병사들은 막사

안에서 나오지도 않고 있었다. 아무리 피곤하고, 아무리 창졸간에 당한 기습 공격이라 해도 전쟁터에서 이런 분위기는 나올 수가 없다.

"아니, 이놈들이 다 어디 있는 것… 크윽!"

하도 이상한 광경에 놀란 병사들이 군막에 다가가 막사를 들치려 할 무렵, 갑자기 군막이 걷히며 군막 안에 있던 타키온 병사들이 화살을 발사했다.

화살에 맞은 병사의 비명 소리가 신호인 듯, 구릉지 곳곳에서 트로니아 군을 향해 화살이 빗발치듯 날아왔다.

놀란 트로니아 병사들의 눈동자에 작은 점 같은 화살이 내리꽂히는 것이 보였다.

그렇지 않아도 밀집되어 있던 트로니아 군은 순식간에 대량의 사상자가 발생했다.

그제야 지휘관들이 적의 함정임을 깨닫고 소리쳤으나, 별 효과가 없었다.

푸욱.

"으윽!"

선두 부대의 일부 병사들이 화살 장막을 뚫고 적진 가까이 접근을 했으나, 그들을 반긴 것은 바닥에 빽빽이 꽂혀 있는 나무 꼬챙이들이었다. 위장한 바닥 밑에 설치된 꼬챙이에 꽂힌 병사들이 처절한 비명을 지르며 죽었다.

퇴각을 권유하는 부관의 말에 헤인세는 손을 부들부들 떨며 다이얀에 대한 분노의 일성을 내뱉었지만, 전황이 어떻게 돌아가는지는 잘 알고 있었다.

헤인세는 눈물을 머금고 전군 퇴각을 명령했다. 트로니아 군이 퇴각을 시작했다. 하나 퇴각조차 뜻대로 되지 않는 트로니아 군이었다.

커다란 함성과 함께 퇴각하는 트로니아 군의 좌우 측면으로 타키온 군이 모습을 드러내며 돌진하는 것이 아닌가.

공포에 휩싸인 트로니아 병사들은 서로 도망치기 위해 아군끼리 퇴각로를 막아버리는 사태까지 일어났다. 과거 앨프래드의 공격에 무너지던 상황과 비슷한 모습이 연출되고 있었다.

좌우에서 협공을 당하는 트로니아 군은 이미 군이라 하기에 민망할 정도로 그 대열이 무너져 버렸다. 지휘관들이 아무리 소리쳐 병사들을 독려했지만 이미 엎질러진 물이었다.

체력적으로 고갈이 된 상태에서 정신력으로 버티고 있던 트로니아 군. 그 정신력마저 더 이상 기댈 데가 없자 허수아비처럼 아무 위력을 발휘하지 못했다.

마침내 타키온 군의 공격이 1군단장 헤인세가 있는 곳까지 밀려오기 시작했다. 부관은 물론 헤인세 본인까지 검을 뽑아들고 밀려오는 타키온 군과 전투를 벌였다.

휘익!

헤인세의 번쩍이는 검과 함께 붉은 핏줄기를 내뿜으며 타키온 병사의 머리가 서너 발자국 떨어진 곳에 나뒹굴었다.

타키온 군은 트로니아의 고급 지휘관들을 표적으로 집요하게 그들의 목숨을 노리고 달려들었다.

찰싹.

"장군, 안 되겠습니다. 먼저 퇴각하셔야겠습니다."

헤인세의 부관이 말과 함께 거칠게 말 등을 두드리자 놀란 말이 앞뒤 가리지 않고 앞으로 달려갔다.

헤인세가 피눈물을 흘리며 소리쳤으나, 그의 말은 정신없이 전선을 벗어나고 있었다. 고개 돌려 바라보는 그의 두 눈에 서너 자루의 창에 꽂혀 쓰러지는 부관의 모습이 들어왔다.

아직 헤인세는 안심할 단계가 아니었다. 일군의 타키온 병사들이 헤인세를 노리고 그 뒤를 바짝 따라오고 있었다. 말도 지친 상태라 점점 추격해 오는 타키온 병사들과 거리가 좁혀지고 있는 헤인세.

"아, 아버님의 원수도 다 갚지 못하고, 소자도 이렇게 갑니다."

헤인세가 큰소리로 자신의 신세를 토로하더니 말 머리를 뒤로 돌렸다. 이제는 이판사판이었다. 죽을 때 죽더라도 트로니아 군의 명예를 더럽히지 말아야겠다라고 생각한 헤인세는 마지막 힘을 내어 달려오는 적을 향해 단신 필기로 돌진했다.

"이얍!"

"크윽!"

그를 추격하던 타키온 군 장교가 헤인세의 검에 머리가 달아난 채 말에서 떨어졌다. 그와 동시에 다른 타키온 군 장교의 검이 헤인세의 옆구리에 깊은 상처를 내었다.

"으윽!"

헤인세는 묵직한 통증에 자신도 모르게 비명을 내지르며 득의한 표정을 짓고 있던 그 장교의 가슴을 재빠르게 찔렀다.

"내가 트로니아의 헤인세다! 다 덤벼라!"

미친 소처럼 마구 날뛰며 타키온 군을 공격하던 헤인세. 그는 결코 일당백의 초인이 아니었다. 검을 휘두르는 속도가 점점 느려지더니 마침내 검을 들고 있을 힘도 없어 바닥에 검을 떨구고 마는 헤인세.

자신의 머리를 향해 날아오는 적의 검을 멍하니 바라봐야 하는 헤인세. 모든 아쉬움을 날려 버리며 두 눈을 질끈 감았다.

"커억!"

그러나 비명은 그의 입이 아닌, 검을 휘두르던 타키온 병사의 입에서 터져 나왔다. 헤인세는 천천히 눈을 떴다. 그의 머리를 노리고 검을 내려치던 병사는 양미간에 화살이 깊게 박힌 채 앞으로 천천히 쓰러지고 있었다.

헤인세가 놀라 주위를 돌아보니 저 멀리 맥그리의 3군단 병사들이 맹렬히 달려오고 있었다. 헤인세는 그 모습을 보고 말에서 내려 그 자리에 털썩 주저앉았다. 몸 안에 한 톨의 기력조차 없었다.

얼마의 시간이 흘렀을까. 심한 갈증을 느끼고 있던 차에 물병을 건네주는 이가 있었다. 헤인세는 물을 받아 들며 고개를 쳐들어 그 사람을 바라보았다.

"앗, 루카스님!"

"고생이 많았지. 어서 들이키게."

"죄, 죄송합니다. 제가 부족해……."

"그만. 그 얘기는 나중에 하고 어서 물이나 들이키게나."

헤인세는 물을 마시며 자신도 모르게 눈물을 주르륵 흘렸다. 한 번도 아니고 두 번씩이나 다이얀에게 일격을 당했다. 창피하다는 생각이 물밀듯 밀려왔다.

루카스는 아무 말 않고 그의 어깨를 가볍게 두드려 주었다. 백 마디 말보다 가볍게 어깨를 두드려 준 그의 동작이 헤인세에게 큰 위로가 되었다.

좀 더 쉬라고 일컫고 고지대에 올라 전황을 내려다보는 루카스. 타키온 제국의 넓고 광활한 대지가 두 눈에 가득 들어온다. 한눈에 보아도 쉽게 알 수 있는 발키아의 초지와는 전혀 다른 비옥한 대지였다. 저 대지를 바탕으로 오늘날의 타키온 제국이 형성되었다 해도 과언이 아니다.

그 대지 위에서 트로니아 군과 타키온 군이 엎치락뒤치락 접전을 벌이고 있었다. 맥그리가 성난 황소처럼 타키온 군을 공격했으나, 교묘히 이를 피하며 타키온 국경을 넘는 다이얀. 루카스는 두 주먹을 불끈 쥐고 발을 굴렀지만 안전하게 국경을 넘어 퇴각하는 다이얀의 모습을 가만히 바라볼 수밖에 없었다.

비록 웨든주와 그래온주를 수중에 넣었지만, 다이얀은 트로니아 군을 상대로 전승을 거두었다. 전투의 크고 작음을 떠

나 트로니아 군 장수들은 앞으로도 다이얀에 대한 무의식적
인 두려움에 자신들의 기량을 제대로 발휘하지 못할 가능성
이 컸다. 루카스는 무엇보다 그 점이 아쉬웠다.

그렌시 성으로 귀환한 트로니아 군. 전투 결과를 확인하고
는 다시 깊은 탄식을 내뱉어야 했다. 사만 병력 가운데 삼만 명
이 다이얀 추격전에서 목숨을 잃었다. 2사단장 토세론 장군과
3사단장이 그 자리에서 목숨을 잃었다. 난전 중 목숨을 잃은
토세론의 경우 그 머리조차 찾지 못하는 비참한 꼴을 당했다.

*　　　　*　　　　*

한편 살렛 성 2군 본부에 있던 사령관 루이스 장군은 루카
스의 명령이 떨어지자 곧바로 전군을 이끌고 발라크 지역에
대한 공격을 감행했다.

이미 발라크 지역에 대한 원군이 없다는 사실을 알고 있기
에 루이스와 마리오는 전격적으로 발라크 일대에 대한 공격
을 시작했다.

마리오가 사전에 적진의 상황을 세세히 파악해 놓고 있던
터라 루이스의 2군은 파죽지세로 발라크 지역의 국경 요새
파로트 성과 야헨 성을 함락시켰다. 발라크 지역의 거성 로스
린 성마저 큰 전투 없이 수중에 넣은 트로니아 군.

마리오의 뛰어난 전술 전략이 한몫을 담당하기도 했으나,
근본적으로 발라크 지역 내에 있는 요새와 성 가운데 마시온

요새를 제외하곤 대부분의 장수들이 과거 발키아 제국 출신들이었다.

타키온에 편입된 지 얼마 되지 않아 제국에 대한 충성심이 타키온 출신 장수들에 비해 현저히 떨어졌다. 이 약점을 마리오가 적절히 활용을 한 것이다.

"마리오 경, 이제 마시온 요새만 남았군요."

"헤헤, 그렇습니다. 결코 무시할 수 없는 성이고, 지금까지 겪었던 장수들과 달리 제국 출신 장군이 버티고 있습죠."

"경의 생각은 어떤가요? 이대로 마시온 요새를 향해 직진하는 것이 좋을까요, 아님 마시온 요새를 우회해 발라크 동부 지역을 점령하는 것이 좋을까요?"

로스린 성에 거점을 마련한 루이스. 북부 대륙 최강의 요새 마시온을 눈앞에 두고 고민에 고민을 거듭하고 있었다.

"헤헤, 장군, 제가 보기에 당연 전자의 방법을 택해야 합니다. 마시온 요새에만 삼만 수비병이 있을 뿐, 나머지 성에는 별반 수비 병력이 없는 상태입니다. 마시온 요새를 점령하면 나머지 성은 그대로 문을 열 겁니다."

마리오의 말에 고개를 끄덕이는 루이스와 하말키아.

날이 밝자 루이스는 전군을 이끌고 마시온 요새로 향했다. 중간에 몇몇 작은 성의 수비병들이 트로니아 군에 대한 저항을 시도했으나, 워낙 큰 전력 차를 극복하지 못하고 손을 들고 말았다.

삼 일 뒤, 하말키아의 4군단 병력이 마시온 요새를 육안으로 확인할 수 있는 지점에 도달했고, 다음날 정오 루이스의 본진이 도착했다.

"햐아, 말로 듣긴 했지만 정말 장난이 아니군요."

"그렇소. 북부 대륙이 명물이라 할 수 있지요."

수십만 대군이 몰려와도 쉽게 무너뜨릴 수 없다는 마시온 요새. 마리오와 루이스는 산 중턱에서 길게 밑으로 연결되어 있는 난공불락의 마시온 요새를 바라보며 연신 감탄사를 내뱉었다.

세 사람이 머리를 맞대고 마시온 요새 공략 방법을 논의하고 있을 무렵 마리오는 특수부대원의 괴이한 정보를 접하게 되었다.

"거참, 희한하네요."

"무슨 일인지요?"

"특수부대원의 정찰 정보를 입수했는데… 믿기도 그렇고, 그렇다고 또 믿지 않기도 그렇고. 거참."

궁금한 표정으로 루이스와 하말키아는 귀를 기울이며 마리오의 다음 말을 기다렸다.

"특수부대원이 마시온 요새 정찰에 성공했답니다."

"와, 다행이군요."

워낙 성벽이 높고, 탁 트인 곳이라 보통 접근이 어렵지 않았다. 그런데 특수부대원들이 그곳에 잠입해 정찰에 성공했다고 한다.

"야음을 틈타 요새에 잠입해 적진을 관찰하는데 그

만……."

　요새에 접근하면서부터 특수부대원들은 이상한 느낌이 들었다. 진지를 구축하고 곧 공격할 채비를 갖추고 있는 트로니아 군이 육안으로 확인되는 상황에서 타키온 군의 동정이 너무 없었다.

　아무리 마시온 요새가 난공불락을 자랑한다 하더라도 사람이 있는 이상 인기척이 느껴져야 하는데 그런 기척도 없었다.

　그들은 묘한 상황에 주의하면서 성벽을 넘어 적진을 살피기 시작했다. 얼마 후 대원들은 경악을 금치 못했다. 요새 내에는 쥐새끼 한 마리조차 보이지 않는 것이 아닌가.

　"뭐라고요?"

　루이스와 하말키아가 동시에 입을 열어 물었다.

　"아무도 없더랍니다. 혹시나 해서 한참을 더 기다렸다 요새 곳곳을 찾아봤는데, 사람의 흔적이 전혀 없었답니다."

　"이런 괴변이 있나."

　"요새 내의 흔적을 보고 판단하기로는 요새에 사람의 흔적이 끊긴 지 꽤 오랜 시간이 흘렀다는군요."

　"서둘러 확인토록 합시다."

　루이스는 마리오의 말이 끝나기가 무섭게 병사들을 이끌고 마시온 요새로 달려갔다. 비록 특수부대원의 정찰 결과를 듣긴 했지만, 요새에 바짝 접근했을 때 루이스는 자신도 모르게 주먹을 굳게 쥐어야 했다.

만일 이것이 상대방의 계략이라면 트로니아 2군은 자신의 목숨을 포함해 심각한 타격을 입을 것이 자명하기 때문이다.

루이스의 이런 걱정을 덜어주기라도 하듯, 마시온 요새 안에는 정말 아무도 없었다. 귀신이 곡할 노릇이었다.

"마리오 경, 마시온에 있던 타키온 군은 대관절 어디로, 왜 사라졌단 말이오?"

"험험."

연신 헛기침만 내뱉을 뿐, 마리오 역시 어떤 명확한 답을 할 방법이 없었다. 도대체 삼만 대군이 어디로 사라졌단 말인가.

분명한 사실 하나는 난공불락의 거대 요새 마시온을 피 한 방울 흘리지 않고 수중에 넣었다는 것이다.

타키온 제국이 이 요새를 손에 넣기 위해 안톤 재상의 목숨을 바쳤는데, 트로니아는 한 명의 희생도 없이 요새를 점령했다. 아마 제국 황제 드미트리 2세가 이 사실을 듣게 된다면 땅을 치고 통곡할 것이다.

그럼 여러 사람을 의문에 빠뜨린 마시온 요새의 수비병 삼만은 정말 하늘로 솟았단 말인가. 그것은 절대 아닐 것이다.

루이스와 마리온이 그렇게 궁금해하던 마시온 요새의 타키온 병사들은 루이스의 병력이 마시온 요새에 입성할 무렵 이미 발라크 지역을 벗어나 트로니아 군이 점령해 버린 블샌 성을 향해 다가서고 있었다.

마시온에서 철수한 타키온의 장수 람사드 장군 옆에 어디서 많이 본 듯한 자가 있었다. 그는 바로 로렌스의 동료인 자유 무사 아드밀손이었다. 다이얀의 부탁을 받고 얏탄 성을 떠난 그가 어떻게 람사드와 동행하게 되었을까.

사연은 이렇다.

다이얀은 루카스의 행로를 보고받고 이미 유캐슬은 물론 그 인근 성까지 가망이 별로 없다고 여겼다. 이 두 성이 트로니아 군의 수중에 떨어지면 발라크 지역의 타키온 군은 고립무원의 상태에 빠지게 된다.

비록 마시온 요새가 있긴 하지만 그 요새 역시 사람이 있고, 지속적으로 물자가 공급되어야 위력을 발휘하는 법이었다. 지원이 유한한 마시온은 그저 그렇게 버티다 결국엔 함락될 것이다.

다이얀은 아드밀손에게 가장 신속하게 마시온 요새에 도달해 수비대장 람사드 장군에게 자신의 전언을 전달해 줄 것을 부탁했다.

다이얀은 람사드에게 요새를 포기하고 서둘러 발라크 지역을 벗어나라 지시를 내렸다. 그리고 그로 하여금 유캐슬 성을 우회해 블샌 성을 공략하도록 명령을 내렸다.

당시 다이얀은 루카스가 유캐슬을 점령한 후 반드시 자신을 잡기 위해 웨든주로 돌아올 것을 확신했다. 더욱이 자신이 얏탄 성을 벗어났다는 소식이 전해지면 그의 움직임은 더욱 분명해질 것이었다.

유캐슬 성은 규모가 크고 보나마나 대규모의 트로니아 군이 주둔할 것이 분명하기 때문에 바로 수복하는 것이 불가능하지만, 블샌 성은 소규모의 수비병만 남겨놓고 있을 것이 분명했다.

람사드는 아드밀손이 전달한 다이얀의 서신을 받아보고 처음에는 도저히 그의 뜻을 이해하지 못했다. 마시온 요새를 포기하고 블샌 성을 공략하라는 내용은 상식적인 선을 벗어난 명령이었다.

만일 명령을 내린 사람이 다이얀이 아니었다면 그는 목에 칼이 들어와도 마시온 요새를 포기하지 않았을 것이다. 다이얀의 명령이기에 군소리 없이 그 명대로 움직였다.

최대한 이목을 피하며 람사드는 발라크 지역 경계를 넘어섰다. 내일이면 블샌 성을 공격 가시권에 넣을 수 있다.

람사드는 정중하게 아드밀손에게 블샌 성에 대한 정찰을 부탁했다. 걸어온 길이 다르지만 아드밀손과 함께 행동하는 동안 람사드는 다이얀이 보낸 이 무사가 보통 사람이 아니라는 것을 깨달았다. 그리고 다이얀에 대해 깊은 호감을 갖고 있는 사실도 깨달았다.

람사드의 부탁을 흔쾌히 받아들인 아드밀손. 조용히 나갔다 저녁이 되자 역시 조용히 귀환해 블샌 성의 정황을 상세히 설명했다.

타키온 제국에 제3의 눈이 생겼다. 트로니아 군부의 특수 부대에 비하면 아직 현격한 차이가 있지만, 나름대로 정보 수집 임무를 강화할 수 있는 길이 열린 것이다.

"수비병은 대략 삼천 전후로 보입니다. 얼마 전 전투로 서문이 크게 무너진 상태라 복구하는 모습이 보이더군요."

"하하, 고맙소, 아드밀손 경. 그 정도면 충분합니다."

람사드는 아드밀손의 정보를 근거로 밤을 새워 길을 재촉했다. 타키온 군 삼만은 동이 트기 전, 블샌 성을 어둠 속에서 포위하기 시작했다. 날이 밝으면 성 내부는 큰 혼란에 빠질 것이다.

람사드의 예상대로 날이 밝자 성을 포위하고 있는 타키온 군의 출현에 트로니아 군은 크게 당황했다.

람사드의 사자가 도착해 블샌 성의 항복을 요구했다. 수비대장 렝키 장군은 어안이 벙벙해 어쩔 줄 몰라 했다. 그는 블샌 성을 향해 다가오는 타키온 군에 대한 정보를 듣지 못했다.

렝키가 더 당황한 점은 이 근처에 타키온 군이 나타났단 말은 유캐슬 성이 다시 타키온 군 수중에 떨어졌다는 것을 의미하는 말이 된다.

렝키는 사자에게 생각할 여유를 달라고 요청하는 한편, 수비병들에게 방어 준비를 명령했다. 휘하 지휘관들을 소집해 난국을 타결할 방법을 논의한 렝키. 많은 의견이 나왔으나 주종을 이룬 의견은 결사항전이었다.

렝키는 그들의 의견을 받아들여 결사항전을 천명했다. 그러나 그는 분별력을 지니고 있는 장군이었다. 예하 지휘관들 가운데 젊은 지휘관을 중심으로 성을 탈출케 했다.

사자가 돌아간 직후 블샌 성의 성문이 활짝 열렸다. 그리고 일단의 군마가 세 방면으로 흩어져 포위망을 뚫고 도망치기 시작했다. 그 과정에서 많은 트로니아 병사들이 목숨을 잃었으나, 반면 살아 돌아간 자도 적지 않았다.

타키온의 람사드는 추격대를 조직해 탈출한 트로니아 군을 추격하게 하는 한편, 전군 공격 명령을 하달했다. 곧이어 벌어진 치열한 공성전.

블샌 성 수비병들은 사용 가능한 모든 병기를 동원해 타키온 군의 공격을 막았다. 그러나 양측이 모두 예상하고 있던 대로 성은 반나절을 버티지 못하고 무너졌다.

복구가 제대로 이뤄지지 않은 서문이 뚫리면서 타키온 군이 성안으로 물밀듯 밀려들어 갔다. 그것으로 블샌 성은 끝이었다. 부상자가 몇 안 될 정도로 많은 전사자를 만든 블샌 성은 결국 타키온 군의 수중에 떨어졌다.

블샌 성에서 탈출한 병사들로부터 타키온 군 출현 소식을 접한 유캐슬 성의 2군단장 브랜든은 깜짝 놀라 전군 비상령을 하달하는 한편, 루카스에게 급전을 보냈다.

얼마 후 브랜든은 특수부대원들의 정보를 근거로 이들이 마시온 요새 수비병들일 것이라 추측했다. 루이스의 본진이 유캐슬 성에 도착함으로 이 추측이 사실로 판명되었다.

베링의 민란으로 시작된 한차례의 뜨거운 열기가 서서히 가라앉기 시작했다.

드미트리 2세는 대규모의 상비군을 동원해 이번 전투에서 전사한 병사들의 자리를 메우게 했다. 비록 그래온주와 발라크 지역을 트로니아에게 잃었으나, 이 정도 선에서 끝난 것이 매우 다행이라 생각하는 타키온의 수뇌부였다.

몰트케를 북부 솔키 성에 묶어두고 루카스가 남부에서 계속 전선을 확대시켰다면 정말 어려운 경우에 처하게 될 뻔했기 때문이다.

펠트란은 소기의 목적을 달성하자 이번 전쟁에 유일하게 불참했던 발트 왕국을 내세워 트로니아, 타키온, 베링 3국에게 휴전 협정을 제의하게 했다. 베링과 타키온의 입장에서 분통이 터질 노릇이었으나 방법이 없었다.

현 상황에서 발트의 향배가 무척 중요했다. 만일 발트가 전면적으로 트로니아와 손을 잡고 연합한다면 이들 양국을 상대할 나라가 없기 때문이다.

"정말 이 방법 이외에 다른 방법이 없단 말이오?"

드미트리 2세가 황제 집무실에서 타키온의 양대 기둥인 몰트케와 다이안을 보고 얼굴을 붉히며 소리쳤다.

두 사람은 황제의 진노에 아무 할 말이 없었다. 어제 발트의 사신이 휴전 협정을 재촉하는 유레시안 국왕의 서신을 들고 왔다. 이전에 타키온의 눈치를 보던 발트가 어찌 감히 타키온 제국 황제에게 이래라저래라 한단 말인가.

"소신들의 입이 백 개라도 할 말이 없습니다. 다만 이번 경우 때가 너무 불리하니 저들의 요구대로 하는 것이 좋을 듯싶습니다."

"그렇습니다, 폐하. 저 다이안도 결코 이 치욕을 잊지 않을 것입니다. 반드시 잃어버린 영토를 수복함은 물론, 저들에게 오늘보다 몇 배 더한 치욕을 안겨줄 것입니다. 다만 몰트케 사령관의 말대로 지금은 저희가 수그려야 할 때입니다. 미래를 위해 잠시 동안만 말입니다.”

창백한 다이얀이 얼굴에 홍조를 드리우며 열변을 토했다. 그 말에 드미트리 2세의 흥분이 누그러졌다.

“내 두 사람의 말을 믿겠소.”

억지로 진노를 억누르며 협정서의 내용을 읽어보는 드미트리 2세.

그 옆에서 다이얀은 탁자 위에 놓인 찻잔 속을 뚫어져라 응시하며 마음의 각오를 다졌다.

‘루카스, 두고 보자. 지금은 너의 얼굴에 웃음꽃이 활짝 폈겠지만, 그 웃음꽃이 피눈물로 변하게 만들어주마.’

발트의 사신이 드미트리 2세의 서명을 받는 것으로 북부 대륙에 일었던 전쟁의 소용돌이가 가라앉았다. 하지만 이 협정이 결코 항구적인 평화를 가져오리라 예상하는 사람은 아무도 없었다.

전쟁의 주역인 트로니아의 펠트란과 루카스. 타키온의 몰트케와 다이얀 모두 말이다.

# The God of War

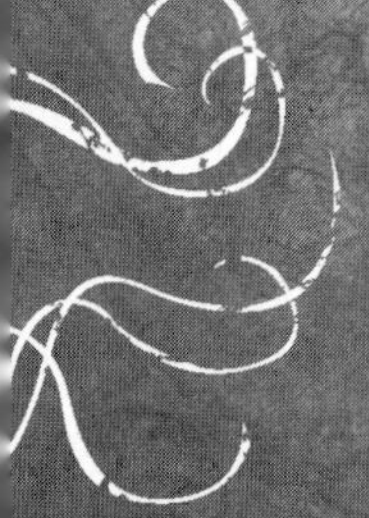

## CHAPTER 04

## 트로니아의 약진(躍進)

The God
of War

대륙력 1782년, 북부 대륙을 뜨겁게 달궜던 트로니아와 타키온의 대전(大戰)이 끝난 지도 어인 5년이란 시간이 흘렀다. 서른넷의 펠트란 황제는 점점 완숙한 모습으로 제국을 다스렸다.

5년 사이에 율리시안 대륙에 있었던 큰 사건을 살펴보면 우선 남부 대륙의 두 강국인 팔랑가스 제국과 크리타스 제국의 전쟁을 들 수 있다.

크리타스 제국의 성장에 위협을 느낀 팔랑가스 제국의 선공으로 지난해 봄 룬 평야 지대에서 격돌한 양 제국.

제이크 카라티노스가 지휘하는 팔랑가스 제국군의 기습 공격에 걸린 크리타스 제국군은 첫 전투에서 서부 사령관이 전사하는 큰 패배를 당했다. 전쟁의 양상은 순식간에 팔랑가스 제국 쪽으로 기울었고, 남부인들 대다수가 팔랑가스 제국의 룬 평야 점령을 기정사실화했다.

그러나 그때 크리타스 제국에 크레져라는 장군이 타나났다. 그는 거듭된 패배로 절체절명의 상태에 있는 크리타스에 혜성처럼 나타나 소수의 병력으로 룬 강 도하 작전을 성공시켜 제이크의 배후를 공격하는 데 성공했다.

제이크는 갑자기 나타난 크레져에게 거의 몰살이라 할 정도의 피해를 입고 본국으로 간신히 퇴각했다.

난세가 영웅을 부른다는 말이 있다. 남과 북에서 속속 영웅들이 탄생하고 있었다. 학자들은 현재 상태가 빌헬름 대제가 대륙을 통일하기 전의 상황과 흡사하다며 두 번째 대륙 통일을 기원했다.

다음으로 북부 베링 왕국의 수도가 바뀌었다. 쿠벨 왕은 투르손에서 중부에 있는 제논으로 천도(遷都)를 단행했다.

이는 다분히 트로니아 제국을 의식한 행동으로, 투르손은 새롭게 그어진 국경선을 기준으로 할 때 트로니아와의 국경에 너무 가까이 위치하고 있었다.

마지막으로 당사자를 제외하고 그다지 알려지지 않았지만, 트로니아와 새로이 국경을 맞닿게 된 인타 왕국이 타키온 제국과의 고립된 외교를 깨고 트로니아 제국에게 국교 정상화를 요청했다.

오래전부터 타키온 제국의 위성국으로 알려졌던 인타가

트로니아와 타키온의 다툼을 이용해 독립을 결심한 것이다. 타키온의 드미트리 2세가 유무형의 압력을 가했지만 소용이 없었다.

그렇다고 트로니아를 옆에 두고 인타를 공격할 수도 없는 일, 어쩔 수없이 그들의 하는 양을 가만 지켜볼 수밖에 없었다.

*          *          *

"헉헉헉, 다시 공격이 들어갈 거다."

"언제든지 좋습니다."

코린트에 있는 황궁 연무장, 두 소년이 목검을 들고 마주한 채 노련한 무사들처럼 오른쪽으로 서서히 원을 그리며 공격할 채비를 하고 있었다.

비록 나이가 많진 않지만 검을 들고 있는 자세와 기도가 보통이 아니었다.

연신 거친 숨을 몰아쉬며 공격할 기회를 노리는 키가 작은 소년은 팰트란의 아들 주니어로 올해 열한 살, 여유있는 표정으로 대적하고 있는 소년은 루카스의 셋째 아들인 조니 카라티노스로 올해 열세 살이었다.

둘 다 네이쳐류의 고수이자 팰트란의 호위무사인 매튜에게 검법을 배웠는데, 자질이 훌륭해 기초가 잘 닦였다.

서로를 겨누며 미동도 않던 두 소년 가운데 힘이 부치는 주니어가 참지 못하고 먼저 공격을 가했다.

휘익!

가볍게 허공을 가르며 중단으로 목검을 휘두른다. 비록 세기는 없지만 네이쳐류 특유의 부드러운 오의(奧義)를 어느 정도 체득한 듯했다.

타악!

조니 역시 목검을 마주 휘둘러 주니어의 검로를 봉쇄하며 서서히 찌르기를 시도한다. 순간적으로 검로가 봉쇄당하자 힘으로 조니의 검을 떨쳐 버리지 못하고 자신을 찔러오는 조니의 목검을 멍하니 바라보며 손을 드는 주니어.

"쳇, 조니는 너무 강해. 그런데 강하다는 건 잘 알겠는데 나한테 한 번은 져줘야 하는 거 아냐?"

주니어가 조그만 입을 오물거리며 조니를 바라보았다.

"왕자님, 검에는 눈이 없다고 사부께서 누누이 얘기하지 않았습니까. 져주는 것이 좋은 것은 아닙니다."

주니어와 두 살 차이지만, 열 살이 넘어가면서 할아버지인 바실리스를 닮아 덩치로만 보면 십오륙 세 소년으로 봐도 무방할 정도인 조니가 목검을 거두어들이며 담담히 대답을 했다.

"맞습니다, 왕자님. 조니의 말대로 검에는 눈이 없습니다. 계속해서 연마하는 수밖에 없지요. 허수로 이기는 것은 일시적으로 기쁨을 주지만, 장래에 큰 해가 될 뿐입니다."

둘의 대련을 지켜보던 매튜가 얼굴 가득 웃음을 띠며 말을 이었다.

　일곱 살 때부터 매튜에게 검술을 배운 조니는 이미 6년차가 되었고, 주니어는 3년차였다. 둘 다 어리지만 재기가 있고 중후한 성품을 지니고 있는지라 네이쳐류의 검술을 익히기에 적합했다.

　타키온 제국과의 전쟁이 끝난 직후 매튜는 팰트란에게 호위무사 직에서 물러나고 싶다는 뜻을 완곡히 표현했다. 팰트란은 어린 시절부터 지금까지 그림자처럼 자신을 호위했던 매튜를 놓치기 싫었다.

　그러나 팰트란도 검을 배우고 익힌 무도를 아는 사람으로서 매튜가 이미 자신을 위해 오랜 시간을 희생해 왔음을 잘 알고 있었다. 그가 그만두길 원하면 승낙하리라 마음먹었지만 막상 매튜의 입에서 그런 말이 나오자 아쉬움이 컸다.

　이 궁리 저 궁리 끝에 팰트란은 매튜를 자유롭게 풀어주는 대신 아들 주니어의 스승이 되어주길 요청했다. 이미 자신을 놓아주겠다고 허락을 한 터에 황제의 요청을 거절하기 어려운 매튜는 주니어의 검술 선생이 되었다.

　"오늘 하나만 더 일러주고 수업을 마치도록 하지요. 아리우스 조사께서 네이쳐류의 검법을 창시하면서 가장 중요하게 여긴 것이 자연과의 조화지요. 조화란 간단히 말하자면 어울린단 뜻입니다. 자연과 어울린다! 이 말이 네이쳐류의 가장 깊은 오의라 할 수 있습니다. 자연의 숨결을 느끼고 자연과 더불어 호흡하는 것, 그것을 깨달을 수 있도록 노력해야 합니다."

매튜가 설명을 끝내자마자 주니어와 조니가 기다렸다는 듯 연무장을 서둘러 나간다. 매튜는 그 모습을 보고 고갤 갸우뚱거리다 이내 이유를 깨닫고는 빙그레 입가에 미소를 머금었다.

"오늘이 벌써 그날이로구나."

매튜는 혼잣말로 중얼거리며 세월의 빠름을 다시 한 번 느꼈다. 정말 마흔이 넘고서부터 시간의 흐름이 빨라졌다는 것을 절감한 매튜였다.

황궁 앞에 많은 인파가 몰려들어 곧 도착할 한 사람을 기다리고 있었다. 손에 오색 종이를 든 소년, 소녀도 있었고, 시골에서 갓 올라온 촌부들도 눈에 띄었다.

"아, 저기 오신다."

황궁으로 이르는 가도 끝에 황실 근위대의 호위를 받으며 다가오는 인물이 있었다. 바로 황궁의 주인인 제국 황제 팰트란이었다.

"황제 폐하 만세! 팰트란 폐하 만세!"

황제를 보기 위해 연도에 나온 주민들이 큰 소리로 팰트란의 이름을 연호했다.

지난해 여름 트로니아 제국 각지를 시찰하기 위해 코린트를 떠났던 팰트란이 십 개월 만에 돌아오는 것이다. 어린 나이에 왕위에 올라 십육 년간 조그만 소국이었던 트로니아를 북부 대륙의 강자로 성장시킨 팰트란 황제, 그를 보기 위해 많은 주민들이 연도에 운집한 것이다.

팰트란은 이를 보고 손을 흔들면 주민들의 환호에 응답했다. 누가 강요해서가 아닌 자발적으로 자신을 환영해 주는 주민들을 보며 더욱 선정을 다해야겠다는 생각이 들었다.

황궁 근처에 이르자 트로니아의 대소 신료들이 도열해 있었다. 팰트란은 말에서 내려 일일이 이들의 노고를 치하했다. 근 십 개월의 긴 여정, 트로니아 영토로 새로 편입된 지역의 시찰과 안무에 많은 시간을 할애했다. 시간이 많은 부분을 해결해 준다고, 오 년 전과 후의 느낌이 상당히 달랐다.

아라무스 재상과 하인츠 사령관, 루카스 군사와 함께 그간 있었던 일을 주고받으며 황궁 안으로 들어가는 팰트란. 전방에 두 소년이 달려오는 모습이 보인다.

팰트란이 눈을 가늘게 뜨고 바라보니 주니어와 그의 시종 조니였다. 어릴 때 성장이 빠르다고 하더니 정말 그런 모양이었다. 주니어도 그렇고 조니도 그렇고, 코린트를 떠날 때에 비해 무척 많이 성장했다.

"아버님, 소자 주니어 인사 올립니다."

가쁜 숨을 몰아쉬며 고개를 숙이는 주니어. 뒤에 있던 조니 역시 큰 절을 올린다.

"허허, 주니어가 다 컸구나. 조니도 그렇고."

팰트란은 함박웃음을 띠며 조니의 머리를 쓰다듬고 주니어의 뺨에 입맞춤을 해주었다.

뒤에서 이들의 행동을 바라보던 신하들의 얼굴에도 미소가 떠오른다. 주니어와 조니, 좋은 주종 간이 되리라 다들 여겼다. 팰트란과 루카스처럼 말이다.

"매튜 선생에게 배우는 검술은 진도가 어떠냐?"

"아직 선생님이 말씀하시는 자연과의 조화에는 이르지 못했지만 검로는 어느 정도 익혔습니다. 그런데 조니와 대련을 하면 매번 지니 그것이 분할 뿐이지요."

주니어가 조니에게 한눈을 찡긋하며 대답을 했다.

"허허, 주니어. 그건 당연한 거란다. 조니는 매튜에게 오래전부터 검술을 배웠지 않느냐. 그리고 더 중요한 것은 너는 조니가 너보다 더 재능이 있고, 더 뛰어나다는 것을 부끄럽거나 분하게 생각해선 안 된다. 제국을 다스릴 사람은 각양각색의 신하들을 거둬야 하는 법이란다. 주니어, 명심해라. 네가 너의 즐거움이나 쾌락을 추구하고 싶다면 넌 황제의 자리에서 벗어나면 된다. 그러면 네 마음대로 생활해도 좋지. 그러나 네가 옥좌에 앉으려면 너는 네 자신보다 네가 다스리는 국민들의 행복을 먼저 생각해야 한단다. 그래야 국민들에게 칭송받는 황제가 될 것이고, 네 후대 역시 무사히 황제 자리에 오를 수 있을 것이다. 흠, 아직 나이가 어려 내 말뜻을 잘 이해하지 못하겠지만 좀 더 크면 무슨 뜻인지 알게 될 것이다."

팰트란은 주니어의 머리를 쓰다듬으며 평소 그가 생각하고 견지해 왔던 군주론에 대한 사상을 간단히 정리해 일러주었다.

　뒤에 있던 세 중신들은 펠트란의 사상에 연신 고개를 끄덕였다. 타고난 성군이었다. 또 저런 사상을 갖고 있기 때문에 자신들이 목숨을 바쳐 가면서 충성을 다하는 것이리라 생각했다.

　"주니어는 아버님의 말뜻을 정확히 알진 못하겠지만 국민들에게 칭송받는 황제가 되기 위해 노력할 겁니다."

　어린 주니어가 심각하게 맹세 아닌 맹세를 하자 펠트란과 중신들이 크게 웃음을 터뜨렸다. 아직 말뜻을 제대로 이해하지 못한 주니어와 조니만 무엇 때문에 그들이 웃음을 터뜨리는지 몰라 궁금한 표정으로 두 눈만 깜박거리고 있었다.


＊　　　＊　　　＊


　"원행에 고생은 많지 않으셨는지요?"

　마흔을 넘기면서 날카로움 속에 원숙함을 갖춘 루카스가 묻는다.

　"괜찮았소. 먼 길이었지만 가도가 잘 닦여 있고 치안 상태도 양호하더군요. 그대들이 힘쓰고 노력한 결과가 열매를 맺는 모습을 보고 기분이 무척 좋았소."

　"가도는 인체로 비유하면 핏줄과 같습니다. 앞으로 더욱 많은 가도를 건설할 예정으로 있습니다."

　"그래야지요. 그래야 어느 지역에 살던 트로니아 국민이란 단결심이 늘겠지요. 발라크주와 그래온주가 당초 생각했던 것보다 빠른 시간 내 안정을 되찾은 것이 이번 원행의 가장 큰 수확이었소."

"자발적으로 제국군에 지원하는 젊은이들도 여럿 있답니다."

"맞소. 내 두 눈으로 직접 체험했소이다. 그대들 앞에서 건방진 말이 될지 몰라도, 내 요사이 정치란 의미에 대해 결론을 하나 내리게 되었소."

"그것이 뭔지요, 폐하? 궁금합니다."

"아라스무가 그렇게 말하니 쑥스럽구려. 으음, 내가 내린 결론은 국민들로 하여금 근심 걱정 없이 살 수 있는 환경을 조성해 주는 것이오."

간단하면서 명쾌하게 정치에 대해 의견을 밝힌 펠트란. 복잡한 이론이 엿보이진 않지만 국민의 삶을 가장 우선시하는 그의 철학이 돋보인다.

윗물이 맑아야 아랫물이 맑은 법이다. 황제가 이런 마음 자세를 견지하고 정치를 펴니, 그 밑에서 일하는 신하들의 자세는 어떻겠는가. 오늘 트로니아 제국이 날로 번성하는 원동력이 무엇인지 그 단면을 볼 수 있었다.

환담이 어느 정도 마무리되자, 부재중에 있었던 일을 중심으로 아라스무가 보고를 시작했다.

"폐하, 지난번 인타 왕국에서 사절이 왔었던 것을 기억하시겠지요."

"기억하고 있소."

“지난해 말 인타에서 다시 사절단을 보내왔습니다.”

“오, 그랬소? 인타가 적극적으로 트로니아와의 관계 개선에 힘쓰는구려. 사절단이 온 목적은 무엇이라 하오?”

“에, 그게… 그러니까…….”

아라스무의 성격을 잘 알고 있는 펠트란. 그가 말을 흐리는 것을 보고 보통 사안이 아니라 여겨졌다.

“무슨 일인데 재상이 그리 난감해하는 것이오?”

“송구스러우나 계속 보고를 드릴 수밖에 없는 소신을 용서하시기 바랍니다.”

“…….”

“인타의 하울 3세에게 올해 열두 살이 된 안나 공주님이 계시다 합니다. 이 공주님을 주니어 왕자님과 결혼시키고 싶다고 의향을 타진해 왔습니다.”

이 모양을 보고 펠트란은 기이한 생각이 들었다. 주니어가 열한 살이긴 해도 정략적인 국혼을 맺는 상황에서 충분히 일어날 수 있는 일이다.

“아라스무 재상, 그것이 다요?”

“에, 그것 말고 또 다른 내용이 있긴 한데…….”

펠트란의 추궁에 아라스무가 어쩔 수 없다는 듯, 국혼 제의에 대한 전후 사정을 설명했다.

“하하하하, 일이 그렇게 되었구려.”

펠트란은 아라스무의 설명을 다 듣고 크게 웃었다.

어찌 된 연유였냐면, 당초 인타의 사신이 찾아와 하울 3세의 친서를 전달했는데 그 내용을 보고 아라스무, 하인츠, 루카스는 너무 황당해 서로의 얼굴을 쳐다볼 수밖에 없었다.

인타에서 트로니아와 국혼을 맺자는 얘기였다. 이 부분에 대해 세 사람은 충분히 인타의 입장을 이해했다. 타키온의 위협을 받고 있는 상황에서 트로니아와의 관계를 돈독히 하겠다는 뜻이기 때문이었다.

그런데 문제는 혼인을 맺는 대상이었다. 하울 3세가 원한 신랑은 트로니아의 펠트란 황제였고, 그 신부감은 당시 열두 살의 안나 공주였다.

펠트란의 성격을 잘 알고 있는 세 사람은 당연히 말도 안 되는 요청이라 일언지하에 거절했다. 그러자 인타의 사신은 원하는 답을 얻어가지 못하면 자신은 돌아가는 대로 목이 잘리기 때문에 그 자리에 주저앉아 돌아갈 생각을 하지 않는 것이었다.

이런 경우가 없는 사신도 처음 보았지만, 막상 사신이 그렇게 떼를 쓰자 마땅히 처리할 방법이 궁한 세 사람은 궁리 끝에 새로운 방안을 내놓았다. 안나 공주의 배필감으로 펠트란이 아닌, 그의 아들 주니어가 어떻겠냐는 것이었다.

물론 이 방안도 펠트란 황제가 부재중이어서 확신할 순 없지만 자신들이 나서 최선을 다해 성사시키겠다고 약속을 한 끝에 인타의 사신이 어느 정도 안심을 하고 돌아갔다.

자신의 후비가 될 뻔했던 안나 공주가 갑자기 자신의 며느리로 둔갑을 했으니, 누가 이 얘기를 듣고 웃지 않을 수 있겠는가.

"하하하, 미안, 미안하오. 하하, 내 간만에 그대들 덕에 통쾌하게 웃어보는구려."

터져 나오는 웃음을 참지 못하고 한참을 웃던 펠트란.

"인타의 공주를 주니어에게 시집보내고 싶다고 하는데, 그대들 의견은 어떻소?"

"현재 정세를 보든, 아니면 앞으로의 역학 관계를 보든 이번 국혼은 성사시키는 것이 도움이 되리라 봅니다. 주니어 왕자님의 생각도 들어봐야 하겠지만 대국을 위해 필요한 국혼이라 봅니다."

루카스는 트로니아, 타키온, 인타 삼국 관계의 역학 구도를 상기시키며 이번 국혼을 찬성했다.

아라스무와 하인츠 역시 그 의미는 달랐지만 루카스와 마찬가지로 이번 국혼을 찬성했다. 인타 왕국은 오랜 기간 타키온과 혈맹의 맺어왔던 나라로, 타키온과 마찬가지로 크롬 제국 빌헬름 대제의 핏줄을 이은 나라였다.

나라의 규모는 크지 않았지만, 이런 유서 깊은 전통은 트로니아에게 도움이 될 것이다. 율리시안 대륙에서 크롬 제국의 빌헬름 대제는 가히 신과 같은 존재였고, 국혼을 통해 그 신과 혈연관계를 맺게 되는 것이다.

"음, 그대들 의견이 그렇다면 내 스칼렛 왕비의 의견을 물어보겠소. 아무리 국가를 위한 일이나 내 주니어의 입장을 생각하지 않을 수 없구려."

"예, 그러시면 될 것 같습니다."

이구동성으로 대답하는 세 사람.

다음으로 베링의 천도에 대해 보고를 올렸다. 5년 전 베링에서 있었던 트로니아와 타키온의 전쟁 후, 천도를 준비해 온 베링이 지난해 천도를 감행했다. 표면적인 이유로 여러 가지를 언급했지만, 그 내면에는 두 가지 동기가 있었다.

하나는 투르손이 트로니아 국경과 너무 가까운 곳에 위치하게 되었고, 다른 하나는 이 천도를 계기로 친타키온 제국 외교를 공식적으로 천명한 것이다.

베링은 이미 트로니아의 한 개 주와 비슷한 소국으로 전락해 버리고 말았다. 타키온과 베링 사이에 무슨 조건이 오고갔는지 모르지만, 베링은 트로니아보다는 타키온에 자신들의 운명을 걸기로 한 모양이었다.

"쯧쯧, 시국을 읽는 눈이 부족하구려. 순간의 선택이 향후 어떤 결과를 낼지 한 치 앞을 내다보지 못하는 그들의 안목이 딱할 뿐이구려."

오랜 트로니아의 동맹국이었던 베링의 행보에 안타까운 심정을 금치 못하는 팰트란.

약소국의 운명이 이런 것이었다. 누구보다 이런 심정을 잘 알고 있는 팰트란이었지만, 눈에 띄게 적대감을 보이는 국가에 대해 트로니아는 다른 방법이 없었다. 베링의 선택에 대해선 베링이 책임을 져야 한다.

"끝으로 발트에 관한 사항입니다."

아라스무가 발트에 대해 언급하자 귀가 솔깃해 주의를 기울이는 팰트란. 발트는 팰트란의 사랑하는 큰 누이 세실과 그의 남편 유레시안이 있는 나라였다.

"발트의 유레시안 국왕께서 어려움을 겪고 계신 모양입니다. 폐하께서도 잘 알고 계시듯, 유레시안 국왕은 트로니아에 대해 우호적이고 늘 트로니아의 입장을 지지하고 옹호해 주셨지요."

"음, 믿을 만한 사람이오."

"그런데 왕제(王弟)인 유스틴 왕자가 공공연히 세력 균형이라는 대명제를 앞세워 타키온과의 관계 개선을 추진하고 있는 모양입니다."

왕제 유스틴은 과거 북부 4개국이 발키아를 공격할 때, 발트 군을 이끌고 국경을 넘었던 발트의 2왕자였다. 당시 해밀턴의 매복에 걸려 큰 패배를 당했던 전력을 갖고 있었다.

그런데 그가 트로니아의 세력이 급격이 커가는 것을 보고 이를 경계해야 한다고 강력하게 주장을 했다. 현 상황에서 유스틴의 생각이 틀린 것은 아니었다. 그는 타키온에 힘을 보태 트로니아와의 힘의 역학 관계를 유지시켜야 한다고 생각했다.

문제는 현 발트의 국왕이 유스틴이 아니라 유레시안이라는 것이다. 유스틴은 어찌 되었든 신하의 신분이다. 자신의 입장과 의견을 개진할 수 있지만, 왕에게 그 의견을 고집하거나 강요해서는 안 된다. 그는 국가의 정책을 최종 결정하는 왕이 아니었던 것이다.

"점점 유스틴의 의견에 동조하는 자가 늘고 있다 합니다. 유레시안 국왕께서 이를 억누르고 있긴 하지만 힘에 겨워한다는 보고가 계속 들어오고 있습니다."

"휴우, 어리석은 자로군. 흐르는 대세를 가로막는 것이 어떤 결과를 초래할지 잘 알고 있을 텐데. 내 설마 누이의 국가를 어떻게 할까 걱정이 된단 말인가."

그러고 보니 유레시안과 세실을 못 본 지도 무척 오래되었다. 타키온의 아카데미에서 같이 수학했던 옛 친구 르피엘의 얼굴도 문득 떠오른다.

"그대들 생각은 어떻소?"

"유레시안 국왕에 대한 지지 입장을 강화해 발트의 대소 신료들이 동요치 못하게 하는 것이 좋을 것 같습니다."

"소신도 그렇게 생각합니다."

아라스무와 하인츠가 자신들의 입장을 밝혔다.

"전 두 분과 의견이 좀 다릅니다."

"루카스 경, 다른 의견이라니, 궁금하구려."

"오래전부터 특수부대를 동원해 발트의 내정을 살펴왔습니다. 소신이 보기에 발트의 정국이 쉽게 수습되지 않을 겁니다. 다들 아시겠지만, 유스틴 왕제는 원래부터 야심이 많은 인물입니다. 게다가 현재 군부를 좌지우지하는 자들이 대부분 유스틴 계열의 장수들이지요."

루카스의 말에 팰트란은 미간을 살짝 찌푸렸다. 그는 유레시안 국왕의 유하게 생긴 얼굴을 떠올렸다. 인상대로 국민들에게 선정을 베풀어 신망이 높다는 얘기를 여러 번 들었다. 그리고 그때마다 행복하게 살 세실을 생각하고 있었다.

"소신이 보기에 유레시안 국왕 자체에는 문제가 없습니다. 관건은 대다수 발트 왕국의 신료들이 트로니아의 성장을 탐탁하게 보지 않는다는 겁니다. 유스틴 왕제가 활발하게 자신의 주장을 펴며 움직이는 배경이 바로 여기 있습니다."

과거 삼국동맹 시절의 트로니아와 지금의 트로니아 사이에는 현격한 차이가 있다. 트로니아는 이미 제국의 자리에 올랐고, 북부 대륙 제일의 국력으로 통일을 노리는 강자가 되었다.

애초부터 대국이었다면 모를까, 같은 출발선에 있던 트로니아가 대국으로 변모하자 베링도 그렇지만 발트 역시 크게 기분 나빠함과 동시에 불안감을 느끼게 된 것이다.

"휴우, 어렵구려. 루카스 경, 그대가 보기에 발트의 향후 정국이 어떻게 될 것 같소?"

"유스틴 왕제가 유레시안 국왕에게 타키온과의 관계 개선을 압박하는 상황에서 유레시안 국왕이 그 의견을 완강히 거부하고 있습니다. 만일 이 갈등이 잘 수습되면 다행이지만, 봉합되지 않고 터진다면… 왕좌도 위험해질 수 있다고 여겨집니다."

"그 정도로 위험하단 말이오?"

"유스틴 왕제의 실권이 보통이 아닙니다. 그 정도로 발트 정국을 주도하고 있다고 보시면 됩니다."

"으음, 경의 말대로라면 트로니아가 나서서 취할 행동이
별로 없구려."

"그렇습니다, 폐하. 이 시점에 우리가 발트에 대해 이러쿵
저러쿵 말이 많으면 공연히 유스틴 왕제의 입장만 강화시킬
뿐입니다. 좀 더 두고 보는 것이 좋으리라 생각됩니다."

펠트란은 유레시안이 이 위기를 잘 넘기길 바랐다. 그는 필
요하다면 유레시안을 율리시안 대륙 통일의 동반자로 삼을
생각도 갖고 있었다. 협력 관계가 잘 이뤄진다면 기존의 영토
와 주권을 그대로 보장해 주면 된다.

"루카스 경의 말대로 가만 지켜보는 것이 더 좋겠구려. 다
만 계속해서 발트의 정국을 예의 주시하고, 만일 중대한 일이
발생할 징후가 보인다면 나에게 바로 보고하시오."

"알겠습니다, 폐하."

"오늘은 이만 하도록 합시다. 삼 일 후 어전회의를 개최할
생각이니 준비를 해주시오. 이전과 마찬가지로 행정부 보고
를 먼저 받고 군부 보고를 받도록 하겠소."

"알겠습니다!"

큰 소리로 대답하는 세 사람. 제국은 이들의 노고에 힘입어
역동적으로 돌아가고 있었다.


*         *         *

발트. 삼국동맹의 일원으로 트로니아와 국혼을 성사시킨 이후 트로니아의 강력한 지지 세력으로 부상했으나, 근래 들어 상황이 그리 여의치 않았다.

수도 단센에 있는 왕궁의 국왕 집무실, 두 사람이 앉아 심각한 얼굴로 대화를 나누고 있었다.

정면에 얼굴을 보이는 인물은 바로 현 국왕 유레시안으로, 갸름한 얼굴에 온화한 인상을 지니고 있었다.

왕위에 오른 후 선정을 베풀기 위해 부단히 노력했다. 그 어려웠던 식량난에 봉착해서도 트로니아의 도움이 절대적이었지만, 그 자신이 솔선수범 검소한 생활을 실천해 국민들로부터 신뢰가 높았다.

그때 발트의 모든 국민이 트로니아의 원조를 크게 반기며 감사했다. 그러나 지금에 와서는 양상이 바뀌었다. 언제 그랬냐는 듯 입을 씻고는 트로니아와 일정 거리를 유지하고 타키온과 관계를 강화해야 한다고 난리들이다. 시대에 따라 변하기 나름이지만, 달면 삼키고 쓰면 뱉는 인간의 간사함을 새삼스레 느끼고 있는 유레시안이었다.

"전하, 지금 저들의 행동이 이미 도를 넘어서고 있습니다. 빨리 방도를 강구하지 않으면 더 큰일이 생길 수도 있습니다."

"어떻게 하는 것이 좋겠소?"

"소신 생각에 팰트란 황제께 도움을 요청하는 것이 좋을 것 같습니다."

　국왕 옆에 앉아서 트로니아의 도움을 요청하라는 이 사람은 누구인가? 훤칠한 키, 금발에 미안(美顔)을 지닌 이 사람은 다름 아닌 유레시안 국왕의 비서관인 르피엘이었다.

　일찍이 타키온에서 팰트란과 함께 수학한 그는 누구보다 그의 성격을 잘 알고 있기에, 서슴없이 그의 도움을 요청하라는 것이었다.

　"하하, 르피엘, 그대도 참 대단하군. 지금 궁정에서 트로니아의 도움을 청하라고 떠들다간 어떻게 될 줄 잘 알면서 말이야."

　"전하, 그렇게 농담하실 때가 아닙니다. 이미 유스틴 왕제께서 공공연히 트로니아를 배척하려는 움직임을 보이고 있지 않습니까. 또 이에 동조하는 자들이 계속 늘어나고 있고요."

　"르피엘, 그대는 하나는 알고 둘은 모르는군. 나도 장님, 벙어리가 아닌데 어찌 그런 분위기를 모르겠는가. 그런데 잘 생각해 보게. 내가 지금 트로니아의 도움을 요청하게 된다면 그날로 우리 발트는 끝장이란 말일세."

　"무슨 말씀이신지요?"

　"내가 적극적으로 나선다면 유스틴과 그의 동조 세력들이 어떻게 나올까? 보나마나 온갖 수단을 다 동원할 것이네. 군사 행동도 배제하지 않겠지."

　"예에?"

　"하하하, 그렇게 긴장하지는 말고. 자네답지 않게 왜 이러나?"

"전하, 그 말을 듣고 어떻게 긴장하지 않을 수 있겠습니까?"

"그랬다면 미안하네. 유스틴이 하나는 알고 다른 하나는 모른단 말일세. 그가 평소 떠들던 것을 위해 실제적인 행동에 들어간다면… 팰트란 황제가 자기 누이와 조카의 위험을 보고 가만있겠는가."

절로 머리를 가로젓는 르피엘.

"그래서 나는 가능한 한 우리 내부적으로 이 일을 원만하게 마무리 짓고 싶다는 말일세. 조용히 말이야."

르피엘은 그제야 유레시안이 자신이 생각했던 것보다 더 깊게 이 일을 고민하고 있다는 것을 깨달았다. 얼굴이 붉어지기 시작한 르피엘.

"전하, 신이 많이 부족했습니다. 그런 깊은 뜻이 있음을 모르고 감히……."

"르피엘, 지금은 전국시대야. 전국시대가 무엇인가? 필요하면 부자 간에, 형제 간에 얼굴을 돌리고 칼부림을 한다는 얘기 아닌가? 트로니아의 루카스와 팔랑가스의 제이크 형제만 봐도 잘 알 수 있지. 난 내 가족의 생명도 중요하지만 이 발트를 지도상에 존속시킬 의무도 지니고 있다네. 아마 유스틴은 나의 이런 생각을 잘 이해하지 못할 것이야."

깊은 탄식을 토해내는 유레시안을 보며, 르피엘은 군주는 역시 군주라는 느낌을 강하게 받았다.

"지금이 어떤 상황인지 모르고 나대는 자들을 보면 내 자

다가도 벌떡 일어난다네. 트로니아는 자네도 잘 알겠지만 결코 이전의 트로니아가 아니야. 현실을 인정해야 할 부분은 인정해야지, 과거의 시각과 잣대로 바라보면 위험에 처할 수 있지.”

“전하의 깊은 뜻은 잘 이해했습니다만, 유스틴 왕제파의 행동을 어떻게든 저지해야하지 않겠습니까?”

“음, 막아야지. 그대 말대로 유스틴의 행동을 막아야 하는데… 묘수가 없으니 답답하군. 르피엘, 그대가 파악하고 있는 유스틴의 세력이 어느 정도인가?”

“말씀드리기 송구스럽지만, 유스틴 왕제의 세력권에 들어가지 않은 자들을 헤아리는 것이 더 쉬울 겁니다.”

“하하, 이 사람이 자꾸 나에게 면박을 주는군.”

“현재 군부의 칠 할 이상이 유스틴 왕제의 주장에 동조하고 있다고 봐야 합니다. 조정 각료들은 거의 반반이라 보면 되고요.”

“음, 역시 문제는 군부로군.”

“그렇습니다.”

일찍부터 군부 인사들과 관계를 잘 유지해 온 유스틴인지라 절대적인 지지를 받고 있는 상황이었다.

“르피엘, 내 아무리 생각해도 뾰족한 묘수가 떠오르지 않는군. 우선은 말일세, 군부 수장 가운데 유스틴과 입장을 달리하는 자들의 명단을 조사해서 나에게 일러주게. 우리도 세 규합을 할 필요가 있네. 발트의 존립을 위해서 말일세.”

유레시안과 르피엘은 밤늦게까지 밀담을 계속 나눈 후 그 자리를 파했다. 두 사람은 모르고 있었지만, 이런 두 사람의 회동은 그대로 유스틴에게 알려지고 있었다.

*      *      *

코린트의 황궁 어전 회의실. 거대 제국의 면모를 반영하듯, 많은 대소 신료들이 자리를 잡고 펠트란을 기다리고 있었다.

펠트란이 첫걸음을 내디뎠을 때와 비교하기 어려울 정도로 규모가 커진 트로니아였다.

그도 당연한 것이 현재 트로니아는 북부 대륙뿐 아니라 율리시안 대륙에서 가장 큰 영토와 인구를 보유하고 있었다. 이에 따라 제국을 관리하고 유지할 많은 관리를 필요로 했다.

펠트란이 거듭 천명한 대로 트로니아 제국은 출신 배경을 따지지 않고 역량과 실력을 위주로 관리를 선발했기 때문에 대륙 각지에서 많은 인재들이 모여들었다.

흔히 어떤 일이 진행되는 것을 보면 두 가지 상황이 연출된다. 하나는 선순환에 의한 순조로운 진행이고, 다른 하나는 악순환에 의한 침체 내지 불황이다. 트로니아 제국의 경우 선순환이 무엇인지 전형적인 모습을 보여주고 있었다.

영토가 넓어지고 인구가 크게 늘자 이에 따라 많은 수의 관리들이 필요했고, 또 신생 제국이다 보니 기존 세력에 의한 배척이나 불평등한 조건이 거의 없었다.

이는 자신의 역량을 십분 발휘할 환경을 만들어주었고, 미래에 대한 충분한 동기를 부여했다. 당연히 능력있는 인재들이 모여들 수밖에 없었다. 이런 유능한 인재들은 국가의 새로운 원동력으로 자릴 잡았고, 이들에 의해 국가는 더욱 발전에 발전을 거듭하며 또 새로운 인재들을 필요로 하게 되었다.

이들 전문 관료 집단들은 향후 통일 제국의 기반을 구축하고 유지하는 데 있어 절대적으로 필요한 존재들이었고, 또 큰 공헌을 하게 된다.

"폐하께서 납시옵니다."

시종의 커다란 외침에 수십 명의 신하들이 자리에서 일어나 팰트란을 영접한다.

팰트란은 얼굴 가득 흐뭇한 미소를 띠며 자신의 자리에 착석했다. 자리에 앉는 신하들의 얼굴을 하나하나 바라보니 팰트란과 동고동락을 같이 한 인물들도 몇몇 보였지만, 대부분 처음 보는 얼굴들이었다.

갖기 어려운 기회라 아라스무가 일어나 팰트란에게 그들을 하나하나 소개하기 시작했다. 워낙 많은 신하들이라 힘들 법도 하지만, 팰트란은 시종일과 얼굴에 웃음을 잃지 않고 그들을 반겨했다.

비록 가볍게 이름을 불러주고 격려의 말 한마디에 불과했으나, 용인술이란 것이 본시 그리 어려운 것이 아니다. 황제가 웃는 얼굴로 자신의 이름을 불러주며 격려할 때 감격하지 않을 자 그 누가 있겠는가.

지루하고 긴 팰트란에 대한 신하들의 인사가 끝났다. 고생 끝에 낙이 온다고 아직 가야 할 길이 많지만 이제 어느 정도 기반을 닦게 된 트로니아를 생각하지 팰트란은 감개무량한 마음이 솟구쳤다.

그는 기쁨을 주체하지 못하고 좌중의 신하들에게 지금의 감정을 털어놓았다.

"여러분들이 노력하고 애쓴 결과 오늘 트로니아는 명실상부한 강국으로 부상했소. 그러나 잊지 마시오. 오늘 이 자리에 오기까지 많은 희생이 있었다는 걸 말이오. 앞으로 더 험난한 길이 우리 앞에 놓이게 될 것이오. 그때 여러분들이 헌신하고 희생해야 우리 다음 사람들이 이 자리에서 우리의 노고를 치하해 줄 것이오. 내가 처음 소국의 왕이 되었을 때부터 늘 하던 말이 하나 있소. 과거부터 현재를 거쳐 미래에 이르기까지 트로니아의 영광은 어느 특정인의 전유물이 아니라 우리 모두의 영광이란 말이오. 우리의 희생과 헌신이 우리 다음 세대까지 꿈과 희망이 가득 찬 미래를 선사할 수 있다는 것을 명심하고 각자 업무에 최선을 다해주시오."

"명심하겠습니다, 폐하."

자리한 신하들이 자리에서 일어나 팰트란에게 최대의 경의를 보낸다. 이런 분위기가 탄력적으로 움직이며 거대 제국 트로니아를 끌어가는 힘이었다.

곧이어 아라스무의 주재로 트로니아 제국 각 행정 부처에 대한 업무 보고가 시작되었다. 각 부의 장관들이 현재 진행되고 있는 국책 사업과 향후 실시 예정인 사업에 대해 보고를 했다.

팰트란이 가장 크게 관심을 갖고 유의하고 있는 부분이 트로니아의 행정 구역 확대 및 개편이었다. 그가 장시간 자리를 비우며 각지를 방문하고 순무하는 주된 이유이기도 했다.

베링의 내전을 통해 상당한 영토를 확보한 트로니아는 기존 4개 행정구역을 6개 행정구역으로 확대 개편했다.

제국의 중앙 부처가 다 모여 있는 수도 코린트 인근을 트로니아 직할주로 명명했다.

서북부 지역은 기존대로 랑케주로, 서중부 지역은 테베주와 발키아주로, 그리고 타키온 제국과의 전쟁에서 획득한 서남부 지역을 발라크주로, 북동부 지역을 그래온주로 원명을 따와 명명했다.

각 주에 대한 법률 법규는 기존과 동일한 수준을 유지토록 했고, 향후 몇 가지 국가의 중요 정책 이외의 결정은 각 주가 정책 결정을 보고한 후 집행할 수 있도록 고도의 자치권을 부여했다.

주지사는 중앙정부 파견을 원칙으로 했고, 가능하면 현지 출신을 배려토록 했다. 누구보다 각주의 사정과 상황을 잘 알고 있는 사람이 관리하는 것이 효율적이라 여겼다.

고도의 자치권이 부여되면 될수록 자치 정부에 대한 부정부패를 막기 위해 감찰원의 역할이 강조되었다.

"감찰원장이 현재까지 업무 처리를 잘 해왔소. 내 다시 한 번 신신당부하는데, 앞으로 더욱 철저히 각 부서의 부정 비리를 색출토록 하시오. 처음이 중요하오. 누구를 막론하고 죄를 저지른 자는 반드시 그에 상응하는 벌을 받도록 할 것이오. 반드시 말이오."

격앙된 지시에 회의실 분위기가 가라앉았다. 팰트란이 이를 모를 리 없었지만 지금처럼 급속도로 성장할 때 부정부패가 만연해질 소지가 컸다. 이때 잡지 않으면 사소한 비리들이 나중에 큰 둑을 무너뜨릴 수 있는 구멍으로 커질 가능성이 있기 때문에 강조를 하지 않을 수 없었다.

각 부문의 보고를 듣고 팰트란은 크게 만족해했다. 특히 아라스무 총리의 뒤를 이을 수 있는 걸출한 인재의 출현에 더욱 기분이 좋았다. 그는 이전 테베주의 주지사를 역임했던 로이든이라는 인물이었다.

남부 대륙에 있는 크리타스 제국 출신으로, 로이든은 루카스의 추천으로 테베주 주지사가 되었다. 그는 행정가이면서 특이하게 군 운용과 병법에도 나름대로 해박했다.

빠른 시간 안에 테베 주의 행정을 장악했고, 일사불란하게 일 처리를 해 실력을 인정받은 그를 아라스무가 건의를 해 부재상으로 삼아 일을 시킨 것이 2년 전이었다.

냉철한 판단력과 조직 장악력이 돋보이는 인물로, 제국의 성립기에 있어 최적임자였다. 특히 군에 대한 이해도가 높아 군부와의 의사소통도 원만히 진행되어 루카스의 칭찬이 자자

했다.

팰트란은 각 부의 보고가 끝나자 아라스무, 로이든, 그리고 외무장관 로긴스만을 자리에 남게 하고 회의를 끝냈다.

"재상, 앞으로 전체 회의는 가급적 지양하고 부분별 회의를 개최하는 것이 훨씬 효율적이란 생각이 드네요."

"인원이 많이 늘었습니다. 폐하께서 말씀하신 대로 진행토록 하겠습니다."

"폐하, 그러나 적어도 연초에 한 번 정도 이런 회의를 개최할 필요가 있다 봅니다. 우선 조직과 규모가 커질수록 부분 간 이기주의나 배타주의가 팽배해지기 쉽습니다. 아직까지 이런 회의를 통해 서로를 알게 해주는 것이 부문 간 업무 조정에 있어 효과가 크다고 봅니다."

날카로운 눈매의 로이든이 팰트란과 아라스무를 보고 입을 열었다.

"음, 로이든 경의 말이 일리가 있구려. 그럼 당분간 연례 정기 회의는 그대로 유지토록 합시다. 음, 내가 이 자리를 마련한 것은 다름이 아니고 발트의 내정에 대해 무슨 변화가 있나 들어보려 그대들을 남게 했소."

"폐하, 루카스 경이 보고한 내용 외에 저희들이 더 자세히 파악하고 있는 내용은 없습니다. 다만 제 개인적인 친분 관계를 통해 들은 발트의 상황은 다음과 같습니다."

외무장관 로긴스가 입을 열었다.

로긴스의 말에 의하면, 발트는 현재 상하의 입장이 크게 달랐다. 즉, 발트의 대신들은 트로니아의 급격한 성장에 견제 심리가 강하게 작용, 타키온과의 관계를 강화하자는 쪽이었고, 일반 국민들은 전통적인 우방이자 왕비의 모국인 트로니아에 대해 우호적이었다.

더욱이 구호미의 원조를 통해 트로니아의 도움을 체감한 그들이었기 때문에 특히 이런 감정이 강한 것으로 알려졌다.

현재 군부의 실세들이 유스틴 왕제를 중심으로 타키온 제국과 모종의 협약을 준비 중이라는 얘기가 공공연히 나돌고 있엇고, 이에 대해 유레시안 국왕을 중심으로 반격의 움직임이 심심찮게 보인다는 것이었다.

펠트란이 가만 듣다 보니 루카스가 파악하고 있는 바와 대동소이했는데, 유레시안이 반격을 준비하고 있다는 말에 귀가 솔깃해졌다.

"로긴스 경, 유레시안 국왕의 반격이라니, 무슨 내용이오?"

"발트의 사신으로 오랜 기간 트로니아를 출입한 홀린 경이라는 외교관이 있습죠. 폐하께서 절친하게 지내셨던 르피엘 경과 친한 사람입니다. 홀린 경의 말에 의하면, 현재 르피엘 경을 중심으로 세를 불리기 위한 작업이 한참이라고 합니다."

"세를 불린다고요?"

펠트란은 로긴스의 말에 안색을 찌푸렸다. 비록 로긴스와 가까운 사이라고 하나, 이런 말이 자신의 귀에까지 들려온다는 건 유스틴 역시 잘 알고 있을 것이란 생각이 들었다.

유레시안의 향후 입지가 어려워지겠다는 생각과 함께 누이동생 세실이 걱정되는 펠트란이었다.

다음날, 어전 회의실에 속속 트로니아 제국군 인사들이 당도하기 시작했다. 같은 제국의 신하들이긴 하나 문관과 무관의 분위기는 확연히 달랐다.

비록 조복(朝服)을 입고 나오기는 했으나, 전쟁터에서 단련된 몸과 얼굴에서 풍기는 기세는 한눈에 보아도 아! 하고 탄성이 나올 정도였다.

"여, 오랜만이군."

"헤헤, 예. 오랜만에 그리운 얼굴들이 많이 보이네요."

여기저기 인사가 오고간다. 삶과 죽음의 선상을 달려온 자들이라 그 누구보다 서로에 대한 정이 남다르다. 앞으로 전투 규모는 더 거대해지고 더 치열해질 것이다. 서로 간에 신뢰가 없으면 아무 작전도 수행할 수 없기에 분위기는 더욱 화기애애했다.

"하하, 다들 무고한 모습을 보니 반갑소. 자, 어서 자리에 들 앉읍시다."

만면에 가득한 미소를 머금고 말을 꺼낸 이는 군부 최고 실력자 루카스였다. 그 뒤를 이어 트로니아 제국군 총사령관인 하인츠 장군이 루카스의 영접을 받으며 입장해 자리에 앉았다.

십 년 이상 계속된 전쟁으로 얼굴에 녹록지 않은 관록들을 보이고 있는 트로니아의 장군들. 다시 한 번 트로니아 군의 저력을 느끼게 했다.

"군사, 폐하께선 아직 안 나오셨소?"

"예. 조금 뒤 당도하실 예정이랍니다."

"허허, 저들을 보니 폐하께서 막 왕좌에 오르셨을 때의 모습이 떠오르는구려. 많지도 않은 인원들의 의견 통일을 이루기 위해 얼마나 애를 썼던지… 거참."

하인츠의 말에 쓴 미소를 떠올리는 루카스. 그가 처음 트로니아에 왔을 때, 트로니아에는 문무의 구분이 지금처럼 명확하지 않았다.

그렇다 보니 모든 대신들이 모여 함께 회의를 개최할 때가 다반사였다. 사람이 많으면 의견 일치가 어려운 법, 행정 각료들은 군부의 자세한 상황을 이해하려 들지 않았고, 군부 인사들은 행정부에 대한 이해없이 군부의 사업만 중시하고 많은 지원을 요청했다. 간단한 안건도 며칠간의 회의를 통해 간신히 해결하기도 했다.

"아무튼 루카스 군사께서 오고 나서 많이 바뀌었소. 아마 그 시절 그대로 지금까지 왔다면… 후, 생각하기도 끔찍하구려."

얼굴을 잔뜩 찌푸리며 고개를 젓는 하인츠.

"타키온 제국의 움직임에 별 이상은 없소?"

"아직 별다른 움직임은 없습니다. 며칠 뒤에 데릭 대장이 돌아올 예정이니 그때 자세한 보고를 드리겠습니다."

실제 요즘 타키온의 태도를 보면 한편으론 이해가 가기도
했지만 한편으론 이해하기 어려운 부분이 많았다.

지금에 이르러 트로니아를 상대로 군사행동을 일으키기가
쉬지 않은 것은 사실이다. 그렇다고 가만히 손놓고 있다는 건
타키온의 재기를 꿈꾸지 않는 것과 같다.

5년 전, 전쟁에서 그래온주와 발라크 지역을 상실한 타키
온, 그 후의 움직임이 너무 평온하고 조용하다. 외부적으로도
군의 커다란 변화는 전혀 감지되지 않고 있었다.

루카스는 만일 자신이 다이얀의 입장에 처했다면 어떻게
하고 있을까를 여러 번 생각했지만 지금처럼 조용히 손 놓고
있는 일은 없을 것이라 여겼다. 분명 재기를 위한 모종의 계
획을 입안하고 진행할 것이다.

그러나 다이얀은 별다른 움직임이 없었다. 가끔 공식 석상
에 모습을 드러냈을 뿐, 정양을 한다는 명목으로 외부에 모습
을 드러내지 않고 있었다.

대외적인 군부의 모든 일은 몰트케 사령관이 맡아 하고 있
는 것으로 알려졌다. 이것이 사실 루카스의 긴장을 자극하고
있었다. 타키온은 충분한 잠재력을 지니고 있는 국가다. 발트
나 베링과는 근본적으로 다른 국가였다.

'그나저나 특수부대의 활동이 위축되어 큰일이구나.'

최근 타키온 정보대의 움직임이 상당히 활발해지며 타키
온 제국 내에서 활동하던 트로니아 군 특수부대의 활동이 크
게 제약을 받았다. 루카스는 여러 차례 거점을 확보하고 다이

얀의 동향을 파악하기 위해 요원들을 잠입시켰으나, 제국의 감시망이 강화되었고 일단의 무인들이 다이얀의 정보대에 가입해 활동하면서 성공보다는 실패율이 높았다.

즉, 무사히 임무를 완수하고 살아 돌아오는 자가 과거에 비해 극히 적었다.

루카스는 마지막으로 자신과 피의 맹세로 맺어져 있는 데릭과 형제 세 사람을 직접 파견했다. 그리고 얼마 전 도착한 데릭의 보고에 의하면 사오 일 뒤 코린트에 도착할 예정이란다.

"음, 저들이 치욕을 당하고 가만있을 나라는 결코 아닌데. 더욱이 드미트리 2세의 성격을 봐도 뭔가 움직임이 있어야 정상 아니오?"

"맞습니다."

"헤헤, 사령관님, 루카스님 말씀대로 데릭 대장이 돌아오면 뭔가 소득이 있을 겁니다. 뭔가 계략을 꾸미고 있다면 반드시 꼬릴 드러낼 겁니다."

지난번 베링에서 데릭과 행동을 같이한 이후 붉은 눈동자의 데릭에 대해 일종의 경외심을 갖게 된 마리오. 데릭에 대한 절대적인 신뢰를 갖고 있었다.

이런저런 얘기를 나누고 있는 동안 펠트란이 회의실에 당도했다.

같은 신하라도 군부의 신하들을 대면할 땐 뭔지 모르게 심장을 뜨겁게 달구는 박력과 혈기를 느낀다. 역동하는 듯한,

살아 숨 쉬고 있는 듯한 느낌이 강하게 전달된다.

"오랜만이오. 음, 얼굴 표정들을 보아하니 일이 터지지 않아 근질근질하다는 것 같은데, 사칸 장군, 내 말이 맞소?"

"와하하하!"

팰트란의 말에 좌중의 무장들이 폭소를 터뜨렸다. 노장 사칸은 아닌 밤중에 홍두깨라고 잠시 팰트란의 말을 이해하지 못하고 멍하니 있어 더욱 좌중의 웃음을 자아냈다.

"헤헤, 소신이 보기엔 폐하께서 제일 근질근질하신 것 같은데 아니신지요?"

"어, 역시 마리오 경이구려. 하하하!"

다시 한 번 웃음이 터져 나온다. 이것이 트로니아의 저력이었다.

루카스는 팰트란과 제장들이 하나가 되는 모습을 바라보며 자신과 아버지인 바실리스의 선택이 틀리지 않았다는 것을 다시 한 번 느꼈다.

팰트란은 한결같았다. 일말의 가식도 없이 신하들을 대하니 그 마음이 신하들에게 여과없이 전달된다. 이런 관계는 하나 더하기 하나로 둘을 만드는 것이 아니고 셋, 넷, 심지어 다섯을 만들어낸다.

팰트란은 가벼운 대화로 화기애애한 분위기를 만든 후 회의를 시작했다. 이전과 마찬가지로 에드문드가 전체 보고를 맡고 루카스와 나머지 장수들이 부연 설명하는 식으로 회의가 진행되었다.

"오늘 회의 순서는 북부 4개국의 전력 현황에 대해 보고를
드린 후, 트로니아의 새로 변경된 조직에 대해 보고를 드리도
록 하겠습니다. 그리고 총사령관이신 하인츠 장군께서 새로
임명된 장수들에 대한 임명을 주청하고 폐하께서 승인하시는
순으로 회의를 끝내도록 하겠습니다."

"좋소."

"먼저 주변 3국의 정세에 대해 보고를 드리도록 하겠습니
다."

발트의 경우 기존 병력을 그대로 유지하고 있었다. 특히
5년 전에 있었던 재해로 크게 고생을 했던 터라, 더 이상의
병력 증강은 꿈도 꾸지 않았다.

"발트의 경우 기존 병력의 증감은 없으나, 최근 들어 국경
지대 주둔 병력의 증감 변화가 눈에 띄게 변하고 있습니다."

"국경 지대의 병력이 변하다니, 그게 무슨 말이오?"

"발트는 삼국동맹 시절은 물론 트로니아와 국혼이 이루어
진 이후 국경 지대 주둔군은 거의 형식적인 수준에 불과했고,
대부분의 주력은 타키온 제국과의 국경 지대에 배치되어 있
었습니다. 그런데 근래 들어 여기에 변화가 일기 시작했습니
다."

전통적으로 트로니아와 우호 관계를 유지해 왔던 발트, 최
근 들어 타키온 제국과의 국경 지대에 있는 수비병을 줄이면
서 트로니아 국경 지대에 정규 병력을 증가하기 시작했다.

물론 이런 변화에 대해 발트는 나름대로 할 말이 있었다.

5년 전 전쟁을 계기로 발트와 타키온의 국경 지대가 크게 줄어들었다. 트로니아가 타키온 북서부의 그래온주를 점령함으로써 과거에 비해 동부 국경이 두 배 이상 줄어들었다. 그래서 트로니아에서는 이를 고깝게 여기면서도 달리 할 말이 없었다.

에드문드의 말이 끝나자 회의실은 잠시 침묵에 잠겼다. 여러 가지 관계를 고려해야 하기 때문에 쉽사리 입을 열어 의견을 개진하기가 어려웠다.

"트로니아와 발트의 관계를 고려할 때, 타키온과의 국경 지대가 줄어들었다고 그 병력을 트로니아 국경 지대로 이전 배치할 이유는 없다고 보는데, 발트의 의중은 무엇이라 보는지요?"

과감히 입을 열어 질문을 던지는 1군 사령관 해밀턴. 발키아 출신이라 트로니아와 발트와의 오랜 우호 관계가 피부에 와 닿지 않아 질문을 던질 수 있었다.

"현재 그들은 국경 지대 확장에 따른 병력의 증가라고 언급하고 있기 때문에 그 정확한 의중은 알 수 없습니다. 다만 유스틴 왕제의 군부에 대한 영향력이 커진 시점과 병력 증강 시점이 일치하고 있는 것으로 보아 그의 사상이 반영된 것이 아닌가 생각됩니다."

"유스틴 왕제의 주장은 북부 대륙에서 힘의 균형을 유지하는 것이 발트가 살길이라 주장하면서 수세에 몰려 있는 타키온에 무게를 실어주자는 주장을 펼치고 있는 듯합니다."

"음, 지금 루카스 경이 얘기를 했지만, 그들의 움직임이 어떻든 난 유레시안 국왕을 굳게 믿고 있소. 그는 합리적이고 냉철한 판단을 내릴 것이오."

펠트란이 묵직한 음성으로 발트에 대한 더 이상의 언급을 막았다.

"발트에 대해서는 이 정도로 마치도록 하겠습니다. 다음으로 베링에 대한 얘기를 하자면 현재 이 나라 상황이 상당히 재미있습니다."

입가에 웃음을 머금으며 에드문드가 지도를 펼쳤다.

"이 지도를 보시면 알겠지만, 현재 베링은 발트 영토의 절반을 조금 상회하는 정도로 줄어들었습니다. 현재 정규 병력은 칠만으로, 제 개인적인 생각으로 베링의 현재 규모로 칠만 병력을 유지하는 것이 큰 문제가 될 겁니다. 재정 규모를 보면 오만 정도가 적당해 보이는데……. 아마 조만간 이 문제가 표면 위로 부상할 겁니다."

에드문드의 보고에 숙연해지는 회의실 분위기. 한때 같은 출발 선상에 있다 몰락해 가는 베링의 미래가 너무도 분명하게 그들의 머릿속에 그려졌다.

"헤헤, 가슴은 뜨거워도 머리는 차가워야하는데, 베링의 경우는 이 반대로 움직이고 있으니 답답하네요."

마리오가 익살스런 표정으로 회의 분위기를 바꾸려 노력했다.

"재미있는 사실은 베링의 총사령관 요한슨 장군이 현역에

서 강제 전역되어 가택에서 소일거리로 시간을 보내고 있다
는 겁니다. 특수부대원의 수집 자료에 의하면, 타키온에게 강
한 적의를 갖고 있는 요한슨 장군은 현 베링 정부가 입장을
바꾸어 타키온과의 관계 개선을 강화하자 정부에 강한 불만
을 토로했다 합니다. 그의 부하 장수들이 조심스럽게 그의 저
택을 방문하고 있다는 소식이 들리니 향후 상황을 예의 주시
할 필요가 있다고 봅니다.”

　“루카스 경, 요한슨이란 사람은 어떤 사람이오?”

　“베링의 야전군 출신인데, 그리 특별한 재능을 전투에 선
보인 적은 없습니다. 그러나 성격이 온건하고 인화를 중시하
는 장수여서 군부 내 지지가 높다고 하더군요. 현재 베링 군
부의 요직에 있는 자들이 다 그의 부장 내지 부관을 지내던
자들이라 그 영향력이 상당합니다.”

　“우리에게 활용 가치가 있는지 주의 깊게 연구해 보시오.”

　“알겠습니다, 폐하.”

　다음으로 타키온 제국에 대한 보고가 시작되었다. 트로니
아의 주적(主敵), 모든 장수들이 에드문드의 보고에 귀를 기
울였다.

# The God of War

## CHAPTER 05

### 제국군의 재탄생

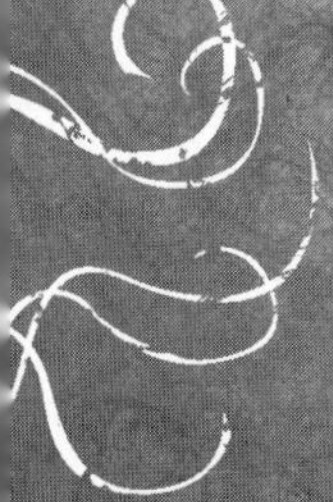

The God
of War

"**다**음은 타키온에 대한 정세입니다."

제장들이 귀를 곧추세우며 에드문드의 말에 귀를 기울였다. 트로니아의 대륙 통일에 있어 반드시 넘어야 할 산이다.

타키온 제국군은 수도 앙카라에 수도방위군이 이만, 인근에 별동대 십만이 주둔하고 있는 것으로 알려지고 있다.

베링 국경 지대에 이만이, 발트 국경 지대에 십만이, 그리고 트로니아와의 두 국경 지역인 북부와 남부에 각 이십만 명이 배치되어 삼국을 견제하고 있었다.

"따라서 저희가 파악하고 있는 대략적인 병력은 총 육십사만 명에 달하고 있습니다."

"그래온주와 발라크 지역을 상실하기 전과 후가 전혀 차이가 없구먼."

"예, 하인츠 사령관님. 타키온은 워낙 비옥한 영토와 많은 인구를 보유하고 있기 때문에 비상사태가 벌어지면 정규 병력 외에 오만에서 십만 정도는 차출이 가능하리라 봅니다."

"역시 제국의 저력이 대단하구려."

"맞습니다, 폐하. 하지만 대단한 제국을 상대로 서전을 멋진 승리로 이끈 트로니아 제국입니다."

"하하하, 그래요. 루카스 경 말대로 내 그 점을 잊고 있었구려. 제국을 칭찬하면 칭찬할수록 스스로 트로니아를 자찬(自讚)하는 꼴이니 내 주의하리다."

펠트란의 말에 제장들이 웃음을 터뜨렸다.

"타키온 군에는 쌍두마차라 일컫는 군사 다이얀과 총사령관 몰트케가 있지요. 그러나 요즘 쌍두마차가 삼두마차로 바뀌었다 합니다."

"그게 누구요, 에드문드 장군?"

"융베로라는 자입니다. 1로군 소속 사단장으로 있다 이번에 전격적으로 부사령관에 오른 자입니다."

"헤헤, 융베로라… 들어본 적이 있는 장군입니다."

"예, 마리오 장군께서도 들어보셨을 겁니다. 최근 드러난 사실이지만 이 융베로라는 자는 5년 전 베링에서 발생했던 봉기군의 작전을 입안하고 지휘한 자였다 합니다. 올해 삼십 대 후반으로 다이얀의 적극적인 추천에 힘입어 부사령관이 되었다 하더군요."

"아, 듣고 보니 당시 봉기군의 군사 고문을 맡았었다던 타키온 출신 장군이군요."

로렌스의 봉기군을 마지막으로 무너뜨렸던 맥그리가 기억을 더듬으며 그의 이름을 생각해 냈다.

"에드문드 장군, 인타 국경 지대에 대한 타키온 군의 배치 상황은 어떤가요?"

아무도 예상 못한 의외의 질문. 1군 사령관 해밀턴 장군이었다.

팰트란과 루카스는 이를 보고 가만 고개를 끄덕였다. 날카로운 안목을 지니고 있는 장군이 틀림없다.

소국인 인타가 군사력이 그다지 강한 나라는 아니었지만, 그렇다고 타키온의 속국이 아니었다. 이미 난세에서 살아남기 위해 국혼을 제안함으로써 트로니아에게 친목의 손을 내밀고 있지 않는가.

"현재까지 국경 지대에 수비병을 배치했다는 정보는 들어오지 않고 있습니다."

"에드문드 장군, 어찌 그리 확신하는지요? 인타도 하나의 국가가 아닌지요?"

"타키온이 만일 인타 국경 지대에 수비 병력을 주둔시킨다면 그건 인타와의 결별을 의미합니다. 인타가 아직까지 정식으로 우리와 국교를 체결하지 못하는 이유가 타키온과의 오랜 관계를 청산하기 힘들기 때문입니다. 이런 내용을 잘 알고 있는 다이얀이 인타 국경 지대에 제국군을 주둔시킬 리 없겠지요."

일리가 있는 에드문드의 설명에 제장들이 고개를 끄덕였다.

"그리고 또 한 가지, 각 군은 타키온의 정보대를 조심해야 합니다. 특수부대가 파악한 바로 다이얀 직속의 정보대가 설립되었다고 합니다."

"다이얀의 직속 정보대가 설립되었다고요?"

"예, 폐하. 이들의 임무는 트로니아의 특수부대와 비슷하다고 보시면 될 겁니다. 하나 다른 점은 트로니아의 특수부대가 터닌 족 출신의 술법자들이 중심이라면, 다이얀의 정보대는 검술을 익힌 무인들로 구성이 되어 있다는 겁니다."

"무인들로요?"

"예. 유파가 아큐트류라는 것은 파악이 되었지만, 그들이 우두머리가 누군지, 어떤 동기에서 다이얀의 속하가 되었는지 아직 베일에 싸여 있습니다. 타키온 담당 대원들의 피해가 상당히 심각한 상태입니다. 과거와 달리 생존 귀환률이 절반도 안 된다는 최근 보고가 이를 반증하고 있다 하겠습니다."

에드문드의 보고에 제장들의 안색이 어두워진다.

트로니아 장수들은 특수부대의 역할이 전쟁터에서 얼마만큼 큰 역할을 차지하는지 경험을 통해 잘 알고 있었다.

물론 전투는 병사들이 치르지만 동일한 전력을 갖춘 쌍방이 전투를 벌일 때, 상대에 대한 정보량에 따라 승패가 갈린다.

트로니아 군이 승승장구한 주요 요인 가운데 하나가 특수
부대의 활약 때문이 아니던가.

그런데 이제 타키온 군에도 이런 역할의 부대가 창설되었
다고 한다. 더욱이 아군 특수부대의 피해도 심심찮게 발생한
다니, 이전 각국에서 보유하고 있던 일반적인 성격의 정보부
대가 아니라는 것이다.

"며칠 뒤 데릭 대장이 타키온 잠입 임무를 마치고 귀환한
다고 하니, 이 부대에 대한 상세한 정보를 들을 수 있으리라
생각됩니다."

"헤헤, 맞습니다. 어떤 정보대의 고수라도 우리 트로니아
특수부대의 데릭 대장을 능가하는 자는 결코 없을 겁니다."

이 과정을 지켜보던 루카스가 오랜 침묵을 깨고 입을 열었
다.

"내 한마디만 하겠소. 비록 데릭 대장과 형제의 의를 맺은
사이이긴 하나 데릭 대장이 모든 문제를 해결해 주는 신은 아
니오. 전쟁에서 정보나 첩자의 활약이 중요한 것은 사실이오.
그러나 역사 이래 정보대가 독자적으로 전투를 승리로 이끈
예는 어디에도 없소. 그들은 말 그대로 정보를 수집해 일러줄
뿐이오. 그 정보가 올바른지, 그들도 확신을 못할 때가 있소.
그 정보의 가치를 판단하고 작전에 반영하는 것은 바로 여기
계신 분들이 해야 하오. 승리에 있어 정보는 부(副)요, 주(主)
는 여러분들이라는 것을 잊지 마시오."

그렇다. 전투에서 승패는 바로 야전 지휘관들에게 달려 있

다. 군수 보급, 정보 수집도 중요하지만 모두 부수적인 문제들이다. 실전에서 이를 운용해 병사들로 하여금 승리를 쟁취하게 하는 것은 바로 자신들의 몫이다.

풍부한 전쟁 경험을 지니고 있는 루카스가 아니라면 감히 핵심을 지적하는 이런 말을 하지 못했을 것이다.

"나는 에드문드 장군의 보고 가운데 융베로란 자를 더 주목하라고 하고 싶소."

펠트란이 입을 열었다.

"내가 알기로 작전이라는 것은 모든 정황을 파악하고 그것을 기초로 설계하는 것이라 수립하는 일 자체가 쉽지 않소. 그러나 이 작전을 실전에 반영해 제대로 수행하는 것이 더 어렵다고 보오. 모든 전투가 작전대로 이루어지면 얼마나 좋겠소. 하지만 조건은 시시각각 변하게 마련이오. 화공을 수립했는데 폭우가 쏟아진다면 어떻게 하겠소? 날이 좋을 때까지 기다릴까요? 절대 그럴 수 없을 것이오. 그때 필요한 것이 바로 임기응변이고, 융베로란 자가 이 임기응변에 능하다는 얘기를 들어서 주의를 환기시키는 것이오."

펠트란의 말에 트로니아 장수들은 새롭게 등장한 융베로란 인물을 머리 깊숙이 각인시켰다. 상대하기 힘든 적장이 또 하나 출현했다는 사실이 그들로 하여금 더 투지를 불타오르게 했다.

"헤헤, 에드문드 장군의 말을 정리하면, 트로니아 입장에서 최악의 상황이 발생할 경우 타키온을 중심으로 한 삼국의 정규 병력은 팔십사만에 달하겠군요."

마리오가 재밌는 발상을 하며 입을 열었다.

펠트란은 마리오의 말을 곰곰이 되씹어보았다. 삼국이 동맹을 맺고 트로니아를 대적할 경우 정말 팔십사만에 달하는 적을 상대해야 한다.

이런 경우가 발생하지 말란 법이 없다. 비근한 예로, 거대 제국 발키아가 왜 무너졌는가. 그 발단에는 바로 사국동맹의 침공이 직접적인 원인이 되지 않았던가.

펠트란은 머릴 가로저으며 이런 최악의 상황이 발생하지 않도록 최선을 다해야겠다고 생각했다. 가만히 고개를 돌려보니 루카스 역시 자신과 비슷한 생각을 하고 있는 듯했다.

에드문드가 타국 현황에 대한 보고를 마치고 자리에서 일어나 지도를 펼쳤다. 트로니아의 국경선이 표시되어 있는 지도였다.

"우선 트로니아 군 편제에 대해 말씀드리자면, 기존과 다름이 없습니다. 다만, 1개 군이 추가로 증설되어 앞으로 트로니아에는 3개 군 체재로 작전을 운영할 겁니다. 그리고 각 군 단위 부대에 별동대를 신설했습니다."

1개 군이 추가로 증설된 부분은 영토의 확장에 따른 당연한 결과였고, 새로 구성된 별동대가 5년간 전력 강화를 위해 노력한 실질적인 결실이었다.

각기 오천 명으로 구성된 별동대는 모두 기병들로 구성되어 있었다. 성격을 보면 경기병 삼천에 중장기병 이천으로 기동력을 최대한 살려 팰트란과 루카스가 늘 강조한 전격전을 치를 때 효과를 발휘할 수 있게 했다.

루카스가 신경을 쓰고 추진해 온 기병 강화가 마침내 결실을 맺었다.

"3개 군사령부 가운데 1군사령부는 그래온주의 안티 성에, 2군사령부는 발라크주의 유캐슬 성에, 3군 사령부는 발키아주의 드실바 성에 위치할 겁니다."

트로니아 1개 군 병력은 이십만 오천 명이다. 4개 군단 이십만 명과 별동대 오천으로 구성이 되어, 전선에 바로 투입할 수 있는 야전군 총병력은 육십일만 오천 명이었다.

팰트란을 비롯한 제장들의 얼굴에 희색이 만연했다. 이제야 타키온 제국을 능가하게 되었다.

야전군 병력수가 타키온 제국군을 넘어섰으니, 국경 수비병까지 감안한다면 팔십만을 넘어서는 트로니아 제국군이었다.

"하하, 수고들 많았소. 대륙 통일의 목표가 그리 멀지 않았다는 느낌이 강하게 드는구려."

"와아아!"

팰트란의 자신에 찬 말에 제장들이 연신 환호를 내질렀다. 마침내 꿈에 그리던 대륙 통일이 실현 가능한 목표로 바뀌었다.

"마지막으로 향후 정국을 간단히 예상해 보도록 하겠습니다. 삼국 가운데 타키온은 당연 두말할 나위 없고, 베링 역시 타키온과 등을 돌렸다고 보시면 될 것 같습니다. 향후 트로니아는 발트라는 우호 세력과 더욱 친밀한 관계를 유지해 북부 대륙을 아울러야 할 것으로 생각합니다."

팰트란은 에드문드의 말에 고개를 위아래로 끄덕였다. 그 역시 발트가 향후 북부 대륙 통일에 있어 태풍의 핵으로 등장하지 않을까 조심스럽게 예측했다.

그는 크게는 대국(大局)을 위해, 작게는 자신의 사랑하는 누이와 조카를 위해 흔들리는 발트의 정국을 어떻게 해서든 바로 잡아야겠다고 굳게 결심했다.

'그래, 오래전부터 생각해 왔던 내 방안을 유레시안에게 제안하자.'

팰트란은 오래전부터 연방 제국에 대해 다각도로 분석하고 생각해 왔다. 그리고 발트를 그 첫 대상자로 삼는 것을 적극적으로 추진키로 마음먹었다.

깊은 생각에 잠긴 팰트란을 바라보며 루카스는 속으로 한숨을 내쉬었다. 그는 팰트란이 지금 무엇을 생각하는지 대략 눈치 채고 있었다.

'폐하, 세상은 그리 녹록지 않습니다. 아버지와 아들이 척을 지는 세상입니다. 부디 마음을 굳게 먹고 슬기롭게 대처하시기 바랍니다.'

세상의 쓴맛 단맛을 다본 루카스. 동정 어린 시선으로 팰트란을 바라보았다.

마지막으로 군 임명 시간이 돌아왔다. 오늘 회의의 하이라

이트였다.

인사 발표는 급격한 사태가 발생하기 전까지 보직이 유지되기 때문에 참석자들은 긴장된 표정으로 새롭게 발표될 임명을 기다렸다.

수비대장에 대한 임명이 먼저 발표되었다. 기존 수비대장이 다 유임되었고, 새로 편입된 지역에는 소장파 장수들을 위주로 임명이 되었다.

"군 사령관과 군단장에 대한 임명이 있겠습니다."

군의 핵심 야전군 지휘관에 대한 임명이 발표되었다.

"1군 사령관은 해밀턴 장군이 유임되었습니다."

팰트란은 조금은 유약해 보이지만 강단에 있어 누구에게도 뒤지지 않는 해밀튼에게 격려를 아끼지 않았다.

발키아 제국 시절부터 뛰어난 용병술을 선보이더니 나이가 들어감에 따라 완숙한 병력 운용 실력을 유감없이 발휘하고 있었다.

특히 노장들을 휘하에 거느린 채 작전을 수행하면서 특유의 인화력으로 아무 잡음 없이 1군을 잘 이끌어간 것이 유임의 결정적 이유였다.

"2군 사령관 역시 기존의 루이스 장군께서 유임이 되었습니다. 아쉽게도 루이스 장군께선 훈련 관계로 이 자리에 참석하지 못했음을 알려드립니다."

루이스는 트로니아 최고의 무장이었다. 질풍의 전사, 일기토의 제왕이라는 별명처럼 그는 팰트란이 왕위에 오른 후 치른 수차례 전투에서 적장과 일기토를 여러 차례 벌였고 모두 승리했다.

여기에 맹장들의 결점으로 많이 거론되는 지략 부분에 있어서도 냉철하고 치밀한 성격을 갖고 있어 차세대 제국군 총사령관 후보 1순위에 올라 있었다.

"3군 사령관 임명이 있겠습니다."

신설 3군 사령관. 제장들이 귀를 곤추세우며 에드문드의 다음 발표 내용을 기다렸다. 1군과 2군 사령관이 유임될 것이라는 게 대세였기 때문에 제장들이 가장 관심을 갖고 있는 부분은 3군 사령관에 누가 임명될 것이냐였다.

"3군 사령관에… 사칸 데이본 장군이 임명되셨습니다. 사칸 장군께서는 앞으로 나와주시기 바랍니다."

"와아아!"

에드문드의 말에 제장들이 커다란 환호성을 내질렀다. 트로니아 최강 1군 1군단장을 오랜 기간 역임한 노장 사칸이 새로 창설된 3군 사령관에 임명되었다.

사칸은 예상과는 달리 얼굴에 큰 표정 변화 없이 묵묵히 큰 걸음으로 나와 무릎을 꿇고 펠트란에게 임명장을 받았다.

"사칸 장군, 오랜 기간 그대가 트로니아를 위해 헌신했음을 잘 알고 있소. 앞으로 더욱 제국을 위해 분투해 주길 바라겠소."

"폐하, 군인의 임무는 오직 하나입니다. 소장, 군에 첫발을 담근 후 지금까지 이 소신을 절대 잊지 않고 마음속에 간직하고 있습니다. 앞으로도 트로니아를 위해, 폐하를 위해 열과 성을 다하겠습니다."

폐부에서 우러나오는 충절의 다짐. 일순간 회의실은 사칸의 말에 감동의 물결이 흘러넘쳤다.

제장들은 모두 노장 사칸이 3군 사령관에 오른 일을 크게 반겼다. 젊어서는 팰트란의 조부를 시작으로 선왕을, 그리고 후반에는 팰트란에게, 트로니아 왕가 3대를 모신 대표적인 노장이었다.

사실 팰트란은 사칸보다는 강한 카리스마와 지용을 겸비한 브랜든을 염두에 두고 있었으나, 하인츠와 루카스의 권유에 따라 그를 신설 군사령관에 임명했다.

곧이어 예하 장군들에 대한 임명이 있었다. 향후 타키온을 제압하고 북부 대륙을 통일할 진영이었다. 예하 장군들에 대한 임명은 총사령관 하인츠가 진행을 했다.


1군 사령관 해밀턴 가일로 장군.
1군단장 아이콘 세이모어 장군.
2군단장 타이론 함시 장군.
3군단장 샤마르 옥타비스 장군.
4군단장 로이스 듀란 장군(신임).
1군 별동대 아킬로 란데 장군(신임).

2군 사령관 루이스 갈베스 장군.

1군단장 맥그리 박스턴 장군.

2군단장 브랜든 발록 장군.

3군단장 하말키아 파파로스 장군.

4군단장 러한슨 핸타 장군(신임).

2군 별동대 피터 가르시아 장군(신임).


3군 사령관 사칸 데이본 장군.

1군단장 헤인세 장군.

2군단장 피트러스 아덜프 장군(신임).

3군단장 게르트 요제프 장군(신임).

4군단장 아세비오 돌프그린 장군(신임).

3군 별동대 제제 유타 장군(신임).


대부분 유임 내지 보직 변경이었고, 신설된 3군 군단장의 경우 헤인세를 제외한 네 명의 장군이 새로 임명되었다.

"자, 이렇게 보직에 대한 임명이 끝났소. 내 누누이 강조하지만 오늘 새로 임명되고 유임된 장수들이 나머지 장수들보다 그 능력이 월등히 뛰어나고 더 강한 충성심을 갖고 있어 임명된 것이 아니오. 그들보다 더 뛰어난 능력과 충성심을 갖고 있는 장수들도 많이 있소."

제장들의 얼굴을 하나하나 바라보며 입을 여는 펠트란.

"그러나 모든 사람이 다 지휘를 할 수는 없소. 내가 옳고 내가 지휘를 해야 맞다고 여기면 그 조직은 곧 무너질 조직이오. 오늘 임명된 장수들은 비록 부족한 점이 많지만 조화와 인화, 그리고 통솔력에 있어 조금 뛰어난 점이 있기에 임명되었다, 이렇게 보시면 될 것이오. 중요한 점은 진정한 공(功)은 본인이 언급하지 않아도 주위에서 다 아는 법임을 명심하시오. 열심히 노력하면 언젠가 그에 상응하는 대가가 돌아갈 것이오."

"폐하, 소장들 최선을 다해 트로니아를 위해, 폐하를 위해 충성할 것을 다짐합니다!"

하인츠와 루카스를 위시로 회의장에 있는 모든 장수들이 자리에서 일어나 커다란 목소리로 펠트란에게 충성을 맹세했다.

참모에 대한 후속 임명이 이루어짐으로 모든 회의가 끝났다. 어찌 보면 간단하게 끝난 회의로 보였지만, 이번 편제는 북부 대륙 통일을 앞둔 시점이라는 데 의의가 있었다.

박수 소리와 함께 어전 회의실은 뜨거운 열기로 가득찼다. 대륙력 1782년을 중심으로 한 대장정의 길이 시작되었다.

*　　　*　　　*

한편, 발트의 수도 단센에서 서북부 방면에 위치하고 있는 트로니아 국경 지역의 탕가 산 중턱, 무성한 나뭇가지와 나뭇잎을 헤치며 몇 사람이 빠른 속도로 이동하고 있었다.

그들은 쉽게 움직이기 어려운 상황에서 놀라운 속도로 앞을 가로막는 나뭇가지를 교묘히 피하며 앞으로 나가고 있었다.

"힘들 내라. 국경이 얼마 남지 않았다."

속보로 선두에서 길을 헤쳐 나가는 중년 장한이 뒤따라오는 사람들에게 다급한 음성으로 말을 건넸다. 머리에 두건을 쓰고 있어 용모를 확인하기 어려웠으나, 특이하게 붉은 눈동자의 소유자였다.

그는 바로 트로니아의 특수부대장 데릭이었다.

데릭은 근래 들어 타키온에 파견한 요원들이 가는 족족 행방이 묘연해지며 연락이 끊기자 원인을 규명하기 위해 본인이 직접 원행을 나섰다 귀환하는 길이었다.

데릭은 터닌 족 출신 대원 스탄과 스팸, 그리고 열세 명의 대원을 이끌고 이번 원행에 나섰다. 무사히 수도 앙카라에 잠입한 그들은 여러 경로를 통해 실종 원인을 찾던 중 두 가지 예상치 못한 상황에 봉착하게 되었다.

타키온 정보대가 출현한 것이다. 이전에도 타키온 정보대가 존재했었고, 나름대로 정보 활동을 전개했다. 또 데릭이 알기로 각국에는 이런 유형의 부대가 모두 있었다.

그러나 타키온의 정보대는 데릭이 알고 있던 기존의 정보대와 그 성격을 달리하고 있었다.

트로니아의 특수부대가 데릭을 중심으로 하는 첩보 활동 위주의 부대라면, 타키온의 정보대는 아큐트류의 무인들을 중심으로 정보를 수집하는 부대였다.

어떻게 타키온이 이런 무인들을 섭외해 정보대를 창설하

게 되었는지 파악을 못했지만, 하나 확실한 것은 이들이 실력에 있어 결코 데릭 일행에 뒤떨어지지 않는다는 것이었다.

더욱이 대륙 곳곳에 산재해 있는 아큐트류 무술 도장의 도움을 받기 때문에 활동 범위 역시 특수부대에 뒤지지 않았다.

데릭 일행이 이런 사실을 포착할 무렵, 그들의 행적이 상대에 의해 포착되었다. 그다음부터 그들에 대한 타키온 정보대의 공격이 가해졌다.

데릭은 그들과의 조우를 통해 자신의 대원들이 왜 타키온에 잠입하는 대로 행방이 묘연해지는지 확연히 깨달을 수 있었다. 그들은 고수였다. 일반 대원들이 쉽게 상대할 수 있는 자들이 아니었다.

데릭은 앙카라에서부터 정보대에게 추격을 당했다. 백주에 행적을 드러내기 어려운 데릭 일행과 달리 타키온의 정보대원들은 행적을 드러내 놓고 뒤를 쫓았다.

그 추격이 발트 내륙을 거쳐 트로니아와의 국경 지역까지 이어졌다.

열세 명의 일행 가운데 다섯이 이미 저들의 손에 유명을 달리했다. 물론 그들도 데릭 일행에게 큰 피해를 입어 서너 명이 돌아올 수 없는 다리를 건넜다.

"윽!"

가는 바람 소리와 함께 가장 뒤에 따라오던 대원 하나가 나직한 비명 소리와 함께 목숨을 잃었다. 스탄이 고갤 돌려보니 목덜미에 날카로운 단검이 박혀 있었다.

“적이다!”

스탄이 신속히 앞에 있는 나무 뒤에 몸을 숨기며 소리쳤다. 스팸 역시 재빠르게 몸을 숨겼다.

“너희들은 먼저 국경을 넘도록 해라.”

“대장님, 그럴 수 없습니다. 어찌 대장님을 두고 저희들 먼저 갈 수 있겠습니까?”

“고맙다. 그러나 지금 너희들이 있으면 우리들의 움직임을 방해만 할 뿐이다. 향후 실력이 될 때 그때 같이 싸우도록 하자. 자, 어서 움직여라.”

대원들은 데릭의 완강한 말에 얼굴 가득 미안한 표정을 지으며 먼저 국경선을 향해 나아가기 시작했다.

데릭은 그들이 숲을 벗어나는 것을 엄호하며 곧 나타날 적을 기다렸다. 이미 전방에 있던 스탄과 스팸의 움직임이 감지되었다. 데릭 역시 서서히 움직이기 시작했다.

몇 걸음 가지 않았을 때 데릭은 자신을 향해 쏟아지는 살기를 느끼며 재빠르게 옆에 있는 나무 뒤로 몸을 날렸다.

탁, 타탁.

조금 전 자신이 있었던 자리에 두 개의 날카로운 표창이 박혔다. 파공성과 경도(硬度)를 보아하니 녹록지 않은 고수의 실력이었다.

“으악!”

스탄이 숨어 있는 근처에서 단말마의 비명 소리가 터져 나왔다. 추적자 가운데 한 명이 목숨을 잃은 모양이었다.

“조심해라.”

데릭이 조심스럽게 소리 난 곳을 바라보니 3인의 무사가 몸을 드러낸 채 스탄이 있는 곳으로 움직이고 있었다.

기도가 보통이 아니었고 자신이 있는 듯, 전혀 거리낌 없이 앞으로 나아가는 것이 아닌가.

휘익!

챙!

스탄이 교묘한 방향에서 좌측에 있는 무사를 노리고 표창을 날렸으나, 그는 가볍게 몸을 틀며 표창을 쳐냈다. 그와 동시에 가운데 있는 무사가 어느 한곳을 향해 몸을 날렸다.

챙챙!

“으음.”

병기 소리와 함께 부상을 당했는지 스탄의 묵직한 신음성이 울려 퍼졌다. 데릭은 몸을 날려 스탄을 돌보고 싶었으나 자신을 노리고 있는 다른 기운 때문에 쉽게 몸을 빼기가 어려웠다.

챙, 챙, 캉!

퍼엉!

“적이 도망친다! 쫓아라!”

하얀 연무와 함께 스탄이 어깨를 감싼 채 도주하기 시작했다. 일단의 무사들이 스탄을 추격하는 소리가 들려왔다.

스팸이 있는 방향에서도 병장기 소리와 비명 소리가 울려 퍼졌다. 다행히 그리 강한 고수가 없는 듯, 활발히 움직이는 스팸의 모습이 보였다.

데릭은 잠시 스탄을 걱정했지만, 이내 마음을 가다듬고 자신을 노리는 적의 동향에 전념하기 시작했다.

자신을 노리고 있는 자는 보통 무사가 아니었다. 목숨을 걸고 결투를 벌여야 하는 곳에서 인내하며 상대방의 움직임을 기다리는 것은 쉬운 일이 아니다.

적어도 부동심에 대한 깊은 이해와 풍부한 실전 경험을 갖고 있을 때 이런 인내가 가능했다.

데릭과 그를 상대하는 적은 서로의 위치를 파악한 채 장시간의 대치 상태를 유지하고 있었다. 얼마의 시간이 흘렀을까? 긴장한 데릭의 옷이 축축이 젖어오기 시작했다.

데릭은 더 이상 참지 못하고 공격을 가하기 위해 깊은 호흡을 했다. 그때였다.

"이보게, 거, 당신도 대단하구먼."

데릭의 정면에 있는 큰 나무 뒤에서 창로한 음성이 터져 나왔다. 그도 인내의 한계점에 달한 모양이었다.

"우리 일행이 잠시 후 다 이곳에 모일 것인데, 그럼 별로 좋은 일이 없을 것이네. 우리 둘이 지금 승부를 가리는 것이 어떻겠는가?"

데릭은 상대의 말하는 투나 기도가 절대 자신의 하수가 아님을 깨달았다. 정면 승부도 승산이 그리 크지 않지만 그의 말대로 동료들이 더 많아지면 승산은 더욱 적어질 것이다.

"좋소, 노인장. 지금 승부를 가립시다."

데릭의 말에 가볍게 웃음을 터뜨리며 나무 뒤에서 한 인물이 서서히 걸어나왔다. 여유로운 동작으로 나오고 있는 그는, 비록 검을 아직 뽑아 들지 않은 상태지만 한 치의 빈틈도 보이지 않았다.

"자, 어서 몸을 드러내는 게 어떻겠나?"

양손을 펼치며 안심하고 나오라는 노인. 데릭은 어쩔 수 없는 상황에서 노인 앞에 모습을 드러냈다.

두 사람의 눈동자가 교차되었다. 마치 불꽃이 튀는 듯 상대방의 눈동자를 직시하는 두 사람. 한동안 아무 말 없이 대치 상태만 유지되었다.

"흠, 그대 기도를 보아하니 트로니아 특수부대의 데릭 대장이 맞겠구먼. 터닌 족 눈동자가 붉다더니 실제 그렇구먼. 내 자네에 대해서는 많이 들었네."

데릭은 노인의 말에 흠칫했지만 결코 눈빛이 흔들리는 일은 없었다.

"난 판토라 한다네."

그는 담담하게 자신의 신분을 밝혔다. 그는 열심히 듣고 있는 데릭의 눈동자를 유심히 바라보았다. 그의 눈에 아무 움직임이 없자 약간 실망하는 기색을 띠었다.

"보아하니 자넨 나를 잘 모르는 모양이구먼. 음, 그것도 괜찮지."

판토는 실망한 표정을 지우고 여유롭게 뒷짐을 지며 허공을 바라보았다.

데릭은 식은땀이 흘러내렸다. 다행히 판토는 데릭이 자신을 모르는 것으로 여기는 듯했지만 절대 그렇지 않았다.

루카스를 모시고 이 세상과 인연을 맺은 지 십수 년이 되었고, 트로니아의 모든 정보를 관할하는 특수부대장이 아니던가.

판토 헤르탄. 대륙 삼대 검파 가운데 하나인 아큐트류의 고수였다. 기와 날카로움을 위주로 아큐트류는 대륙 남부에서 디스트로이류와 더불어 양대 검파의 지위에 올라 있었다.

야큐트류의 조사인 바실리우스 검성에게는 세 명이 제자가 있었다. 대제자가 아이작이라는 무사로, 루카스 가문의 무술 사범이 그의 제자였다.

아이작은 성격이 겸손하고 명리를 싫어해 사관을 않고 후진 양성에 전념했으나, 아큐트류에 걸맞지 않게 너무 겸손한 성격 탓에 문호를 이어받지는 못했다.

문호를 이어받은 이는 둘째 제자 스튭으로, 크러시아 제국 내 아큐트류의 마스터였다. 스튭은 타고난 승부사 기질을 가진 자로 검술 실력도 일품이었지만, 이론에 해박해 아큐트류를 체계적으로 정리, 대중화에 크게 공헌했다.

이를 기특히 여긴 바실리우스가 대제자가 아닌 둘째 제자에게 문호를 넘긴 사건은 당시 상당한 반향을 불러일으켰었다.

이 둘에 비해 마지막 제자는 세상에 그리 이름이 알려지지 않았다. 그는 검에 미쳤다는 의미에서 광검(狂劍)이라는 별칭을 갖고 있었는데, 오직 검술 수련에만 매달렸기 때문에 세속적인 명성은 사형들에 미치지 못했다.

그러나 검술 실력은 스승인 바실리우스를 능가한다는 평

가를 받을 정도로 뛰어났다. 그가 바로 데릭 앞에 서있는 판토라는 인물이었다.

'어떻게 이런 자가 타키온의 정보대를 위해 일을 할까?'

데릭은 머릿속이 마구 얽히며 자신이 미로의 한복판에 놓여 있는 듯한 느낌을 받았다.

"험."

판토의 헛기침 소리에 놀라 경계 태세를 강화하는 데릭. 복면을 하고 있기기에 망정이지 얼굴이 화끈화끈 달아올랐다.

"자넨 내게 빚을 졌다는 것을 알아야 해."

제삼자가 들으면 이해하기 어려운 판토의 말이었으나, 데릭은 그 말의 의미를 누구보다 잘 알고 있었다. 생각에 잠겨 있던 그를 마음먹고 공격했다면 데릭은 큰 손상을 면치 못했을 것이다.

데릭은 아무 말 없이 공손하게 머릴 숙여 감사 인사를 올렸다. 그는 가만 고갤 끄덕이며 데릭의 인사를 받았다.

대가의 풍도를 느끼게 하는 판토. 데릭은 이미 기 싸움에서 판토에게 뒤졌다.

"자, 시간이 꽤 흘렀네. 아까 말한 대로 오래 있어봐야 득보다 실이 많은 것이니, 이제 그만 겨뤄보도록 하는 것이 어떻겠는가?"

데릭은 고개를 끄덕이며 그의 전문 병기인 쌍수도를 꺼내 들었다. 일반 검보다 길이가 한 뼘은 짧은 외날 도를 양손으로 가슴에 엇갈리게 교차시키며 공격 준비를 갖추었다.

무릎을 최대한 낮게 구부리고 있는 것이 여타의 검술과 거리가 있었다.

스리링.

"데릭 대장이 특이한 무술을 사용한다고 들었는데, 그 말대로 독특하구먼."

판토가 흥미로운 표정을 지으며 천천히 그의 검을 뽑아 들었다. 검을 일자로 내뻗으면서 몸을 옆으로 하는 자세는 아큐트류의 기본 자세였다.

데릭은 상대의 여유로운 태도에 점점 자신이 위축되어 감을 느꼈다. 여담이지만 향후 데릭이 이 결투에 대해 매튜에게 설명을 해주었을 때, 매튜는 이런 일련의 행동이 판토와 같은 고수들의 고도의 심리전임을 데릭에게 일러주었다. 물론 이 때 데릭에게는 이런 사실을 깨달을 여유가 없었다.

데릭이 기운을 방출하기 시작했다. 판토 역시 여유있는 표정을 거두고 진지하게 그의 움직임을 노려보았다.

기를 위주로 하는 터닌 족 출신의 데릭, 아큐트류 역시 날카로움을 근본으로 하기 때문에 분위기가 비슷했다. 데릭에 비해 여유를 갖고 결전에 임하는 판토인지라 그의 움직임이나 눈빛을 보고 대략 그의 공격 루트를 파악하고 있는 듯했다.

데릭이 서서히 판토를 향해 접근하기 시작했다. 판토 역시 데릭이 다가오는 것을 보며 그의 보폭에 맞춰 옆으로 몸을 움직였다. 판토의 오랜 본능이 접근을 허용하지 말 것을 일러주고 있었다.

사사삭!

서서히 움직이던 데릭, 순간 눈을 빛내며 빠른 걸음으로 판토를 압박했다. 일정한 보폭을 유지하다 갑자기 빠른 속도로 접근하자 당황한 기색을 보이는 판토.

"이얍!"

대갈 일성을 터뜨리며 데릭이 몸을 날렸다. 쌍수도를 든 양팔을 활짝 펼친 채 도약하는 그의 모습은 마치 거대한 독수리가 강한 기류를 타고 하늘을 오르는 듯했다.

챙, 챙!

순식간에 두 차례의 공수가 교차되었다. 판토는 현란한 데릭의 공격을 방어하는 데 급급했다. 많은 실전을 겪었지만 이런 스타일의 공격은 처음이었다.

휙, 휙.

다시 데릭의 쌍수도가 무서운 속도로 바람을 가르며 판토를 압박했다. 여덟 번의 공격을 피하기만 하던 판토.

"타핫!"

날렵하게 데릭의 공격을 흘리고는 방어에서 공격으로 전환한다. 그는 군더더기 없는 동작으로 검을 앞으로 쭉 내찔렀다.

"헉!"

데릭이 순간적인 판토의 공격을 감당하지 못하고 뒤로 서너 걸음 물러섰다. 옆구리를 바라보니 검이 스쳐 핏줄기가 보이기 시작했다.

심한 상처는 아니지만 단 일격에 부상을 당하자 심리적으로 크게 놀란 데릭이었다.

"허, 대단하군. 그 일격을 피하다니."

회심의 일격을 피한 데릭에게 진심으로 탄복하며 칭찬을 하는 판토.

데릭은 말없이 다시 판토에게 접근하더니 갑자기 몸을 최대한 낮추었다. 도약하기 위한 준비 자세였다.

"이얏!"

다시 데릭이 비상했다. 조금 전보다 더 빠르고 무서운 기세로 판토의 머리를 노리며 도를 휘둘렀다. 일반 사람들이 상상할 수 없을 정도의 긴 체공 능력을 보여주며 말이다.

판토는 데릭의 기세를 이기지 못하고 뒤로 물러서며 데릭의 체공 능력과 체력에 감탄을 금치 못했다.

이미 여러 차례 저런 공격을 가해오고 있다. 단순 도약이라면 일반 무사들도 할 수 있지만, 저렇게 많은 횟수를 도약하는 건 불가능하다.

휘익!

"으음."

묵직한 판토의 신음성이 터졌다. 판토의 왼쪽 어깨에서 점점이 피가 옷에 배어 나오기 시작했다. 데릭의 공격을 일부 허용했다.

그러나 판토는 고수였다. 그는 연이은 서너 차례의 공격을 피하더니 반격을 가했다.

체력적인 부담 때문에 도약하는 속도가 느려진 데릭을 보고, 그가 도약하는 틈을 타 뒤로 한 발자국 물러나는 척하다 앞으로 재빠르게 다가섰다. 그리고 떨어지는 데릭의 복부를 향해 다시 검을 찔렀다.

피하기 힘든 판토의 일검. 기(氣), 험(險)의 아큐트류의 진수가 펼쳐졌다. 판토는 속으로 끝났다고 회심의 미소를 지었다.

그러나 전혀 예상하지 못했던 데릭의 다음 동작이 이루어졌다. 데릭은 판토의 반격을 예상이라도 한 듯, 찔러오는 판토의 검신을 발로 밟으며 그 반탄력을 이용해 판토를 뛰어넘었다.

과연 인간으로서 할 수 있는 기술인지 의문을 자아내게 하는 동작이었다.

데릭은 공중에서 회전을 하며 뒤편에 착지를 한 후, 그 자리에서 연체동물처럼 허리를 뒤로 제치며 판토의 등을 향해 쌍수도를 휘둘렀다.

"어이쿠!"

판토는 데릭이 뒤편으로 넘어갈 때부터 무언가 일이 잘못되었음을 깨달았다. 그는 비록 돌아보지 않았지만 오랜 경험을 통해 본능적으로 몸을 앞으로 굴렀다.

찌익.

데릭의 쌍수도가 간발의 차로 판토의 옷을 찢고 지나갔다.

아쉬운 기색이 데릭의 얼굴에 가득했다. 회심의 일격이 실패하자 오늘 이 자리를 벗어나기가 쉽지 않겠단 생각이 들었다.

"허허허, 대단하구나, 대단해."

몇 차례 몸을 굴려 안전거리를 확보한 판토가 어색한 웃음을 지으며 몸을 일으켰다. 겉으론 여유 만만했으나 속으론 진땀을 흘렸다.

한 발만 늦었어도 자신의 등판이 저자의 도에 걸렸을 것이 아닌가. 자칫 잘못하다 큰일 나겠다 싶은 판토가 수세에서 공세로 전환하며 심신이 피곤한 데릭을 공격하기 시작했다.

쉭! 쉭! 쉭!

연속해서 판토의 찌르기 공격이 시작되었다. 데릭의 기이한 공격을 원천 봉쇄하기 위해 조금의 여유도 주지 않는 판토.

찔러대는 검이 빠르기가 마치 번개와 같아서 공격 지점이 어느 곳인지 파악하기가 어려웠다.

"윽!"

판토의 찌르기 공격을 피하던 데릭의 입에서 다시 짧은 비명 소리가 터져 나왔다. 데릭의 어깨에서 피가 뭉클뭉클 솟아 나온다. 판토의 공격을 허용했다.

"훌륭해, 정말 훌륭해."

판토는 진심 어린 찬사를 보내며 일 초의 여유도 주지 않고 공격을 가했다.

다시 판토의 삼검이 데릭의 몸통을 노리고 파고들었다. 무서운 속도였다. 허공을 가르는 파공성만 장내에 울려 퍼졌을 뿐, 그가 찔러대는 검의 형태는 도저히 육안으로 확인할 수 없었다.

휙! 휙! 휙!

판토의 공격이 계속되자 데릭의 몸 여기저기서 피가 흐르기 시작했다. 육체적으로 정신적으로 한계에 다다른 데릭이었다.

“자, 조심하게. 이번은 막기 어려울 거야.”

판토가 정중히 경고를 함과 동시에 찌르기를 다시 시도했다. 판토는 뒤로 물러서는 데릭을 계속 따라붙으며 공격을 가했다.

“윽!”

데릭은 계속 물러서다 거대한 나무가 그를 가로막는 것을 깨닫고 비명을 내질렀다. 이제 더 이상 물러설 곳이 없다.

판토의 검끝이 흔들리며 데릭을 향해 들어오는데 도무지 그가 노리는 부위가 어느 곳인지 알 수가 없었다.

데릭은 절망에 빠졌다. 이제 모든 것이 끝이다. 하지만 그의 눈동자에는 일말의 두려움도, 근심 걱정도 없었다.

검을 찌르고 있는 판토 역시 데릭의 모습에 내심 감탄사를 연발했다.

마지막 자존심을 지키려는 듯, 자신을 찔러오는 판토의 검을 뚫어져라 쳐다보던 데릭.

데릭을 질러오던 판토의 검이 갑자기 방향을 바꿔 옆으로 향하는 것이 아닌가.

판토가 설마 데릭을 아까워했단 말인가? 그건 아니었다.

챙!

"누구냐?"

판토가 한 발 물러서며 자신에게 표창을 날린 방향을 보며 소리쳤다.

그때 또다시 표창이 날아들었다. 판토는 다 잡은 토끼를 놓치는 것이 아쉬웠지만, 워낙 절묘하게 날아오는 표창이라 몸을 피할 수밖에 없었다.

표창은 스팸의 것이었다.

휙, 휙!

판토는 자신을 향해 쏘아지는 검은 물체를 보고 본능적으로 검을 휘둘렀다.

펑! 펑!

요란한 굉음과 함께 검은 연무가 판토를 휘감아 돌기 시작했다. 연이어 날아드는 표창에 판토는 최대한 자세를 낮추며 몸을 피했다.

잠시 후 연무가 흩어지자 판토는 재빠르게 데릭의 행방을 찾았으나 그가 있던 자리에는 아무도 없었다. 다만 몇 방울의 선혈이 조금 전의 결투를 증명해 주었다.

"허허, 그 친구, 운도 참 좋구나. 쩝, 그나저나 아드밀손에겐 뭐라 설명을 해야 하나. 거참."

데릭을 놓쳤다기보다 좋은 상대를 새로 만났다는 표정으로 턱수염을 어루만지는 판토. 느긋하게 일행들을 찾기 위해 걸음을 옮기기 시작했다.

*　　　*　　　*

형체를 알아보기 힘든 검은 악마가 데릭을 움켜쥐었다. 그리고 손에 힘을 가하자 데릭의 몸에 터질 듯한 압력이 가해지며 칠공에서 피가 터져 나왔다. 몸이 짓이겨지면서 갑자기 강한 고통이 데릭을 덮쳤다.

"아악!"

외마디 비명을 지르며 눈을 번쩍 뜬 데릭. 식은땀이 그의 온몸을 흥건히 적시고 있었다.

갑자기 밝은 빛이 들어오자 눈을 찡그리며 안색을 일그러뜨리는 데릭. 서서히 정신이 돌아오기 시작했다.

고통에 인상을 쓰며 주위를 둘러보니 이곳은 카이로 성에 있는 특수부대의 은신처였다.

"정신이 들었나?"

문이 열리며 두 사람이 방 안으로 들어왔다. 데릭은 그 가운데 한 사람을 보고 자리에서 몸을 일으키려 했으나 고통에 찬 신음성만이 흘러나왔다.

"뭐 하는 건가? 그냥 누워 있어라."

피로 맺어진 데릭의 형제 루카스가 데릭의 손을 잡아주며 부드럽게 말을 꺼냈다. 루카스의 말을 듣고 긴장을 끈을 놓은 데릭은 다시 깊은 잠에 빠져들었다.

어떤 악몽도 꾸지 않고 달디 단 잠을 자게 된 데릭, 오랜만에 느껴보는 장시간의 휴식이었다.

어느 정도 기력을 회복한 데릭을 다시 찾아온 루카스는 아무 말 없이 데릭의 손을 굳게 잡아주었다. 사나이와 사나이의 뜨거운 우정이 서로의 가슴에 깊이 전달되었다.

"스팸, 고맙다. 그런데 스탄과 나머지 대원들은 어떻게 되었나?"

데릭은 루카스 옆에 서있던 스탄에게 이후의 상황에 대해 질문을 던졌다.

"대장, 대원들은 무사히 돌아왔습니다."

"다행이로구나. 으음, 스탄은?"

뭔가 빠졌다는 것을 느낀 데릭, 스탄에 대한 언급이 없었다.

"스팸, 스탄은… 스탄은 어떻게 되었나? 서, 설마?"

스탄이 누구던가. 자신과 피로 맺어진 형제가 아니던가. 데릭은 최악의 상황을 가정하며 스팸을 다그쳤다.

"후우, 대장. 이상한 생각은 하지 말도록 하세요. 스탄은 현재 행방불명입니다."

데릭을 데리고 무사히 탈출에 성공한 스팸은 루카스에게 일의 전모를 보고한 후, 다른 형제들과 함께 발트 국경 지역에서 스탄의 행방을 찾았다.

그들은 산을 이 잡듯 뒤졌으나 끝내 스탄의 행방을 발견하지 못했다. 다만 스탄의 것으로 보이는 병기들이 곳곳에 널려 있는 것으로 보아 치열한 격전이 벌어졌음을 알 수 있었다.

"데릭, 우선 진정하고 내 말을 잘 들어라. 스탄은 그들에게 생포되었을 가능성이 크다. 내 이미 카스카와 몽트를 타키온에 보냈다. 아마 곧 좋은 소식이 있을 것이다."

"루카스님, 안 됩니다. 빨리 그들에게 그냥 돌아오라 이르십쇼."

"데릭, 왜 그러나? 우선 스탄의 행방을 찾아야 할 것 아닌가."

데릭은 루카스에게 자신의 무례를 사죄하며 타키온 정보대에 대해 상세히 설명했다.

"음, 일이 꼬이는군. 아큐트류의 무인들이 왜 다이얀을 도울까?"

루카스 역시 아큐트류의 검술을 익힌지라 그들의 무서움을 잘 알고 있었다. 그들이 드러내 놓고 다이얀을 돕는다면 문제가 쉽지 않다.

향후 트로니아 특수부대원들이 정보를 수집하는 데 많은 제약이 따를 것이다.

"다이얀이 죽어도 곱게 죽진 않을 모양이구나."

다이얀의 병력한 모습이 떠오르자 실소가 터져 나오는 루카스.

"데릭, 지난번에 다이얀을 감시할 때 그냥 그자를 없애 버릴 걸 그랬나? 자네 의견대로 말이야."

무슨 말일까? 사연은 이렇다. 당시 베링의 웨든주 얏탄 성에 요양 중이던 다이얀을 감시하고 있던 데릭은 그에 대한 암살을 루카스에게 몇 번 건의했다.

경비도 그다지 심하지 않았고 각혈을 심하게 하던 다이얀을 죽이기란 식은 죽 먹기였다.

데릭은 루카스가 자신의 제안을 선뜻 받아들일 줄 알았으나, 망설이던 루카스는 끝내 재가를 내리지 않았다.

"데릭, 인간들 살아가는 모습이 재미있지? 난 어떤 때 자네와 자네 동료들에게 무척 미안할 때가 많다. 자연과 더불어 살아가는 자네를 불러내 이런 혼탁한 세상에 살게 하는 것이 말이야."

"루카스님, 저희가 루카스님을 모시게 된 것은 이미 신이 정해놓은 운명의 굴레지요. 그런 말씀 마십쇼."

"신이 정해놓은 운명의 굴레라… 으음."

신이 정해놓은 운명의 굴레에서 우리 인간은 무엇일까? 루카스는 갑자기 과거 많은 호적수들의 모습이 떠올랐다.

가깝게는 루카스이 형 제이크가 있고, 타키온의 재상 안톤이 있었다. 안톤을 죽음으로 몰고 간 발키아의 볼튼이 있었고, 영웅 중 영웅인 그를 죽인 자신이 있었다.

다이얀의 이름도 떠오른다. 비록 그림으로밖에 그의 얼굴을 보지 못했지만, 각종 정황을 들어보면 무척 병약하게 생겼다고 한다.

미인박명이라고 이 천재는 몸이 무척 약하다. 다이얀 역시 자신을 만나지 않았다면 어떤 삶을 살고 있었을까?

이 모든 것이 신의 안배 아래 이루어지는 것이라면? 인간의 의지는 한낱 휴지와 같단 말인가. 서글픔이 몰려온다. 우리 인간은 무엇이란 말인가.

갑자기 뜨겁고 무서운 웅심이 루카스의 가슴을 울렸다.

"하하하하! 데릭, 내 운명의 굴레가 어떻게 펼쳐질지 모르겠지만, 난 반드시 살아생전에 펠트란 폐하를 대륙 통일을 이룩한 위대한 황제가 되도록 최선을 다할 것이다."

데릭은 비록 소리 내어 웃진 않았지만 오랜만에 속으로 맘껏 웃었다.

이 순간만은 스탄의 안위도, 자신의 부상도 느껴지지 않았다. 오직 루카스의 호탕한 웃음과 함께 뜨겁게 달궈지는 마음만 느껴졌다.

"밖에 너희들도 들어오너라."

"거봐, 조심하라고 했잖아, 바보 놈들아."

"네가 조심하지 않아 들켜놓고 누구보고 바보라는 거야, 이 바보야."

"에이구, 둘 다 똑같은 놈들이."

떠들썩하게 문을 열고 들어오는 사람을 보니 데릭의 부하들인 카스카, 몽트, 아스카아, 그리고 핀덴이었다. 카스카와 몽트는 타키온으로 출발하려다 스팸의 연락을 받고 달려왔다.

"하하하, 이리들 오너라. 터닌 족 전사들인 너희들에게 일만 시키고 아무것도 해준 것이 없구나. 오늘 오랜만에 우리 형제들이 다 모였으니 술 한잔하도록 하자꾸나."

"좋습니다, 루카스님. 그런데 데릭 대장은 아직 몸이 성하질 않은데요?"

"문제없다. 술을 마시다 죽을 수 있으면 그 또한 얼마나 즐겁지 않겠느냐."

"그럼 좋습니다."

데릭과 그의 형제들은 루카스가 즐거워하는 모습을 보자 그 기쁨을 자신들의 기쁨으로 여기며 지금까지 어려웠던 기억을 한순간에 날려 버렸다.

데릭의 부상과 스판의 실종 사건은 바로 펠트란에게 보고가 되었다. 특히 타키온의 정보대에 아큐트류 무사들이 가세했다는 사실을 듣고 펠트란은 크게 놀랐다.

그들이 전문적으로 정보 수집에 대해 훈련을 받은 자들은 아니나 비밀리에 하는 정보 수집보다 각 지역에 개설되어 있는 검술 도장을 통해 민간에 떠도는 정보를 광범위하게 수집할 수 있었기 때문이다.

*　　　*　　　*

펠트란의 황제 집무실에 5인이 둘러앉아 심각한 표정으로 대화를 나누고 있었다. 중앙의 펠트란을 중심으로 하인츠, 루카스, 매튜, 그리고 데릭이 자리를 잡고 있었다.

"이미 알고 있는 사람도 있을 것이고, 오늘 처음 듣는 사람도 있겠지만 지난달 데릭 대장이 타키온의 앙카라에 원행을 나섰다 큰 변을 당했소."

"데릭 대장이 안색이 좋지 않다 했더니 그런 일이 있었군요."

하인츠와 루카스는 이미 잘 알고 있는 사실이라 담담했으나, 매튜가 놀란 표정으로 묻는다. 보통 고수가 아닌 그가 변을 당했다는 사실이 믿겨지지 않는 모양이었다.

루카스가 팰트란에게 양해를 구하고 데릭이 겪었던 일을 간단명료하게 설명했다.

"예? 정말 그자가 스스로를 판토라 했단 말입니까?"

데릭이 말없이 고개를 끄덕여 긍정의 뜻을 표시하자 잠시 아연해져 멍한 표정을 짓는 매튜.

"데릭 대장의 말을 듣고 매튜도 참석하는 것이 좋으리라 생각해서 이 자리에 오라 했네."

"무슨 뜻인지 잘 알겠습니다만, 허허허, 개탄할 일입니다. 판토와 같은 검성이 일국의 정보대 일을 맡아본다니 정말 믿기지 않습니다."

매튜는 실소를 머금고 머리를 가로저었다.

"폐하, 제가 보기에 여기엔 반드시 무슨 곡절이 있을 겁니다. 많은 사람들이 입신양명을 노리고 무술을 배우는 것이 사실입니다만, 판토와 같은 인물은 검술이 곧 인생인 사람들입니다."

"그자는 틀림없이 스스로를 판토라 했소."

"데릭 대장의 말을 못 믿겠다는 것이 아닙니다. 판토는 아큐트류의 삼대 고수 가운데 가장 강하다고 평가받는 자입니다. 올해 그의 나이가 육십이 되는데 뭐가 아쉬워 타키온의 정보대를 위해 일하겠느냐는 거지요. 분명 피치 못할 사정이 있을 겁니다."

네이쳐류의 고수 매튜는 당연히 판토에 대해 잘 알고 있었
다. 판토는 진정한 무사였다.

사관을 한다는 것이 불법이나 지탄받을 일은 아니지만, 자
신의 무공을 증진시키거나 일정 수준의 경계를 넘기 위해서
는 사관할 시간이 없는 것이다. 이들에게는 끊임없는 각고의
수련이 요구되기 때문이다.

매튜 역시 팰트란을 호위무사를 사직하고 수련에 전념하
고 있는 이유가 바로 여기 있었다.

"아, 그럴 수가 있겠구나."

갑자기 루카스가 자신의 무릎을 내려쳤다. 다들 놀란 눈으
로 그를 쳐다보았다.

"무슨 일이오, 루카스 경?"

"죄송합니다, 폐하. 갑자기 한 가지 기억이 떠올랐는데 이
번 건과 관계가 있지 않을까 싶습니다."

"어디 들어봅시다."

"폐하, 5년 전 베링에서 있었던 로렌스의 무장 봉기군을 기
억할 겁니다."

"기억하고 있소만……."

"주동자인 로렌스라는 자에게 자칭 협객이라는 친구들이
도움을 줬었지요. 그런데 그 중 몇몇이 아큐트류의 무사였다
는 말을 들었습니다."

"아큐트류의 무사요?"

"예. 소신의 생각에 당시 아큐트류의 무사들이 판토라는

자와 관련이 있지 않나 싶습니다. 무슨 관계인지까지는 모르겠지만 자신의 이름을 떳떳히 밝히는 것으로 보아 보통 관계가 아닐 겁니다.”

“그럴 수 있겠구려.”

팰트란이 고개를 끄덕인다. 루카스의 말을 듣고 보니 그럴 가능성이 컸다. 그렇지 않다면 판토와 같은 고수가 왜 타키온 제국의 정보대를 돕겠는가.

“폐하, 만일 루카스 군사의 추측이 맞는다면 저희도 정식으로 네이쳐류에 칙령을 내려 판토 일파를 대적하게 하면 어떻겠습니까?”

하인츠가 간단명료하게 자신의 의견을 개진했다. 일면 그럴듯했다. 홀아비 사정은 과부가 잘 안다고, 무사는 무사로 처리하자는 간단한 이론이었다.

팰트란은 입가에 웃음을 떠올리며 고개를 가로저었다. 그 자리에 있던 어느 누구도 하인츠의 말에 동의를 하지 않았다.

“정도를 걷도록 해야지, 상대가 편법으로 나온다고 나도 편법으로 대응한다면 순간적인 우세는 점할 수 있겠지만 또 다른 상대의 편법을 불러일으킬 뿐이오.”

팰트란의 말에 당황해하던 매튜가 안도의 한숨을 내쉬었다. 만일 황제의 정식 요청이 내려진다면 중간에서 상당히 난감해질 것이 틀림없는 매튜였다.

잠시 장내는 각자의 생각으로 고요한 침묵만이 맴돌았다. 얼마의 시간이 흘렀을까, 매튜가 고개를 들고 팰트란을 바라보며 입을 연다.

"이번 일은 저희 무인들로 야기된 바, 허락해 주신다면 제가 나서 이 일을 해결토록 해보겠습니다."

하인츠를 제외한 나머지 사람들이 의외라는 표정으로 그를 바라보았다.

그러나 매튜는 나름대로 추후 발생할 일을 사전에 막자는 취지에서 자청한 것이었다.

매튜는 대략 세 가지 사항을 염두에 두었다.

첫 번째는 하인츠의 말대로 트로니아 특수부대의 활동이 계속 방해를 받는다면 천하의 팰트란이라 해도 정식으로 네이쳐류 본산에 칙령을 내릴지 모른다.

코린트에 기반을 두고 있는 네이쳐류에 있어 큰 타격이 아닐 수 없다.

두 번째로 이번 기회에 매튜는 검도를 닦는 무사의 한 사람으로서 국가 간의 다툼에 무인들이 개입하지 말 것을 권유하려는 생각이 있었다.

무인들이 한번 이런 세속의 다툼에 끼어든다면 율리시안 대륙의 세 검파는 철저히 정치가들에게 이용당할 것이다.

세 번째는 개인적인 염원으로, 매튜는 이번 기회에 판토라는 절세고수와 검을 겨뤄보길 원했다. 평생 만나기 힘든 기회가 될 것이다.

누가 이기고 지든 간에 좋은 승부가 될 것이고, 스탄이라는 터닌 족 출신 대원이 그의 수중에 있다면 협의를 통해 귀환시키면 되리라 생각했다.

하인츠의 의견이 틀린 것이 아니었지만, 권력으로 무인들을 동원할 생각이 없었던 팰트란은 매튜의 제안을 크게 기뻐하며 윤허를 내렸다.

"매튜, 그대가 이번 일을 해결해 준다니 내 고맙기 그지없네. 필요한 건 뭐든 준비해 줄 터이니 원만히 이 일을 해결해 주길 바라네."

팰트란은 네이쳐류의 장문에게 협조를 부탁하는 황제의 친필 서신을 써주었다.

매튜는 별도로 루카스에게 데릭 대장과의 동행을 요청했다. 여러 모로 도움이 크게 될 것이다.

전혀 예상치 못했던 아큐트류 무사들의 개입으로 인해 트로니아와 타키온의 보이지 않는 전쟁은 새로운 양상을 띠고 전개되기 시작했다.

매튜는 사랑하는 두 제자인 팰트란 주니어와 조니에게 작별을 고하고 타키온으로의 원행 준비를 시작했다.

매튜는 그 일환으로 코린트 총본산에 있는 대사형을 찾아가 최근 있었던 트로니아와 타키온의 다툼으로 인한 아큐트류 판토의 행동을 설명하고, 사문의 도움을 요청하기로 했다.

# The God of War

CHAPTER 06

네이쳐류 VS 아큐트류

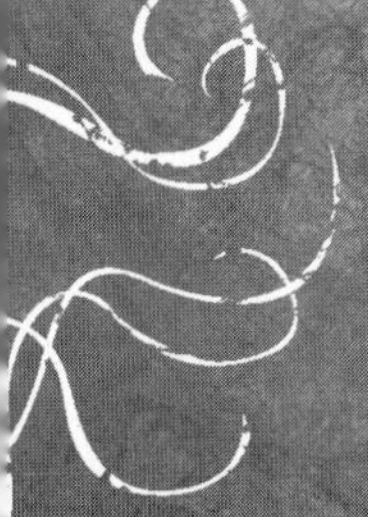

The God of War

다음날, 매튜는 가벼운 옷차림으로 오랜
만에 네이쳐류 본산을 방문했다. 코린트 시내에서 외곽으로
말을 타고 반나절을 가면 그리 크지 않은 검도관이 하나 나온
다.

회백색 건물은 웅장하거나 화려하지는 않았지만, 네이쳐
류 특유의 자연스러움이 건물 곳곳에 배어 있어 바라보는 사
람으로 하여금 편안한 느낌을 주었다.

"어이구, 매튜 사제가 다 찾아오다니, 무슨 일인가? 자자,
어서 들어오시게."

마음씨 좋게 생긴 초로의 사내가 매튜를 반겨 맞았다. 네이
쳐류의 현 장문인 바스런이었다.

매튜는 장문 대사형에게 머리 숙여 인사를 하고 자리에 앉자마자 자신이 찾아온 용건을 이야기했다.

"허허허, 판토가 그런 일을 저지르다니. 이해하기 힘들구나."

아버지와 같은 자상한 눈빛으로 바스런이 고개를 갸웃거렸다.

매튜는 네이쳐류의 조사인 아리우스가 노년에 거둬들인 제자였기 때문에 사형들과 비교해 연령 차이가 컸다. 당연히 사형들은 어린 매튜를 모두 귀여워했고, 그중에서도 특히 아리우스의 장문을 이은 바스런이 매튜를 귀여워했었다.

"아마 나름대로 이유가 있을 겁니다만……."

"쯧쯧, 바실리우스 검성께선 승부욕이 강하긴 하셨지만 결코 세속에 욕심을 두지 않았는데, 그의 제자가 그를 욕되게 하려는구나."

대륙의 삼대 검성을 모두 직접 대면한 적이 있는 바스런이 안타까운 표정으로 잠시 회상에 잠겼다.

"그건 그렇고, 팰트란 황제가 선정을 베풀어 국민들이 크게 기뻐한다고 들었다. 성군이 났다고 좋아하는 제자들 얘기를 여러 번 들었다. 직접적으로 도움을 주진 못하겠지만, 매튜, 이 사형이 무엇을 도와주면 되겠느냐?"

"대사형, 이번에 제가 타키온의 앙카라에 가면 필연적으로 판토를 만나게 될 겁니다. 지금 저의 실력이 어느 정도인지 정확히 판단하기 힘들지만, 판토를 대적하기엔 아직 역부족이지 싶습니다. 그래서 사형들 가운데 판토를 상대할 수 있는 사형을 동행시켜 주셨으면 합니다."

말과 함께 바스런에게 팰트란의 서신을 건네주는 매튜.

"나중에 말씀드리려고 했는데, 여기 팰트란 황제의 친필 서한이 있습니다. 이번 일에 대한 감사의 글입니다."

바스런은 매튜의 요청과 팰트란의 감사 서신을 읽고 잠시 생각에 잠겼다. 매튜의 말대로 판토는 대적하기 쉽지 않은 고수다. 남부 대륙에 그 대명이 자자한 자가 아니던가.

이번 일에 네이쳐류가 공식으로 끼어들면 양파 사이에 큰 충돌이 벌어질 수도 있다. 가능하면 끼어들길 꺼려하는 바이런이었으나, 매튜와 현 제국 황제와의 관계를 보거나 큰 사례를 약속한 황제의 친필 서한까지 전달받은 상황에서 딱 잘라 거절하기 어려웠다.

더욱이 네이쳐류의 기반이 트로니아 제국에 있지 아니한가. 제국 정부에 밉게 보여 좋을 것이 하나도 없었다. 역으로 도와주면 필요할 때 정부의 도움을 받을 수도 있다.

한동안 생각을 하던 바스런이 갑자기 한 사람을 떠올리며 만면에 가득 웃음을 지었다.

"매튜 사제, 이 사형이 같이 간다면 제일 좋겠지만 알다시피 일파의 장문을 맡고 있기 때문에 곤란하다는 건 자네가 더 잘 알 것이네."

"잘 알고 있습니다."

고개를 끄덕이며 바스런의 말에 동의를 표했지만, 속으로 무척 아쉬움이 남는 매튜였다.

아리우스의 제자들, 즉 매튜의 동문들 가운데 인품이나 무공이 가장 뛰어난 제자가 바로 바스런이었다. 네이처류에서 그를 대적할 사람은 없었다.

아리우스도 이런 바스런을 자랑스럽게 여겼고, 그가 살아 있는 동안 바스런은 사부의 기대를 한 번도 저버린 적이 없었다. 바스런이라면 판토도 전혀 문제가 되지 않을 것이었다.

그러나 한편으로 일파의 장문이 본문의 일도 아닌 정부의 요청에 의해 움직인다는 것도 있을 수 없었다.

매튜의 마음을 잘 헤아리고 있는 바스런, 웃으면서 계속해서 말을 이었다.

"사제, 그렇다고 너무 실망하지 말게. 비록 우리가 정부와 결탁하는 것은 아니지만, 황제의 부탁도 있고 무인으로 사도(邪道)를 걷고 있는 자들을 정도(正道)로 돌아오게 하는 것도 우리의 임무."

"대사형, 그럼……."

"다섯째 사제인 훼인과 여섯째 사제인 몰린을 동행하도록 하겠네. 어떻겠는가?"

"훼… 인 사형과 몰린 사형을요."

"응, 괜찮지?"

매튜의 얼굴이 떨떠름하다. 하필이면 훼인과 몰린이란 말인가.

사형 가운데 훼인은 성격이 괴팍하기로 따를 자가 없었다. 그는 이 세상을 장난치기 위해 태어난 사람처럼 진중한 맛이 전혀 없었다.

어찌 보면 그래서 남들보다 훨씬 앞서 절정의 경지에 도달했는지 모른다. 특히 무공에 있어서는 바스런만이 대적이 가능할 뿐, 네이쳐류의 그 누구도 훼인의 적수가 되질 못했다.

이에 반해 몰린은 훼인과 정반대의 성격을 갖고 있었다. 그는 세상의 모든 일에 나름대로의 의미를 부여하며 정말 열심히 살려고 노력하는 사람이었다.

매사에 있어 진지하고 진중한 것이 지금까지 의미없는 행동을 한 번도 하지 않을 정도로 자기 의지가 굳은 사람이었다.

"그렇지 않아도 훼인이 바깥에 나가고 싶어하는 것을 억지로 말리고 있었는데, 잘되었네. 훼인은 몰린을 붙여놓으면 아무 문제 없을 것이고, 몰린은 사제가 잘 보살피면 되겠지."

사형인 몰린을 보살피라는 바스런의 말에 매튜가 고소를 금치 못했다.

'훼인 사형이라면 무공은 아무 문제 없는데……'

바스런의 말대로 훼인은 네이쳐류 최고의 고수였다. 근년 들어 바스런과 대결을 하지는 않았으나, 이미 본신의 실력이 바스런을 넘어섰을지도 모른다고 생각하는 제자들이 많을 정도였다.

매튜는 순간 거절할까 하는 마음이 들었지만 적지에서 판토와 조우할 생각을 하자 도저히 거절하기 어려웠다.

이로써 앙카라 원행길에 나설 인물들이 결정되었다. 매튜,

훼인, 몰린 사형제와 데릭. 개성이 강한 세 사람과 동행하게 되었다. 마음이 점점 무거워지는 매튜를 보며 바스런은 남모르게 고개를 끄덕였다.

'매튜, 이번 원행에서 너는 많은 것을 보고 느끼게 될 것이다. 세상은 넓고 고수들이 얼마나 많은지, 네가 얼마나 더 각고의 수련을 해야 하는지 깨닫게 될 것이다. 내가 보기에 네 이쳐류는 아마 너로 인해 다시 한 번 큰 도약을 하게 될 것이다.'

바스런은 매튜와 또 다른 입장에서 이번 원행의 좋은 결과를 기대하고 있었다.

*　　　*　　　*

타키온의 수도 앙카라. 북부 대륙의 문화 중심지로 알려진 이 도시에 네 사람의 여행자가 입성했다. 북부 5국이 생존을 위한 치열한 각축을 벌이고 있는 상황에 비해 여행자들에 대한 출입은 상당히 개방적이었다.

"매튜, 저기 저 큰 여관 좀 봐라. 야, 대단한데."

네 명의 여행자 가운데 사십 대 후반의 사내가 옆에 있는 사내에게 말을 걸었다.

나이에 어울리지 않는 날렵한 몸, 허리춤에 검을 차고 있는 모습이 무사로 보였다.

"훼인 사형, 저곳이 앙카라의 명물인 '나그네의 샘' 이라는 여관입니다. 역사도 오래되어 아마 지금 주인이 3대째 저 여관을 경영하고 있다고 들었습니다.”

“역시 매튜 사제는 모르는 게 없다니까. 껄껄껄.”

이들은 바로 특수부대원 스탄을 구하고 아큐트류의 정치 참여를 권유하기 위해 달려온 매튜 일행이었다.

부지런히 길을 나서 도착을 했지만, 중간 중간 훼인의 철없는 행동에 매튜와 데릭은 하루에도 수십 번씩 애가 닳았다.

“저 여관을 보니 앙카라의 아름다움을 알겠군. 여관 위의 조형물조차 예술적으로 만들었으니 말이야.”

또 다른 매튜의 사형 몰린이 감탄하며 입을 열었다.

매튜는 몰린이 가리키는 방향을 바라보고는 실소를 금치 못했다. 그가 아름답다고 한 조형물이란 다름 아닌 여관 꼭대기에 달려 있는 드레곤 형상의 풍향계였던 것이다.

“몰린 사형, 저건 조형물이 아니고…….”

“아, 굳이 소개할 필요없네. 내 아무리 미술에 문외한이라 해도 저 정도 작품은 충분히 감상할 수 있으니 말이야.”

“아… 알겠습니다. 사형들, 우선 저 여관에 짐을 풀고 향후 대책을 논의토록 하시죠. 데릭 대장, 어떻습니까?”

“히야, 좋은 생각이야.”

“좋은 생각이군, 사제.”

“좋습니다.”

평범한 사고와 행동을 하는 매튜로서는 너무 힘든 여정이었다. 머리가 많이 셌을 것이다. 네 사람은 ‘나그네의 샘’ 이라는 여관에 여장을 풀었다.

저녁 식사를 끝낸 네 사람, 매튜의 방에 모여 대책을 강구했다. 전과 마찬가지로 신중하게 생각하는 이는 매튜와 데릭이었고, 훼인과 몰린은 이번 일과 아무 상관 없는 엉뚱한 논쟁을 벌이고 있었다.

"이봐, 몰린. 내 말이 맞다니까? 오늘 저녁 메뉴는 그저 그랬어. 아마 주방장이 잊어먹고 제대로 조미료를 넣지 않았을 거야."

"사형, 그게 아니지요. 주방장은 오늘 우리에게 색다른 맛을 보여주기 위해 특별한 조리법을 선보인 겁니다. 잊어먹고 그런 게 아니라니까요. 매사에 사물을 좀 깊게 보도록 하세요."

"그럼 그렇게 맛없고, 맵고, 짜게 한 게 뭐 특별한 맛을 내기 위해서라고? 아니지, 절대 그게 아니지."

물고 늘어지는 몰린에게 핏대를 올리는 훼인.

"허허, 사형. 세상에 아무 의미 없이 벌어지는 일은 없답니다. 사부님께서도 여러 번 말씀하셨죠. 사물의 본질을 보아야 깨달음을 얻을 수 있다고요."

둘의 논쟁을 지켜보던 매튜는 그야말로 기가 막힐 노릇이었다. 지금이 어떤 때인데 이런 쓸데없는 논쟁을 벌이고 있단 말인가.

'후우, 정말 나 혼자 올 걸 그랬나?'

후회가 앞서는 매튜였다.

"데릭 대장, 미안합니다. 본의 아니게 이렇게 되었네요."

데릭은 개의치 않는다는 표정으로 화답했다. 오는 동안 데릭은 매튜와 많은 대화를 주고받았다. 비록 양지와 음지에서 활동한다는 차이는 있지만, 극한이 경지를 넘어 더 높은 경지에 도달하기 위해 노력한다는 공통점을 갖고 있었다.

특히 판토와의 대결을 전해 들은 매튜는 데릭에게 그런 고수들과 겨룰 때 유의해야 할 사항에 대해 상세히 일러주었다. 가장 조심해야 할 부분은 역시 자신감을 갖고 상대방이 내뿜는 위압감을 이겨내야 한다는 것이다.

"몰린, 이상하단 말이야. 쟤들은 왜 꼭 창으로 들락날락하는 것일까? 멀쩡한 문 놔두고 말이야."

한창 논쟁을 벌이던 훼인이 창문을 통해 들어오는 스팸과 카스카를 바라보며 한소리 했다.

"사형, 정보 계통에 있는 사람들은 종종 저렇게 한답니다. 밤에, 비밀리에 출입을 해야 하는데 어떻게 문을 통해 출입할 수 있단 말입니까?"

"이봐, 몰린. 무슨 변장을 한 것도 아니고, 두건을 뒤집어쓰고 다니는 것도 아닌데 왜 창문으로 출입하냐고?"

"허어, 사형도. 정보 계통에 있는 사람이라고 말씀드리지 않았습니까? 비록 변장을 하지 않더라도 그들은 다 이렇게 하는 겁니다."

"어… 어디서 말도 안 되는……."

"말이 안 되긴요. 제 말을 다 이해하시면서요."

매튜는 한심스러운 표정으로 두 사형을 바라보다 더 이상

상관치 않고 스팸과 카스카를 자리에 앉게 했다.

"어떻소? 새로운 소식이 있소?"

"저희 둘은 각기 다른 경로로 정보를 수집했습니다. 저는 이곳에 잠입해 있는 요원들을 만나 저들의 동향을 파악했고, 카스카는 매튜님께서 만나보라던 사범을 만나 매튜님의 말을 전해드리고 답신을 받아왔습니다."

매튜는 카스카가 전해준 서신을 읽어본 후 데릭에게 주었다.

서신을 작성한 사람은 앙카라에서 네이쳐류 도장을 운영하고 있는 하실이란 사람으로, 이미 앙카라에서 30년 이상 도장을 운영해 왔기 때문에 앙카라에서 발생한 일에 대해 모르는 일이 없었다.

역시 5년 전 있었던 트로니아와 타키온의 결전 이후 아큐트류 무사들의 숫자가 많이 늘었다는 내용이었다. 더욱이 구체적인 이름은 파악하지 못했지만, 아큐트류 최고고수 가운데 하나도 종종 외부에 얼굴을 드러낸다는 얘기도 있었다.

매튜와 데릭은 이자가 바로 판토가 아닐까라고 생각했다. 매튜와 데릭은 서신의 끝 부분에 있는 내용으로 이번 사건의 전말을 이해할 수 있었다. 그 고수의 조카가 다이얀의 속하에 있다는 것이었다.

그자의 이름은 아드밀손이라 했고, 아큐트류의 고수라 했다.

"데릭 대장, 이제 대강의 전말을 알겠군요. 이 아드밀손이란 자가 루카스 경이 얘기한 로렌스의 친구일 가능성이 큽니다. 아니, 바로 이 사람일 겁니다. 그리고 판토는 조카의 부탁으로 이곳에 머무르고 있을 테고요."

데릭이 매튜의 말에 고개를 끄덕였다. 자신이 보기에도 대략 비슷한 정황으로 보였다.

잠시 후 이어진 스팸의 보고도 비슷했다. 정보부는 다이얀의 저택 옆 건물에 있었고, 심심찮게 검을 찬 아큐트류의 무사들이 출입을 하고 있다 했다.

"두 분 사형, 이제 그만 하시고 이리 오세요."

매튜는 그때까지 논쟁을, 실은 훼인의 일방적인 분노와 몰린은 엉뚱한 대답이 주였지만, 벌이던 훼인과 몰린을 불렀다.

두 사형에게 스팸과 카스카가 수집해 온 정보를 일러주고 어떻게 움직이는 것이 적절한지 의논을 시작했다.

"내 생각에 비밀리에 정보부에 잠입할 수 있는 방법은 없다고 봐야 할 것이고… 음, 정공법과 유인책, 두 가지 방법 가운데 하나를 택해야 할 것인데……."

정공법은 말 그대로 판토에게 도전장을 보내자는 방법이다. 훼인, 몰린, 매튜 정도는 판토도 이름을 들어 잘 알고 있을 것이다.

직접 만나 아큐트류로 야기될 검술계의 파장을 설명하고 그들로 하여금 스스로 손을 떼게 하는 방법으로 가장 이상적인 방법이 될 것이다.

유인책은 일행 중 몇몇이 소요를 일으켜 그들의 유인한 뒤 나머지 일행이 정보부에 잠입해 스탄을 구출하는 방법이다.

"난 유인책이 재미있을 것 같은데, 몰린, 넌 어떠냐?"

훼인이 재미있는 장난감을 받아 든 아이처럼 즐거워하며 몰린에게 질문을 던졌다.

"사형, 유인책은 안 됩니다. 많지도 않은 우리 일행을 분산시키는 것도 위험하고 또 그 와중에 아큐트류와 씻을 수 없는 원한 관계라도 맺게 되면 누가 책임을 지겠소. 사형이 책임을 지시겠습니까?"

"훼인 사형, 저도 그렇게 생각합니다. 유인책을 쓰면 스탄은 구할 수 있겠지만 아큐트류의 무사들로 하여금 타키온 정부와 손을 끊게 하는 건 불가능합니다."

매튜가 말을 마치고 데릭을 바라보았지만, 그의 관심은 스탄의 안위와 판토를 다시 만났을 때 어떻게 상대하느냐에 집중되어 있었다.

"따라서 정공법이 좋을 것 같고요. 그럴 경우 관건은 우리 가운데 하나가 판토를 확실히 잡아야 합니다."

매튜가 훼인을 바라보며 입을 열었다.

지금 이 자리에 있는 사람들 가운데 행동은 미덥지 못해도 가장 무공이 강한 사람은 바로 훼인이었다.

다음날, 일행의 대표로 몰린이 판토를 찾아갔다. 별다른 제지를 받지 않고 판토를 만난 몰린은 앙카라에 온 뜻을 간단히 밝히고 모든 문제를 직접 만나 해결하자고 제안했다.

"몰린 경, 그대가 아리우스님의 여섯 번째 제자이시지요? 반갑소. 내 이전에 사부님을 따라 아리우스님을 뵌 적이 있었지요. 대단하신 분이었습니다."

눈을 지긋이 감고 옛 생각에 잠기는 판토.

몰린은 대가의 풍모를 보이는 판토에게 이미 한 수 접고 들어가는 자신을 느꼈다. 자신의 선에서 어찌해 볼 수 있는 그런 상대가 아니었다.

"으음, 몰린 경, 그렇게 합시다. 앙카라 북쪽으로 한 시간가량 가면 원시 유적지가 있소. 내일 정오에 그곳에서 만나도록 합시다."

"고맙습니다. 그럼……."

매튜 일행은 하실 사범의 도움을 받아 다음날 일찍 판토가 지적한 그 유적지에 도착했다. 인적이 드문 그곳에는 사람의 그림자가 전혀 보이질 않았다.

유적지는 일종의 원시인들의 무덤이었다. 그 무덤을 구성하고 있는 바위가 얼마나 큰지 아무 도구가 없는 과거의 원시인들이 어떻게 그런 무덤을 만들었는지 지금도 풀지 못하는 수수께끼였다.

"옛사람들은 참 싱겁기도 하지. 죽으면 모든 것이 그만인데 이런 건 왜 만드는지, 원."

"사형, 그건 절대 그렇지 않지요. 이 카오스 헨지는 옛 사람들의 문화와 저력을 알게 하는, 북부에 단 하나 남아 있는 유적지입니다. 보이지 않으세요? 옛사람들의 피와 땀이 얼룩져 있는 저 바위들이요."

"흥, 개소리."

매튜는 두 사람의 모습에 고소를 그렸으나, 한편 훼인과 몰린이 풍부한 경험을 지니고 있음을 깨달았다.

강적을 기다리고 있는 매튜 일행은 훼인과 몰린의 우스운 말과 행동으로 경직되어 있던 분위기가 많이 완화되었다. 바스런 대사형이 왜 둘을 추천했는지 그 이유를 깨달을 수 있는 매튜였다.

데릭 역시 두 사람을 통해 많은 것을 배우고 있었다. 비슷한 실력에 도달하면, 그다음은 경험과 노련미다.

얼마 후 일단의 인물이 모습을 드러내더니 매튜 일행에게 다가왔다. 그 수는 대략 열 명 전후의 판토 일행이었다.

"아, 기다리게 해 미안하오."

판토가 도착하자마자 여유있는 표정으로 몰린에게 말을 꺼냈다. 별다른 동작을 취하지 않았음에도 은근히 매튜 일행을 압도하려 했다.

"이봐, 몰린. 저 노인네가 어째서 너에게 인사를 하는 거지? 우리 일행의 대외 대표는 매튜고, 대내 대표는 나인데 말이야."

판토가 눈살을 꿈틀거리며 자신의 기세를 막아서는 훼인을 쏘아보았다.

"허참, 이곳의 법도는 처음 보는 사람을 쏘아보는 것인가? 이상한데. 우린 처음 만나면 통성명을 먼저 하는데. 하실 사범, 타키온 사람들은 인사법이 우리하고 다른가?"

"인사법이 다를 수 있겠습니까?"

하실이 능청스럽게 대답을 한다. 무공은 차이가 많지만, 연륜이 있는지라 보통이 아니다.

"허허허, 미안하오. 내 실례를 했소이다."

판토가 원래의 표정을 회복하며 매튜 일행에게 자신을 소개했다. 일단 기 싸움에서 그의 일방적인 독주가 막혔다.

"난 판토라 하오."

판토가 먼저 자신의 이름을 밝인 후, 자신들 일행을 하나하나 소개했다.

매튜 일행의 시선을 사로잡은 사람은 아드밀손이란 무사였다. 루카스가 예측하고 하실이 확인한 판토의 조카 아드밀손이 이 자리에 나왔다.

매튜와 비슷한 연령대의 아드밀손은 세상을 주유하고 다녀 그런지 매튜보다 훨씬 노련한 맛을 풍기고 있었다. 아드밀손은 담담한 표정으로 매튜 일행에게 인사를 했다.

그 외 데릭이 판토에게 당하던 날 보았던 삼인의 무사도 나왔다. 그들은 판토의 수제자들이었다.

"처음 뵙겠습니다. 판토 검성의 대명은 이미 귀가 닳토록 들었습니다."

겸손한 매튜의 칭찬에 판토의 눈이 반짝인다.

"저는 매튜라 하웁고 아리우스 검성의 막내 제자입니다. 이분은 저희 사형이신 훼인과 몰린이라 하고요. 저분은 판토 검성께서 잘 알고 계신 데릭 대장과 그의 대원들입니다."

판토는 자신과 맞먹던 인물이 네이쳐류의 훼인이란 소개를 듣고 크게 놀랐다. 훼인에 대해선 여러 차례 들은 적이 있

다. 아큐트류에 판토가 있다면 네이쳐류에 훼인이 있다란 말
이 검술계에 널리 퍼져 있는 말이었다.

판토는 마지막으로 소개를 받은 데릭의 얼굴을 바라보았
다. 두 사람의 눈길이 마주쳤다.

나직한 웃음을 짓는 판토, 노한 표정의 데릭의 반응을 예상
했으나 데릭 역시 웃는 눈으로 화답한다. 약간 놀란 눈으로
고개를 끄덕이는 판토.

"자네 상태를 보아하니 괜찮은 모양이군."

모르는 사람들이 보면 두터운 친분 관계를 맺고 있는 사이
로 보이지만, 데릭은 판토의 말 가운데 숨어 있는 비웃음을
잘 알고 있었다.

이전 같았으면 심한 격동을 느꼈을 것이다. 그리고 또 판토
에게 한 수 접고 들어가는 데릭이 됐을 것이다.

그러나 네이쳐류의 고수들과 동행하며 데릭은 많은 것을
배웠다. 그는 말없이 판토에게 예를 취했다.

"허허허, 허허허. 좋구나, 좋아!"

판토가 크게 웃음을 터뜨렸다. 그는 데릭이 또 한 단계의
벽을 넘어섰음을 알 수 있었다.

매튜가 나와 판토에게 공손하게 예를 갖추며 이번 일에 대
한 자신의 생각을 설명했다.

"따라서 어떤 유파가 일국의 정부를 위해 일을 하는 것은
전체 검술계에 도움이 되지 않을 겁니다. 아큐트류가 계속 타
키온에 협력한다면 네이쳐류는 어쩔 수 없이 트로니아에 협

력할 수밖에 없고 남부의 디스트로이류도 이 운명을 피할 수 없을 겁니다. 그것은 판토 검성도 바라지 않는 바일 겁니다."

"어떤 유파의 무사가 개인적으로 관계를 맺는 것은 좋으나 유파 자체가 관계를 갖는 것은 피해야 한다고 생각합니다. 검성께선 어떻게 생각하시는지요?"

판토는 매튜의 말을 듣고 한동안 파란 하늘을 쳐다보며 아무 말 않고 깊은 생각에 잠겼다. 구구절절 매튜의 말이 옳았다.

이번 일은 자신이 생각해도 적절치 않다고 생각했다. 판토 가문의 후계자인 아드밀손이 적극 도움을 요청했고, 다이얀이란 군사가 꽤 괜찮은 사람이라 어쩌다 보니 이렇게 되었다.

판토는 양식이 있는 사람이었다. 그는 아큐트류 검사들을 전쟁의 소용돌이로 몰고 싶은 생각이 추호도 없었다.

데릭과 결투를 벌이고 그의 수하를 사로잡은 것 또한 현재 몰리고 있는 다이얀을 측은히 여겨 도와줬을 뿐, 그를 위해 국가 간의 다툼에 끼어들 생각은 없었다.

"잠시 시간을 주겠나?"

"예, 그러시지요."

판토는 아드밀손과 그의 동료들을 불러 매튜의 제안에 대한 의견을 나누었다. 아드밀손이 난감한 표정으로 듣고 있다 판토에게 어떤 소리를 했는지 몰라도 판토가 화를 벌컥 내며 아드밀손을 나무라기 시작했다.

아드밀손은 판토의 진노에 놀라 다음부턴 아무 말 없이 판토의 말을 듣기만 했다.

어느 정도 의견 일치가 이뤄졌는지 판토가 매튜에게 다가
왔다.

"매튜라 했소? 내 그대의 의견에 추호도 반박할 생각이 없
소. 우리는 우리 나름의 갈 길이 있소. 그 길이 절대 이런 길
은 아닐 것이오. 그래서 하는 말인데……."

다이얀과 친분을 깊게 맺은 아드밀손 때문에 이번 일에 끼
어든 판토.

"조건이 하나 있다네."

"말씀하시지요?"

"그리 어려운 조건이 아닐세."

판토는 매튜의 요구대로 오늘 이후로 아큐트류의 이름을
내걸고 국가를 위해 행동하는 것을 금지할 것이라 약속했다.

그러나 개인적으로 사관을 하거나 개인적으로 행동하는
것은 어쩔 수 없다고 했다. 이 점은 매튜도 마찬가지였기 때
문에 아무 이견이 없었다.

매튜는 가장 어렵게 생각했던 문제가 판토의 결단으로 쉽
게 매듭이 풀리자 크게 안도했다. 펠트란에게 체면은 살리게
되었다.

문제는 데릭의 수하인 스탄의 신병 처리에 대한 것이었다.

"우리가 오늘 어렵게 자리를 같이하게 되었소. 그대들도
검을 수련하는 사람이고 우리 또한 그렇지요. 아드밀손은 완
강히 거부했지만, 내 이렇게 설명을 했소."

스탄의 인도를 조건으로 판토 측 3인과 매튜 측 3인이 대결

을 벌아자는 것이다. 그래서 두 판을 이긴 측의 마음대로 스탄을 처리하자는 것이었다.

"이 정도는 요구할 수 있다고 보네."

판토는 말을 마치고 그 자리에 서서 하늘을 올려다보았다.

매튜는 돌아와 훼인과 몰린, 그리고 데릭에게 판토의 말을 전해주었다. 데릭이 크게 화를 터뜨렸지만 주도권을 쥐고 있는 자가 판토인지라 별 방법이 없었다.

"허허허, 고맙네. 역시 네이쳐류 검사들답군."

대결 방법은 세 사람씩 나서되, 승자는 대결할 의사가 있으면 다음 사람과 대결을 계속 벌일 수 있도록 방식을 정했다.

"하하하, 그럼 저 늙은이는 내가 상대해야겠군."

심드렁한 표정으로 매튜에게 말하는 훼인.

데릭만 약간 미덥지 못하다는 표정이었고, 매튜와 몰린은 당연하단 표정으로 그의 의견을 받아들였다.

두 번째 대결자로 매튜가 결정되었다. 두 번째 매튜, 세 번째 훼인은 큰 이견이 없었다. 문제는 누가 첫 번째 대결자로 나설 것이냐였다.

데릭과 몰린이 서로 자청을 했다. 난감한 상황이었지만 매튜는 데릭의 심정을 누구보다 잘 이해하고 있었기에 몰린에게 양해를 구하고 데릭을 첫 번째 대결자로 내보내기로 방침을 정했다.

"제 생각에 저쪽에서는 첫 번째로 삼 인의 검사 가운데 한 명이, 두 번째로 아드밀손이, 마지막으로 판토가 나올 것으로 예상됩니다. 첫판과 둘째 판을 따내고 훼인 사형께선 승부를 떠나 편하게 대결에 임하는 것이 좋을 거라 생각합니다.”

능숙하게 교통 정리를 하는 매튜. 몰린은 이런 매튜를 보며 바스런 장문이 왜 매튜를 크게 보고 향후 네이쳐류의 미래를 이끌어갈 주역이 될 거란 말뜻을 이해했다.

매튜는 바스런의 덕과 훼인의 무공, 그리고 자신의 침착성을 다 겸비하고 있었다. 게다가 합리적인 사고마저 갖추고 있으니 차기 장문감으로 전혀 손색이 없었다.

상대방 출전자와 순서는 매튜의 예상과 조금도 다르지 않았다.

인적이 드문 공터를 찾은 양측은 매튜의 제안에 의해 진검이 아닌 목검으로 승부를 가리기로 했다. 자칫 양파 사이에 큰 원한의 골이 생길 가능성을 막자는 의도였다.

첫 번째 시합은 훼인이 심판을, 두 번째는 판토가, 마지막 시합은 심판 없이 진행토록 했다. 판토와 훼인의 시합을 주관할 수 있는 사람이 이 자리에 없었다.

첫 번째 대결자들이 밝혀지자 판토는 고개를 갸웃거렸다. 판토가 알기로 터닌 족의 무술은 정통 검술을 배운 자들이 아니었기 때문에 검으로 가리는 승부에 그리 능통하지 못했기 때문이다.

판토는 매부리코의 중년 수제자에게 데릭의 특이한 무술 형태에 대해 자신이 겪었던 부분을 이야기해 주었다.

“난 판토 사부의 대제자로 융케라 하오. 사부께선 그대를 조심하라 일렀으나, 내 일전에 겪은 바로 그리 대단치 않게 보았소. 여하튼 잘 부탁하오."

만일 데릭이 판토와의 일전 이후 새로운 깨달음이 없었다면 속으로 울컥하는 마음이 있었을 것이다. 그러나 데릭은 이미 과거의 그가 아니었다.

"난 데릭이라 하오. 잘 부탁하오."

데릭의 반응에 융케가 의외라는 표정을 지었다. 일단 마음의 수양이 잘된 점으로 보아 보통이 아니라 여기고 경각심을 높이기 시작했다.

후세에 알려지지 않은 네이쳐류와 아큐트류, 트로니아와 타키온의 대리전 양상을 띤 전투가 벌어지게 되었다.

공터 중앙, 데릭과 융케가 자리를 잡고 각자의 기수식을 취하자 주위는 잎사귀가 떨어지는 소리가 들릴 정도로 고요했다.

두 사람은 물론 그 둘의 대결을 지켜보는 주변 사람들 역시 둘의 대결에 깊이 몰입되었다.

데릭은 작은 두 자루 목검을 들고 이전 판토를 대적할 때와 같은 자세를 취했다. 다른 점이라면 이전과 같은 도약 자세를 보이지 않고 있다는 것이었다.

이에 맞서 융케는 양손으로 긴 목검을 잡고 목검을 일 자로 세웠다.

두 사람은 서서히 거리를 좁히기 시작했다. 사정거리에 다다른 두 사람, 원을 그리며 중앙을 돌기 시작한다.

융케가 적극적으로 거리를 좁히면 데릭이 다시 그만큼 거리를 넓히는 형상이었다.

몇 바퀴를 일정한 속도로 돌던 두 사람, 융케가 순간적으로 보폭을 넓히며 데릭에게 달려들었다.

"타핫!"

융케의 검이 일자로 데릭의 머리를 향해 떨어졌다. 아큐트류 특유의 날카로움이 돋보이는 공격이었다.

오랜 전국시대를 거치며 파생한 검법이라 화려함보다는 극도의 효과를 살렸다. 단순하면서 최대의 효과를 내는 검법이 가장 훌륭한 검법이었다.

탁. 타탁!

융케의 검을 막은 데릭. 손아귀를 통해 상대방의 기운이 전해진다.

휙! 휙! 휙!

연속해서 융케의 찌르기 삼검이 데릭의 가슴을 노리고 들어왔다. 판토와의 대결을 통해 경험해 본 검법이었다. 그러나 보았다는 정도지 대처할 방법이 쉽다는 건 아니다.

찌르기 위주의 아큐트류는 견고한 하체를 중심으로 펼쳐지기 때문에 큰 베기 위주의 디스트로이류에 비해 역공을 당할 가능성이 적었다.

데릭은 몸을 옆으로 비켜서며 융케의 공격을 막더니, 갑자기 앞으로 몸을 구르며 융케의 두 다리를 노렸다.

"이크."

융케가 신음성을 뱉어내며 뒤로 껑충 물러선다. 떨어지면서 데릭의 접근을 막기 위해 상하로 검을 찔러대는 융케. 등에 식은땀이 가득했다.

검을 중단 찌르기 자세로 변경하며 보폭에 속도를 내는 융케. 데릭도 그의 동작에 맞춰 일정 거리를 유지하며 움직였다.

"이얏!"

선공은 융케로부터 이루어졌다. 득달같이 데릭에게 달려들며 찌르기 공격을 시도하는 융케.

그의 보폭을 확인한 데릭은 충분한 거리를 확보할 만큼 재빠르게 물러섰다. 그러나 이는 데릭의 생각에 불과했다.

융케의 보폭은 이전과 비교할 수 없을 정도로 빨랐고, 데릭은 사정거리를 피할 수 없었다. 검은 찰나의 속도로 데릭의 가슴 앞에 다다랐다.

누구의 입에서인지 모르지만 아, 하는 감탄사가 튀어나왔다. 사람들은 대부분 데릭이 패배를 예상했다. 융케의 공격을 피하기에는 거리가 너무 가까웠다.

단 세 사람, 판토, 훼인, 매튜는 침착한 표정으로 데릭의 다음 움직임을 보고 있었다.

데릭은 찔러오는 검의 속도에 맞춰 상체를 뒤로 젖혔다. 터닌 족 특유의 체술이 나온 것이다. 융케의 검은 한 치 차이로 데릭의 몸을 스치고 지나갔다.

융케의 눈에 당황한 빛이 가득했다. 그는 재빨리 몸을 뒤로 날렸으나 이를 두고 볼 데릭이 아니었다. 데릭은 양팔과 허리의 반탄력을 이용해 양발로 융케의 복부를 걸어찼다.

픽!

"으윽!"

둔탁한 격타음과 함께 신음 소리가 터져 나왔다.

데릭은 굳게 서서 손에 묻은 먼지를 털어냈고, 복부를 가격당한 융케는 입에서 피를 흘리며 그 자리에 쓰러져 있었다.

가쁜 숨을 몰아쉬며 피를 토하는 융케를 보니 상세가 가볍지 않아 보였다.

"1차전의 승리는 데릭이오!"

훼인이 큰소리로 데릭의 승리를 선포했다.

판토의 다른 제자 둘이 서둘러 나와 융케의 상세를 확인하고 응급조치를 했다. 그들은 데릭의 기이한 체술에 당한 것이 못내 아쉬웠지만, 승부는 결정이 났다.

크롬 제국 시절 유탄로라는 일대의 검성이 있었다. 약관의 나이에 출두해 율리시안 대륙에 적수가 없을 정도로 강한 검술을 선보였다.

비록 체계적인 이론을 수립하지 못했기 때문에 그의 검법이 후세에 전해지지는 않았지만 각종 서적에 언급된 그의 행적을 보면 기히 천하무적의 검성이라 해도 무방할 정도였다.

세인들인 최절정의 경지에 오른 그가 다른 것도 아닌 검에 찔려 죽을지 아무도 예상하지 못했다. 그런데 이런 예상을 깨고 유탄로는 42세, 한창 물이 올랐을 때 검에 찔려 죽었다.

모든 이들은 유탄로가 암습에 의해 죽었다고 생각해 그의 죽음에 대한 원인을 규명하코자 백방으로 노력했다.

이들은 정부에 탄원을 내고 관원들과 함께 현장 조사를 벌였다. 그리고 조사결과 유탄로가 암습이 아닌 정상적인 대결에서 목숨을 잃게 되었다는 것을 발견했다.

부검 결과 역시 아무 이상이 없었다. 다만 주위의 정황을 미루어 다수의 사람들이 대결을 벌인 흔적이 있었을 뿐이다.

사람들은 모두 의아해했다. 도대체 최고의 검성을 죽일 수 있는 검사가 누구란 말인가. 수십 명이 그를 협공해 죽였단 말인가? 만일 그렇지 않다면 절대 이 검성을 죽일 자는 없을 거라 생각했다.

유탄로의 죽음은 미궁에 빠졌고, 세월은 유수와 같이 흘러갔다. 유탄로가 죽은 수십 년 후, 한 사람이 죽으며 자신이 유탄로를 죽였다고 밝혔다.

세인들의 이목이 그 사람에게 집중되었다. 그도 명성이 녹록지 않은 검사이지만 절대 유탄로의 적수가 될 수 있는 자는 아니었다. 그러나 그가 밝힌 당시의 상황을 듣고 세인들은 또 놀라야 했다.

그와 비슷한 정도의 검술을 지닌 7인의 검사가 유탄로를 찾아가 협공을 가했다. 단지 수적 우위를 갖고 공격을 했을 뿐이다.

유탄로는 역시 대단한 검성이었다. 그는 홀로 7인을 맞서 싸우며 네 명을 죽이고 한 사람에게 치명적인 부상을 입혔다. 그러나 유탄로는 결국 나머지 두 사람의 검을 맞고 검성의 생을 마감했다.

검을 이용한 결투는 바로 이런 것이었다. 반나절을 싸우고, 한나절을 싸우는 것이 아니다. 강한 무공과 대담한 성격의 검사가 맞서도 길어야 열 합을 넘기지 않는다.

고수의 대결은 결코 화려한 동작으로 찌르고 막고, 베고 피하고 하는 것이 아니다. 특히 진검 승부일수록 그 승부를 가리는 시간은 찰나에 불과하다.

장내의 열기가 서서히 달아오르기 시작했다. 목검 승부이기는 하지만 쌍방은 이미 피를 보았다.

데릭은 연이어 아드밀손과 대결할 수 있었으나 포기하고 매튜에게 순서를 넘겼다. 한층 성숙해지고 강해지는 데릭이었다.

매튜와 아드밀손이 공터의 중앙으로 들어섰다. 황제의 호위무사를 역임했던 매튜와 세상을 주유하다 다이얀의 휘하에 들어간 아드밀손의 대결 역시 흥미진진하게 진행되었다.

수인사를 나눈 두 사람. 긴말이 필요없었다. 판토의 신호와 함께 두 사람의 대결이 시작되었다.

아드밀손은 융케가 두 번째 취했던 중단 찌르기 자세를 취하고 그 자리에 시시 매튜이 움직임을 신중히 바라보았다.

매튜는 한 손으로 목검을 쥐고, 그 목검의 끝을 땅 끝을 향해 내려뜨렸다.

일견 강적을 맞아 대결하는 자세로 보기에는 너무 빈틈이 많아 보였다. 조금 전 보았던 융케의 달음박질 속도와 보폭을 생각하면 매튜의 자세는 너무 위험하기 그지없었다.

그러나 이는 보는 사람의 입장에 불과했다. 매튜를 맞아 대적하는 아드밀손은 전혀 그렇지 않았다. 허허실실 매튜의 자세는 오히려 한 치의 빈틈도 찾기 어려웠다. 아드밀손은 쉽게 움직일 수 없었다.

두 사람의 대치는 생각보다 오래 지속되었다. 처음 자세로 보아 바로 끝날 것 같았으나, 지루하게 느껴질 정도로 움직임이 없었다.

그리 덥지 않은 날씨임에도 아드밀손의 이마에 땀이 송알송알 맺혔다. 이에 반해 매튜는 불어오는 산들바람을 음미라도 하듯 여유로운 자세에서 아드밀손의 눈을 응시하고 있었다.

기(氣)와 유(柔).

강함과 부드러움, 강철과 갈대의 대결이었다. 기도, 유도를 운용하는 사람의 능력에 달려 있는 것이다. 기가 강하면 바람도 벨 수 있고, 유가 강하면 강철도 녹일 수 있다.

두 사람은 계속 같은 위치에서 같은 자세를 유지하고 있었다. 판토는 두 사람을 바라보며 속으로 감탄을 금치 못했다.

아드밀손은 자신에겐 미치지 못하지만 아큐트류 전체를 통틀어 손가락 안에 드는 고수였다. 그런 그가 일말의 해결책을 찾지 못하고 전전긍긍하고 있는 것이다.

주변의 인물들은 전혀 예측하기 어려운 두 사람의 대치에 손바닥에 땀이 흥건히 배일 정도로 긴장하고 있었다.

다만 훼인과 판토, 두 사람만이 이들의 기세 다툼을 흥미로운 시선으로 바라보고 있었다. 어찌 보면 곧이어 벌어질 대결의 전초전 양상의 의미가 강했다.

쉽게 움직이지 못하는 아드밀손과 그를 전혀 의식하지 않고 자연과 동화하는 데 주력하는 매튜.

어느 순간 매튜는 눈앞의 아드밀손의 기의 흐름이 서서히 느껴지기 시작했다. 아직은 전혀 흔들림이 없다. 매튜는 속으로 깊이 감탄했다.

판토 같은 고수는 이보다 더 강하니 산은 높고, 바다는 깊다는 옛말이 떠올랐다.

휘이잉!

갑자기 바람이 거세지기 시작했다. 멀리 있던 돌개바람이 서서히 공터 중앙에 있는 두 사람에게 접근하고 있었다.

조그만 먼지와 풀잎을 감싸 안고 도는 돌개바람이 공터 중앙에 다다랐다.

매튜는 주변의 기가 맹렬히 변하는 것을 느꼈다. 특히 아드밀손의 기가 강하게 느껴졌다. 아마 때가 된 모양이었다.

돌개바람이 두 사람 사이를 빙 돌며 스쳐 가려는 순간 아드밀손이 몸을 날렸다.

쉭! 쉭! 쉭!

몸을 날림과 동시에 순간적으로 오검을 연속 찔러댄다. 찰나의 순간이었다.

바람을 가르며 매튜를 향해 찔러오는 그의 검은 날카롭기가 비할 데가 없었다. 그러나 그 날카로움은 상대적이었다.

매튜는 여유롭게 걸음을 옮기며 그의 검을 피하더니 마지막 찔러 들어오는 아드밀손의 검을 자신의 검으로 흘리더니 그 검신을 따라 아드밀손을 공격했다.

탁, 타타탁!

"으윽!"

누구의 입에서인지 모르지만 비명 소리가 터져 나왔다. 돌개바람이 스쳐 지나간 자리에는 두 사람이 여전히 서 있었다.

그러나 주위 사람들은 어떤 결과가 나왔는지, 누가 승리했는지 판토의 선언이 없더라도 명확히 알 수 있었다.

매튜는 처음 그대로의 자세를 유지하고 있었다. 그에 반해 아드밀손은 검을 떨어뜨린 채 오른쪽 어깨를 부여잡고 있었다. 인상을 가득 쓰며 매튜를 노려보았지만 이미 승패는 끝났다.

"2회전은 매튜 경의 승리요."

판토가 담담히 매튜의 승리를 선언했다.

매튜 일행은 경망스럽게 환호성을 울리지는 않았으나, 속으로 안도의 한숨을 쉬었다. 이번 대결로 당초 소기했던 목표는 달성을 했다.

매튜는 연이어 판토와 대결을 벌일 것인가, 아니면 훼인에게 순서를 넘겨줄 것인가에 대해 순간적으로 결정 내리기가 어려웠다.

검사로서의 호승심이 쉽게 판토와의 대결을 포기하지 못하게 막고 있었다.

훼인은 매튜의 심정을 이해한다는 듯, 서두르지 않고 그의 결정을 기다렸다. 자못 그의 결정이 궁금해지는 훼인이었다.

매튜는 한동안 생각을 하다 무언가 깨달은 듯, 환한 표정을 짓더니 아무런 아쉬움 없이 판토와의 일전을 포기하고 일행에게 다가왔다.

한참 고민할 때 매튜의 노사부 아리우스의 말이 뇌리를 파고들었다.

"넘치는 것은 모자란 것만 못하다."

아리우스가 어린 매튜에게 강조했던 말. 자연과의 동화를 모태로 태어난 네이쳐류였다. 자연이란 뭔가? 자연에는 모자람도 없지만 넘침이란 것도 없다.

훼인과 몰린은 매튜의 행동을 보고 더욱 기특하다는 표정으로 그를 반겨 마지않았다.

"잘했다, 매튜 사제. 많이 성장했구나."

훼인이 매튜의 어깨를 가볍게 두들기더니 공터 중앙으로 나갔다.

드디어 마지막 대결만을 남겨놓게 되었다. 앞선 두 판의 승부로 양측이 꺼려하는 문제는 이미 소멸했다. 무와 무의 순수한 대결만이 남게 되었다.

대륙에서 손꼽히는 검성 판토와 훼인의 대결.

"판토 검성의 대명은 내 여러 차례 들었습니다. 한 수 지도를 부탁합니다."

"무슨 말씀을. 오늘 매튜 경의 실력을 보니 네이쳐류의 무위를 다시 한 번 깨닫게 되었소. 훼인 경 또한 아리우스님의 진전을 이은 분. 나야말로 한 수 부탁하겠소."

"훼인 경, 계속 목검을 사용토록 하겠소?"

"판토 검성께서 개의치 않는다면 진검을 사용했으면 합니다."

"좋습니다. 그렇게 합시다."

주위 사람들의 놀람에 아랑곳 않고 두 사람은 당연하다는 듯 자신의 애검을 들고 맞섰다.

매튜, 몰린은 물론 아드밀손까지 놀라 두 사람을 말리려 했으나, 이 자리에 두 사람보다 배분이 높은 사람은 없었다.

챙!

경쾌한 소리와 함께 두 사람이 잘 벼려진 검을 뽑아 들었다. 기울어가는 햇살에 반짝이는 검을 들고 대치하고 있는 두 사람. 한 폭의 그림을 연상시켰다.

일정 수준을 넘어서면 모든 길이 하나로 통한다고 하듯, 기를 위주로 하든 유를 위주로 하든 모든 도는 하나로 통하는 법이다.

판토와 훼인이 그것을 증명이라도 하듯 다른 유파이면서 동일한 기운을 내뿜기 시작했다.

두 사람에게서는 날카로움도, 유함도 없었다. 그저 자연과 동화된 그대로의 기운을 내뿜고 있었다.

판토는 검을 앞으로 내뻗은 자세로, 훼인은 매튜처럼 검끝이 땅 끝을 향하도록 했다.

판토가 겨울의 무서운 한풍을 연상시킨다면, 훼인은 봄의 따듯한 훈풍을 연상시켰다. 판토가 한여름의 소나기를 연상시킨다면, 훼인은 그 소나기가 걷힌 후의 환한 햇살을 연상시켰다.

이런 명승부를 소수의 인원만 본다는 것이 아쉽다면 아쉬웠다. 붉게 물들어가는 노을 아래 두 사람은 서로를 지그시 주시하고 있었다.

판토가 먼저 움직였다. 환한 햇살이 가득 찬 하늘에 검은 먹구름이 몰려들기 시작했다.

훼인을 향하던 판토의 검봉이 파르르 흔들리기 시작했다. 검을 잡은 판토의 손은 움직임이 없는 듯했으나, 훼인을 향하던 검봉은 강한 바람에 흔들리는 갈대처럼 떨렸다.

아큐트류의 비전이 공개되는 순간이었다. 이 신기한 묘기에 매튜 일행은 물론 판토 일행도 눈을 부릅뜨고 판토의 검을 바라보았다.

획획획.

떨리고 있던 판토의 검이 훼인의 몸통을 노리고 짓쳐들어갔다. 순식간에 세상을 떠내려 보낼 것 같은 소나기가 내리기 시작했다.

주위 사람들은 순간 판토의 검이 길게 늘어나는 것 같은 착시 현상을 일으켰다. 훼인을 향해 접근하는 보폭과 검이 발출되는 시간의 오묘한 조화에서 나오는 현상이었다.

훼인은 유유히 몸을 비틀어 판토의 공격을 막아냈다. 훼인의 동작은 판토의 쾌에 비해 느리게 보였지만, 그것역시 착시에 불과했다.

교차한 두 사람을 보고 매튜 일행은 아! 하는 탄성을 내질렀다. 판토의 예리한 공격을 완벽하게 피하지 못했는지 옆쪽의 옷이 예리하게 베어져 있었다.

공격을 가한 판토나 공격을 피한 훼인, 상대의 몸놀림에 크게 감탄했다.

휙휙!

챙챙!

가볍게 공수를 교차한 두 사람.

다시 판토의 검이 큰 선을 그리며 움직였다. 검이 중앙에서 우측 방향으로, 다시 우측에서 좌측으로 큰 포물선을 그리며 이동하자 훼인의 눈동자가 검봉을 따라 움직였다.

고양이 앞에 실을 늘어놓고 이리저리 움직이면 고양이의 시선이 그 줄 끝을 따라 이리저리 움직이는 듯한 그런 모습을 보였다.

쉐엑.

찰나의 빈틈을 놓치지 않고 판토의 검이 훼인의 몸통을 쏘아졌다.

휙휙휙휙!

챙, 챙, 챙!

"으음."

판토의 4검이 상하 좌우에서 연속으로 펼쳐졌다. 검과 검이 맞닿는 소리와 함께 묵직한 신음성이 터져 나왔다. 마지막 일 검을 제대로 막지 못한 훼인의 옆구리에서 핏줄기가 보였다.

상처가 제법 깊은 듯, 붉은 피가 그의 옷을 적시기 시작했다. 아드밀손 일행은 기선을 잡은 판토의 기세의 득의양양한 표정을 띠었다.

단 세 차례 검을 교차했을 뿐인데 가쁜 숨을 몰아쉬는 두 사람. 온몸의 기력을 뽑아내 순간적인 움직임으로 공수를 교차하느라 체력 소모가 보통이 아니었다.

두 사람은 얼핏 보기에 똑같이 가쁜 숨을 내쉬었지만 매튜는 분명 판토의 어깨 흔들림이 훼인보다 더 크게 움직이고 있다는 것을 발견했다.

휘리리리릭!

판토의 5검이 펼쳐졌다. 전율을 느끼게 하는 공격에 몸서리가 쳐지는 매튜와 일행.

훼인의 입에서 다시 신음 소리가 터져 나왔다. 어깨에 판토의 검이 다녀간 흔적이 보였다.

아큐트류의 검법은 연속 공격의 숫자가 증가할수록 그 위력을 더한다. 바실리우스 조사가 세상에 시연했던 공격은 9검까지였다.

이 세상에 그의 9검을 당해낸 자가 없어 아무도 그가 몇 연속 공격을 구사하는지 몰랐다. 다만 극한의 수련을 통해 10검까지 가능하다는 말을 들었을 뿐이다.

훼인의 몸에 상처가 늘어났지만 판토의 얼굴에 드리운 표정은 여유있는 웃음이 아니었다. 도리어 초조한 표정을 드리우기 시작했다.

훼인은 그에 반해 비록 두세 곳에 부상을 입었지만 표정은 변함이 없었다.

이유제강(以柔制剛)을 대표로 하는 네이쳐류의 강점이 나타나고 있는 것이었다.

득의의 표정을 짓고 있는 아드밀손을 비웃기라도 하듯, 훼인의 검이 수동적인 자세에게 능동적인 자세로 전환되었다.

슈—욱!

눈에 띄게 느린 훼인의 검이 판토를 향해 쏘아져 나갔다. 주위에서 보던 이들은 훼인의 공격 속도가 너무 느린 것에 대해 안타까움을 금치 못했다.

"판토 검성이 굉장히 괴로워하겠군요, 사형."

"훼인 사형이 또 큰 진전을 이루었구나. 판토를 상대로 공격을 가하다니."

판토가 식은땀을 흘리며 훼인의 느린 공격에 당황하는 모습이 역력했다. 그제야 아드밀손 일행도 상황이 이상하게 돌아간다고 느낀 듯, 분위기가 썰렁하게 변했다.

챙, 챙!

날카로운 쇳소리가 울리는 가운데 판토가 힘겹게 훼인의 공격을 막고 있었다.

쉬—익!

느릿하게 휘두르는 훼인의 공격에 판토의 머리가 한 웅큼 잘려 나갔다. 한 치만 밑으로 내려왔다면 머리에 큰 부상을 입을 뻔한 판토였다.

왜 검성이라는 칭호를 받게 되었는지를 보여주기라도 하듯, 판토가 이에 굴하지 않고 마지막 반격을 시도했다. 그는 돌연 이전보다 배는 빠른 속도로 훼인을 향해 찌르기 공격을 시도했다.

휘리리리릭!

놀라운 연속 공격이 펼쳐졌다. 무려 7검의 공격이 연속적으로 펼쳐졌다. 장내의 사람들은 오늘 처음 아큐트류의 7검을 보게 되었다.

챙! 챙! 창! 챙!

네 차례의 쇳소리가 울려 퍼졌다. 훼인은 판토의 첫 3검을 흐느적거리는 움직임으로 피한 후, 연이은 4검을 흘리기로 막아냈다. 이미 승부는 명확히 가려졌다.

훼인은 마지막 공격을 가하지 않았을 뿐, 판토는 이미 7검을 펼친 후 기력이 고갈되어 흔들리는 다리를 가다듬으며 억지로 서 있었다. 보기에도 민망할 정도로 몸을 주체하지 못했다.

만약 훼인이 독한 마음을 먹고 반격을 가했다면 판토는 그날로 생을 하직했을 것이다. 그러나 그는 뒤로 몇 걸음 물러서더니 판토를 향해 후배로서의 예의를 표했다.

"간신히 평수를 이룰 수 있었습니다. 판토 경, 오늘 가르침에 깊이 감사드립니다."

훼인이 말을 마침과 동시에 몸을 돌려 매튜 일행이 있는 곳
으로 돌아갔다.

판토는 망연한 표정으로 자신의 검을 내려다보고 있었다.
명백한 자신의 패배였다. 마지막 순간 그의 검을 흘리는 훼인
의 자세를 생각했다.

판토는 자신도 모르게 그의 검의 흐름에 빠져들었다. 머리
가 하얗게 변해가는 판토, 눈은 뜨고 있어도 눈동자의 초점이
없다.

그는 무인들이 일평생 한 번 얻기 힘들다는 몰아의 경지에
접어들었다.

얼마나 지났을까, 판토의 눈동자가 흔들리더니 갑자기 그
가 큰 소리로 웃음을 터뜨렸다.

"하하하하! 사부님, 판토의 안계가 열렸습니다!"

크게 웃는 판토의 두 눈에서 뜨거운 눈물이 흘러내린다. 사
부의 입적 후 아무리 노력해도 얻을 수 없던 아큐트류의 진수
를 깨달았다.

그토록 갈망하고 추구했던 경지를 단 한 번의 패배로 얻었
다.

쉬이이이익! 쉬이이이익!

판토는 눈물이 그렁그렁한 상태에서 검을 앞으로 찌르기
시작했다. 일 검, 일 검, 또 일 검. 그의 검이 연속적으로 뿌려
져 7검을 넘어섰다.

그리고 쉬지 않고 또 일 검과 일 검이 더 뿌려졌다. 9검의

연속 공격. 조사 바실리우스가 세상에 보였던 최고의 경지에 판토가 도달했다.

"축하합니다, 판토 검성."

순수한 무인의 입장에서 훼인이 성취를 축하했다. 매튜도, 아드밀손도 누가 부르지 않았음에도 판토에게 다가왔다.

이 순간만큼 이들에게는 국적도, 나이도, 이념도, 유파도, 그 어떤 장벽도 존재하지 않았다. 검사로서의 강렬한 동질감만이 그들을 감싸고 있었다.

판토는 결전 이후 직접 다이얀을 만나 전후 사정을 설명하고 그의 협조를 구했다. 다이얀은 판토의 결정을 아쉬워했으나 그의 의견을 십분 존중해 주었다. 스탄은 무사히 매튜 일행에 양도되었다.

단, 아드밀손만은 판토의 설득에도 불구하고 다이얀 진영을 떠나지 않았다. 세속의 번뇌를 탈피하지 못하는 조카가 안타까웠지만, 그는 한두 살 먹은 어린아이가 아니었다.

판토는 향후 아드밀손과 그의 동료들이 질기고 질긴 인연의 고리를 끊지 못함에도 두 번 다시 그들의 일에 관여하지 않았다.

아퀴트류는 판토로 인해 다시 한 번 중흥의 성세를 맞이하게 되었다.

# The God of War

## CHAPTER 07

### 도화선(導火線)

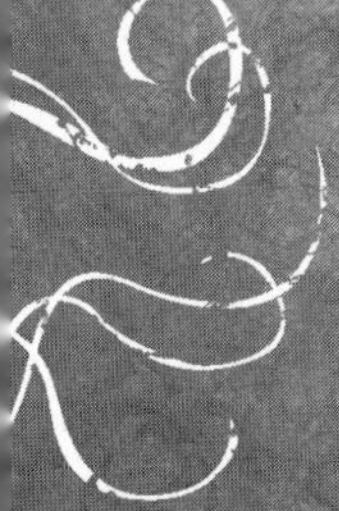

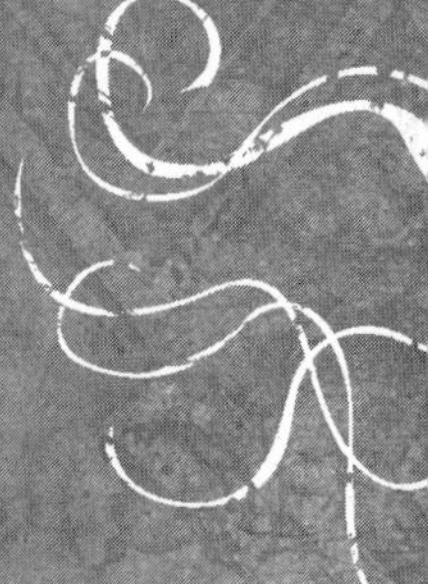

The God of War

방귀가 잦으면 큰 것(?)이 나온다는 말이 있다. 바로 발트 왕국이 이런 예에 속했다. 유레시안 국왕과 왕제 유스틴의 갈등과 대립은 점점 점입가경의 경지에 다다랐다.

르피엘을 중심으로 하는 신진 관료들은 유레시안 왕에게 적극적인 지지를 보내며 트로니아와의 관계 강화를 주장했다. 이들의 주장에 문관파들이 대다수 암묵적 지지를 보냈다.

실리를 앞세우고 피를 흘리기 싫어하는 친트로니아파의 입장에서 보면 현재 북부 대륙에 있어 힘의 균형이 어느 쪽으로 기울고 있는지 눈에 선명히 보였다.

트로니아의 기세는 무서웠다. 오랜 기간 패자로 군림하던 타키온 제국이 많은 영토를 잃고 왕국 수준으로 전락했다는 것이 이를 잘 대변하고 있었다.

더욱이 발트의 국모는 트로니아 제국 황제의 누이가 아니던가. 직접 펠트란을 보지 못한 발트인이라 할지라도 황제의 성품을 잘 알고 있었다. 아군과 적군을 철저히 구분하고 대우하는 그의 성품을 말이다.

그러나 역사를 돌이켜 보면 어느 시절이던 꼭 대세에, 시류에 역행하는 자들이 있다. 반복되는 역사, 동일한 전철을 밟는 후인들이 계속 나온다는 것이 희한했지만 발트도 그 예에서 벗어나지 못했다.

발트 군부의 대부분 핵심 인사들은 힘의 균형을 위해 타키온에 힘을 실어주자는 유스틴 왕제의 주장에 적극 동의했다. 이들은 공공연히 트로니아의 비위를 거슬리며 트로니아 국경 지대에 병력을 증강시키고 있었다.

늦은 시각, 유레시안의 집무실에 대여섯 명의 인물들이 모여 심각하게 대화를 나누고 있었다. 그들은 친트로니아파 인물들로, 최근 유스틴 일파에 대한 대책을 논의하기 위해 모였다.

"전하, 이제 용단을 내릴 때가 되었습니다. 소신이 이미 트로니아의 외무장관 로긴스를 통해 펠트란 황제의 구두 답변을 받아냈습니다. 만약 전하가 정식으로 트로니아의 요구를 받아들인다면 트로니아 제국 정부도 이를 대외에 천명하기로 했습니다."

르피엘이 말하는 내용이 무엇인데 대외에 천명을 한단 말인가. 우선 간단하게 팰트란이 구상하고 있는 향후 정치 구도를 살펴보자.

팰트란은 볼모로 타키온에서 유학할 때 유독 크롬 제국 빌헬름 대제의 평전을 즐겨 읽었다. 그리고 그 크롬 제국이 어떤 과정을 거치며 몰락해 갔는지에 대해서도 많은 자료를 통해 나름대로 분석을 했다.

그 결과 팰트란은 다음과 같은 결론을 내리게 되었다. 광대한 대륙을 하나의 왕조가 통치할 때 모든 분야에 있어 중앙집권제가 불가능하다는 것이다. 이 부분을 보완하기 위해 유력한 제후라든가 공신에게 공국을 하사해 다스리게 하는 것이 다반사였다.

이 체재는 황제가 유능하고 어진 정치를 펼친다면 아무 문제가 없으나, 무능하거나 폭군이 등장하면 여지없이 사분오열될 가능성이 크고, 실제 크롬 제국은 이런 과정을 거치며 무너졌다.

팰트란은 이를 해결하기 위해 고심에 고심을 더한 결과, 당시 사람들의 사고로 이해하기 힘든 새로운 정치 구도를 생각해 냈다.

일종의 연방 제국, 즉 트로니아 연방 제국의 성립을 구상해 낸 것이다.

연방 제국의 주 내용은 다른 나라가 기본 정책에 있어 트로니아 제국의 강령을 따른다면 기존의 국가 명칭은 물론 고도의 자치권을 인정해 준다는 것이다.

여기에 트로니아에게 복속된 지역을 주로 삼아 동일한 자치권을 부여해 준다. 즉, 고도의 주권을 갖는 지방정부로 삼는다.

법령에 있어 트로니아 중앙정부의 기본법을 최상위로 설정하고 그 하위 법은 각 지방정부의 문화와 환경을 고려하여 운영하게 될 것이다.

조세는 국세와 지방세로 이원화해 한도를 설정한 후, 그 한도 내에서 국세와 지방 세율을 조정, 운영토록 할 예정이었다.

가장 민감하고 문제가 될 소지가 많은 군사권만은 중앙정부에 귀속시킬 것이다. 지방정부는 치안대는 운영할 수 있어도 정규병의 보유는 엄격히 제한할 것이다.

역사적으로 지방정부에 군사권을 두게 되면 이것이 향후 또 다른 분열의 위협으로 종종 등장했기 때문이다.

마지막으로 제국의 새로운 법령이나 신정책은 각 지방정부의 수령과 제국의 재상이 모여 회의를 개최, 안건을 협의토록 할 것이다.

아직 적당한 명칭을 생각하지는 않았지만, 이 회의에서 통과된 안건은 황제의 재가를 거쳐 전국에 공포된다. 단, 황제는 이 안건에 대해 거부권을 행사할 수 있게 했다.

펠트란의 새로운 정치 제도 구상안은, 한마디로 황제는 존재하되 군림하지 않는다는 방식이었다. 황제의 역할을 강력한 통치자가 아닌 지방정부의 갈등을 해소하고 커다란 국책 사업을 수행하는 조정자의 역할로 국한시킨다는 것이다.

펠트란은 하나의 결점도 없는 제도를 만드는 것이 불가능하다는 점을 잘 알고 있었다. 그러나 그가 보기에 하나보다는 둘의 생각이, 둘보다는 셋의 생각이 더 합리적이라 생각했다.

또 이것이 그가 후손에게 줄 수 있는 좋은 선물이라 여겼다. 아마 펠트란의 후손들은 제국 황제로 대가 끊이지 않는 이상 국민들의 존경을 받으며 영원히 이어질 것이다. 당시로서는 파격적인 생각이 아닐 수 없었다.

자신의 생각을 아라스무와 루카스에게 넌지시 털어놓은 펠트란. 두 사람은 너무 놀라 아무 말도 할 수 없었다.

왕족으로 태어나 왕의 신분으로 살아온 펠트란의 입에서 어떻게 이런 파격적인 생각이 나올 수 있단 말인가.

특히 루카스는 실소가 터져 나오려는 것을 억지로 참았다. 카라티노스 가문에서 부자가 척을 지고, 형제가 척을 진 이유가 무엇 때문이었던가.

아무 사심이 없기에 이런 발상이 가능할 것이다. 루카스는 현실적으로 이런 제안을 받아들일 나라가 있겠는가 의문을 품었지만, 만일 생각대로 된다면 이상형의 제국이 탄생할 것이다.

펠트란, 아라스무, 루카스 삼 인이 이 구상을 좀 더 가다듬어 연방 제국 가입을 권유한 첫 번째 나라가 바로 발트였다.

*　　　*　　　*

유레시안은 르피엘의 말에 잠시 입을 다물고 자기만의 생각에 잠겼다. 며칠 전 르피엘을 통해 팰트란이 제시한 향후 정치 방안에 대한 설명을 들었다. 유레시안이 전혀 예상하지 못했던 방안이었다.

자신이 팰트란에게 머리를 숙이면 발트는 트로니아 연방 제국의 첫 번째 공국으로 전락한다. 어떤 각도에서 보느냐에 따라 좋을 수도, 나쁠 수도 있다.

왕위는 세습제다. 군사권만 중앙정부에 귀속시킬 뿐 다른 것은 크게 다를 바 없다. 국세의 납부가 있지만 이것은 힘의 논리상 더 굴욕적인 방법으로 내줄 수 있는 부분이기 때문에 그리 문제가 되지 않는다.

더욱이 연방 제국의 중대 사항은 지방정부의 수장과 제국 재상이 모여 합의 결정을 원칙으로 한다 하니 이것 또한 그리 문제될 것이 없다.

유레시안은 자신의 생각을 정리한 듯, 자리에 있는 인물들을 보고 입을 열었다.

"음, 나는 거의 생각을 굳혔소. 그러나 내 생각을 말하기에 앞서 마지막으로 경들의 의견을 들어보고 싶소."

유레시안의 말에 선뜻 입을 여는 사람들이 없었다. 르피엘은 이미 자신의 입장을 분명히 밝혔고, 나머지 사람들은 유레시안의 의중을 알기 전에 먼저 의사를 표시하기가 미묘했다.

말이 좋아 의견 수용이지 항복과 같은 의미였기 때문이다.

"소장의 의견을 말씀드리겠습니다."

유일한 군부의 인물인 올랭 장군이 입을 열었다. 58세의 올랭은 군부 인물로는 드물게 온건합리주의자였다. 경륜이나 실력에서 발트 총사령관이 되기에 가장 적합했으나 친트로니아파의 입장을 지지했다는 이유로 유스틴에게 미움을 산 끝에 변방 군단장으로 좌천되었다.

많진 않지만 소장파 장수들 가운데 올랭을 따르는 자들이 상당수 있었다.

"군사권을 넘긴다는 뜻은 사실 항복한 후 무장해제를 당하는 것과 다를 바 없습니다. 대외적으로 낯 뜨거운 상황이 연출될 것입니다."

올랭의 말에 유레시안의 얼굴이 붉어짐과 동시에 자리를 같이한 사람들의 표정도 창백하게 변했다. 오늘 유레시안을 대면하기 전, 트로니아의 제안을 받아들이는 것이 좋겠다고 합의하지 않았던가.

몇몇 사람이 올랭의 입을 막으려 했으나 르피엘이 눈으로 저지했다. 르피엘이 알고 있는 올랭은 생각이 가볍게 변하는 인물이 아니었다. 만일 그런 인물이라면 아무리 친트로니아를 외쳐도 접근하지 않았을 것이다.

"그러나 전하, 군사권이란 게 무슨 의미가 있습니까? 대외적으로 알려진 트로니아 군은 이미 육십만을 넘은 것으로 알려져 있습니다. 우리 발트 군은 십삼만을 간신히 헤아리고 있지요. 우린 단독으로 트로니아를 상대할 수 없습니다. 타키온의 힘을 빌려야 하지요. 그런데 타키온이 아무 대가 없이 우리 발트를 위해 움직일까요? 결코 그런 일은 없을 겁니다."

올랭의 말에 분위기가 숙연해진다. 군사력에서 열세인 발트가 택할 수 있는 길은 많지 않았다.

"만일 전하께서 정복 군주가 되고 싶어 트로니아, 타키온과 일전을 불사하겠다고 하신다면 소장 목숨을 걸고 전쟁터로 달려가겠습니다. 육십만이 아니라 육백만이라도 두려워 않고 덤비겠습니다. 그런데 그것이 아니고 국가의 안위를, 국민의 안위를 생각해서라면 트로니아의 요구를 받아들여 트로니아라는 우산 밑으로 들어가는 것이 좋다고 생각합니다. 휴우, 누대에 걸쳐 발트 왕가를 섬겨온 소장이 이런 말씀을 드리게 되어 죄송할 따름입니다."

유레시안은 올래의 말에 갈등하던 일말의 여지가 훨훨 날아가는 느낌을 받았다.

"다른 이들의 생각은 어떠시오?"

총리 파스르, 내무장관 오셀, 외무장관 골씨가 이구동성으로 올랭의 말에 동의를 표했다. 현 시국에서 유스틴으로 인해 야기될 피해를 조기에 막는 방법은 트로니아의 조건을 받아들여 대내외에 천명하는 길밖에 없다고 생각했다.

"인타 왕국도 우리의 결정만을 예의 주시하고 있다 합니다. 트로니아와 국혼을 맺기 위해 절치부심하고 있다는 얘기도 내 들은바 있지요. 이것이 우리 약소국의 운명이 아닌가

하오.”

입을 축인 유레시안이 다시 말을 이어 나갔다.

“나는 지금 결정을 내리겠소. 이 결정이 후세에 어떻게 평가될지 모르겠지만 경들만은 국가와 국민을 위해 내린 결정이라는 것을 알아주시오. 르피엘, 펠트란 황제에게 연방 제국 가입을 받아들이겠다고 통보하시오.”

좌중의 인물들은 유레시안의 말에 모두들 한숨을 내쉬며 향후 대책 방안을 수립하기 시작했다.

르피엘이 가장 걱정하는 유스틴은 내일부터 십 일 일정으로 지방 순시를 나가기로 계획되어 있었다. 그사이 트로니아 측과 비준 증서를 교환, 양국 정부가 대외에 공식 천명하면 이번 일은 무사히 해결될 거라 생각하는 르피엘이었다.

르피엘은 유레시안의 인장이 찍힌 정식 문서를 작성, 트로니아 정부에 보내기로 했다. 트로니아 정부가 이 문서를 접수하고 대외에 공포하면 유스틴은 물론 타키온도 어쩔 수 없을 것이다.

유레시안을 비롯한 친트로니아파 인사들은 만면에 가득 미소를 지으며 한 시름 놓았다는 표정으로 향후 정국 운영에 대한 이야기를 나누었다.

이제부터 그들은 전화(戰禍)에서 벗어나 발트 국민들의 삶의 질을 증진시키는 일에 전념하면 될 것이다.

그러나 천려일실(千慮一失)이라는 말이 있듯, 사람이 하는 일은 아무리 철저히 준비하고 비밀을 지켜도 빈틈이 있게 마련이고 실수가 있게 마련이다.

유레시안 왕의 집무실 지붕에서 검은 그림자 하나가 몸을 날려 급히 사라졌다.


다음날 일찍 르피엘은 유스틴의 방해를 감안, 비밀리에 세 방면으로 유레시안의 사자를 트로니아에 파견했다. 이 사자들 가운데 한 명만 무사히 도착해도 이번 일은 성공이다.

르피엘은 유레시안을 찾아가 그를 배알하고 담소를 나눴다. 그때 집무실 밖이 웅성거리더니 간간이 병기 소리도 들려왔다.

"르피엘, 무슨 일인가?"

"제가 확인해 보고 오……."

콰당!

갑자기 집무실 문이 거칠게 열리며 일단의 병사들이 들어왔다. 수도방위군 병사들이었다.

"이런 무엄한 놈들이 있나. 감히 여기가 어디라고."

"허, 르피엘 경, 그리 화내지 마시오."

문밖에서 한 인물이 병사들 사이로 모습을 드러냈다.

"헤……. 유스틴 공, 공이 어떻게 여기에……."

크게 놀란 르피엘. 이내 얼굴색을 가다듬고 소리쳤다.

"아무리 공께서 왕제라 하나 어찌 이리 무엄하십니까?!"

얼핏 밖을 보니 유레시안의 근위대는 이미 무장해제되어 수도방위군의 삼엄한 감시하에 놓여 있었다.

"유스틴, 그대가 무슨 일인가? 그리고 이 병사들은 또 어찌
된 연유이고?"

"병사들은 우선 대역 죄인을 포박토록 하라."

유스틴의 명령에 병사들이 르피엘을 포박했다.

"유스틴 공, 이 무슨 짓이오?"

"유스틴, 무슨 짓인가. 그는 르피엘 경일세."

"대역 죄인 르피엘은 듣거라. 너는 발트의 누대의 신하 된
몸으로 감히 목숨을 바쳐 충성하지는 못할망정 감히 나라를
팔아먹어? 내 너의 죄를 가만두지 않을 것이다."

"무슨 말씀이오, 내가 나라를 팔아먹다니? 지나가던 개가
다 웃겠소."

황당하다는 표정으로 항변하는 르피엘.

'일이 이상하게 흘러가는구나.'

"흥, 네놈이 이리 나올 줄 알았다. 여봐라, 그것을 이리 갖
고 오너라."

병사들이 세 개의 상자를 갖고 들어왔다.

"후후후, 뚜껑을 열어주어라."

병사들이 상자의 뚜껑을 차례대로 열었다. 순간 피비린내
가 집무실에 가득했다.

'헉, 저들이 어떻게.'

상자 안에는 세 개의 수급이 들어 있었는데, 바로 르피엘의
명령을 받고 트로니아로 향한 사자들이었다.

"르피엘, 넌 이들이 누군지 잘 알 것이다. 흐흐흐, 그리고

이 서신도 말이다."

유스틴의 손에 들린 세 통의 서신.

르피엘은 얼굴이 창백해지며 고개를 떨어뜨렸고, 유레시안 역시 힘없이 그 자리에 주저앉았다.

"전하, 안심하십쇼. 이런 무도한 자가 전하의 눈을 흐리게 하고, 인장을 마구 도용해 나라를 팔아먹으려 했으니, 내 이런 자를 엄단에 처해 발트 왕실의 기상을 다시 세우겠습니다."

유레시안은 유스틴의 비웃는 말에 아무런 말도 하지 않았다. 이미 그는 모든 상황을 파악하고 있었다.

"르피엘과 공모한 자들 가운데 올랭만 운 좋게 단센을 벗어났고 나머지는 다 체포되었습니다. 그자 역시 자신의 본거지로 도망친 모양인데, 곧 체포될 겁니다. 이자를 끌어내고 전하를 안전한 곳으로 모시어라."

유스틴의 명령에 따라 르피엘이 침통한 표정으로 끌려 나갔다. 유레시안 왕은 설마하던 일이 실제로 발생하자 망연한 표정으로 르피엘의 뒷모습만 바라보았다.

*     *     *

올랭은 어떻게 유스틴의 손아귀를 벗어날 수 있었을까? 군부 내에서 실권을 잃었지만 그를 따르는 소장파 장교들이 여럿 있었고, 그들로부터 유스틴의 움직임을 들었다.

올랭이 크게 놀라 유레시안 국왕에게 위험을 전달하려 했을 때는 이미 왕궁이 수도방위군의 통제하에 들어가 별다른 방법이 없었다.

올랭은 급히 자신의 본거지인 슈튼 성으로 몸을 피한 후 수비를 강화했다. 아울러 유스틴의 정변 사실을 트로니아 정부에 통보하는 한편, 자신을 지지하는 소장파 장교들에게 유스틴의 정변 사실을 일러주고 각 병영의 소장파 장교들의 합류를 종용했다.

침착하게 일 처리를 한 올랭 덕에 트로니아는 초동 준비를 착실히 갖출 수 있었고, 비교적 순탄하게 발트의 내전에 가담하게 되었다.

펠트란과 루카스는 정변이 난 지 3일 뒤에 올랭의 전령을 통해 발트의 내분 소식을 들었다. 이미 불안하던 발트의 정국을 잘 알고 있었기 때문에 그리 놀라지는 않았지만, 일이 터진 이상 조기에 수습을 해야 했다.

루카스는 데릭에게 명령을 내려 특수부대원들을 총 가동, 발트의 상황을 파악하도록 했다. 그리고 각 군 사령부에 비상사태를 선포하고 언제든 출동할 수 있는 만반의 준비를 갖추도록 했다.

"루카스 경, 상황이 어떻소?"

"발트 정국은 유스틴이 장악하고 있고, 유레시안 왕과 가족들은 모처에 연금되어 있다 합니다. 르피엘을 비롯한 친트로니아파 인사들은 거의 체포된 상태고, 아직 체포되지 않은 인사들을 저희 특수부대원들이 접촉하고 있는 상태입니다."

유레시안이 친필 서신을 보내려다 유스틴에게 걸린 대목에 이르러서는 보고를 하는 루카스가 다 아쉬운 한숨을 내쉬었다.

대다수 발트 국민들은 아직 유스틴의 정변 사실을 모르고 있었다. 외부적으로 국왕이 건강상의 이유로 모처에서 요양 중이고, 왕제인 유스틴이 섭정을 하는 것으로 알려져 있었다.

"발트 군의 움직임을 보면 재미있는 현상이 포착되고 있습니다. 우선 이 지도를 봐주십시오."

발트는 총 5개의 국경 요새를 유지하고 있었는데, 이 중 4개가 트로니아 국경 지역에, 나머지 1개가 타키온 국경 지역에 있었다.

이 5개의 요새 가운데 수도 단센과 트로니아 수도 코린트의 직선상에 있는 요새가 하나 있었는데, 바로 슈튼 성이었다.

르피엘과 함께 친트로니아파로 분류되는 유일한 장수 올랭의 근거지였다.

"알려진 바에 의하면 슈튼 성에는 올랭 장군과 수비병 오천 명이 주둔하고 있는데, 유스틴이 토벌군을 준비 중이라 합니다."

"쯧, 유레시안의 세력이 너무 미약하구려."

"조금 전 올랭의 사자가 또 다녀갔습니다. 주목적은 어서 발트의 정변을 해결해 달란 것이었습니다."

"어떻게 이 문제를 푸는 게 좋겠소?"

"지금 당장 출동할 수 있는 병력은 황실 근위대 일만 명입니다. 그리고 사칸 장군의 3군 병력이 출동 준비를 끝내놓고 있는 상황입니다. 이미 올랭에게 이 사실을 넌지시 일러줬고요."

"3군이 출동할 정도요?"

"이번 발트의 내전에서 유스틴의 슈튼 성 공격을 막는 것은 그리 큰 문제가 아닙니다. 문제는……."

첫 번째는 트로니아의 개입 사실이 알려지면 유스틴은 당연히 타키온과 베링의 참전을 요청할 것이다. 베링의 경우 자기 앞가림도 하기 어려운 상황이라 어떨지 모르겠지만 타키온은 유스틴의 요청을 거절하기 어려울 것이다.

만일 타키온이 개입한다면 일은 예상보다 훨씬 큰 규모로 발전할 가능성이 있다.

두 번째는 유레시안 일가의 안위다. 유레시안은 잘 알다시피 팰트란의 누이다. 유스틴이 궁지에 몰릴 경우 유레시안이나 그의 일가족을 담보로 무슨 짓을 할지 모른다.

팰트란은 아무 말 않고 듣고 있었으나 누이 세실과 조카의 안위에 걱정이 많았다. 못 본 지 오래라 얼굴조차 가물가물했지만 그의 둘밖에 없는 동생이었다.

"원하든 원치 않든 돌은 던져졌소. 우리는 또 한 번 타키온이라는 강적을 맞아 자웅을 가리게 되었소. 최선을 다해 소기의 목적을 달성토록 합시다."

타키온과는 참 희한하게 자웅을 가리게 되었다. 지난번은 베링 때문에 전쟁을 치르게 되더니 이번에는 발트 때문에 또 전쟁을 치러야 할 것 같은 예감이 든다.

펠트란의 참전 명령이 떨어지자 트로니아 군은 신속하게 움직이기 시작했다. 루카스는 황실 근위대장 브라이언에게 명령을 내려 일만 병력을 이끌고 슈튼 성 방면으로 나아가도록 했다.

그리고 중간에서 카이로 성의 가린샤 장군과 합류토록 지시를 내렸다.

이와 별도로 루카스는 그래온주의 안티 성에 주둔하고 있는 1군 사령관 해밀턴에게 명령을 내려 1군단과 별동대를 발트의 할타인 성 인근에 주둔토록 했다.

1군 역시 명령이 떨어지면 바로 발트 국경을 넘어 진격하도록 만반의 준비를 갖추었다.

끝으로 드실바 성의 3군 사령관 사칸에게 전 병력을 발트 국경 지대로 이동 배치, 루카스의 명령이 하달되면 역시 발트 국경을 넘어 진군토록 지시를 내려놨다.

루카스는 발트 자체보다는 발트의 내전으로 인해 참전 가능성이 큰 타키온을 대비하는 데 더 주의를 기울였다. 참전 시기가 문제지 참전할 것이 확실한 타키온. 숙적 다이얀의 얼굴이 떠올랐다.

*　　　*　　　*

슈튼 성, 올랭 장군은 휘하 장군들과 함께 곧 들이닥칠 유스틴의 토벌군을 대적할 준비를 했다.

유스틴의 만행을 들은 젊은 장교들이 속속 합류하여 슈튼 성에는 이미 일만 오천의 병사들이 모여든 상태였다.

특히 오랜 시간 올랭과 함께 전쟁터를 누빈 하룬 장군과 노장 키리키슈의 합류는 올랭에게 큰 힘이 되었다.

"하룬 장군, 현재 유스틴 군의 움직임은 어떻소?"

"토벌군은 총 칠만 병력으로 알려져 있습니다."

"허허허, 유스틴, 이놈이 미쳤구나. 슈튼 성 공격에 칠만을 동원해?"

노장 키리키슈의 말에 올랭 역시 쓴웃음을 지었다. 칠만이라는 얘기는 타키온 국경 지대 삼만 병력과 수도방위군, 그리고 트로니아 국경 지대 일만을 제외하고 모든 중앙군을 이끌고 온다는 얘기였다.

"껄껄껄, 키리키슈 장군, 유스틴이 우리 체면을 세워주려 그러는 모양입니다. 슈튼 성 공격에 칠만이라니. 허허허."

"계속 보고를 이어가도록 하겠습니다. 척후의 보고에 의하면 2, 3일 뒤 유스틴의 선봉이 슈튼 성 외곽에 도달할 것으로 여겨집니다."

"선봉이라… 유스틴에게 매서운 맛을 보여줍시다."

"허허허, 좋습니다."

3일 뒤 오후, 슈튼 성 인근에 있는 코렌 산 어귀에 대규모
의 병사들이 나타났다. 붉은 장미를 기치로 하는 것을 보니
발트의 중앙군 병력임이 틀림없었다.

유스틴의 선봉군이었다.

"전군, 정지하라!"

토벌군 선봉 대장 타에르 장군이 큰 소리로 전군 정지를 명
령했다.

그는 오늘 이곳에서 쉬고 내일 코렌 산을 지나 슈튼 성 외
곽에 도달할 계획을 세웠다.

코렌 산 어귀는 숙영 준비를 하느라 순식간에 어수선해졌
다. 일부 병사들은 군막을 치고 있었고, 일부 병사들은 부산
하게 식사 준비를 서둘렀다.

타에르는 저녁을 마친 후 숙영지를 한번 둘러보았다. 굳이
작전 회의를 할 필요가 없다고 여긴 그는 자신의 군막으로 돌
아와 갑옷을 벗고 자리에 누웠다.

그는 이번 토벌에 대해 묘한 느낌이 들었다. 도대체 누가
잘하는 건지 도저히 분간하기 어려웠다. 유스틴 왕제는 올랭
이 반역자라 했지만, 왕의 뜻에 반하고 왕을 감금한 유스틴은
그럼 무엇이란 말인가.

발트의 장수로서 유스틴 왕제를 따르는 것이 옳은지, 아님
올랭에게 가담해 유레시안 왕의 복권을 노리는 것이 옳은지
에 대해서도 헷갈리는 타에르였다.

이런저런 생각에 잠자리에 든 지 한참 후 잠이 든 타에르.

잠결에 어디서 많이 듣던 나팔소리가 울려 퍼졌다.

"우웅, 어떤 놈이……."

"적의 공격이다! 기습이다!"

"뭐, 뭐라? 적의 공격?"

타에르는 급히 자리에서 일어나 갑옷을 걸치고 밖으로 나갔다.

코렌 산기슭에서 대규모 병력이 선봉군을 향해 밀려오고 있었다. 앞에서 달려오는 일부 기병의 기세가 대단히 흉흉했다.

타에르의 선봉군은 전투할 준비가 전혀 되어 있지 않았다. 마음은 급했지만 풀어진 몸과 마음을 추스르는 것이 쉽지 않았다.

그나마 몇몇 병사들이 돌격해 오는 적을 향해 화살을 날리기 시작했으나 별 타격을 주진 못했다.

두두두두, 두두두.

올랭 군의 기병대가 우왕좌왕하는 타에르의 숙영지를 덮쳤다. 말 울음소리와 함께 병사들의 비명 소리가 밤하늘에 가득 찼다.

타에르가 큰 소리로 외치며 병사들의 분전을 촉구했지만 이미 기세를 상실한 타에르의 선봉군. 올랭의 병사들이 타에르가 있는 방향으로 몰려오기 시작했다.

잠시 더 전황을 두고 보았지만, 더 이상 버텨서 좋을 것이 없다고 판단한 타에르는 결국 전군 퇴각 명령을 하달했다.

　전쟁터에서 퇴각 시 큰 피해가 발생하는 것은 누구나 잘 알고 있는 사실. 타에르의 선봉군도 이 예에서 벗어날 수 없었다.

　올랭 군은 퇴각하는 타에르의 선봉군에 막대한 타격을 입혔고, 타에르 역시 몇 번이나 적의 공격에 아슬아슬한 위기를 맞았다.

　발트 내란전의 서막이 이렇게 올랐다. 북부 5국을 전화의 소용돌이로 몰아넣은 내란전이 말이다.

　코렌 산 어귀에서 약 30㎞를 후퇴한 타에르. 이틀 뒤 유스틴의 본군이 도착하자 그를 영접하기 위해 달려갔다.

　노한 표정으로 자신을 노려보던 유스틴, 허리춤에 있는 검을 뽑아 들고 노해 소리친다.

　"내 당장 저놈의 목을 칠 것이야!"

　"전하, 참으셔야 합니다."

　"한번 실수한 장수를 벌하신다면 누가 소신있게 작전을 운영할 수 있겠습니까. 이번만 용서해 주십쇼."

　옆에 있던 장수들이 앞 다퉈 유스틴의 손을 붙잡았다. 장수들의 거듭된 만류에 그제야 검을 내려놓는 유스틴, 아직 분이 다 가시지 않은 듯 주위 병사에게 크게 소리쳤다.

　"타에르에게 곤장을 열 대를 치고 근신토록 해라!"

　유스틴의 명령에 옆에 있던 측근 장수 할페이가 아차 싶었지만 이미 엎질러진 물이었다.

　타에르는 곤장을 맞고 그 분을 삭이지 못해 실신할 지경이었다. 육체적인 고통도 고통이지만, 무엇보다 분통 터지는 일은 자신의 부하들 앞에서 체벌을 가했다는 것이다.

부하들의 부축을 받으며 근신하러 가는 타에르의 처량한 뒷모습. 이를 보던 다른 장수들의 심기 역시 그리 편하진 않았다.

적에게 패배를 당하면 문책을 피할 수 없다. 그러나 문책을 내려야 하는 때가 있어야 한다. 아직 전투는 끝나지 않았다.

앞으로의 전투에서 타에르가 오늘의 패배를 만회할 큰 승리를 거둘 수도 있다. 그런데 전투가 진행 중인 상황에서 이런 처벌을 내리는 것은 아군에게 사기만 저하시킬 뿐 아무 득이 없다. 유스틴은 바로 그런 우를 범했다.

"전하, 잠시 뒤에 타에르를 찾아가 그를 위로해 주십쇼."

식식거리며 돌아가는 유스틴에게 할페이가 조용히 일렀다.

할페이는 무엇보다 유레시안이 유폐된 상태에서 유스틴이 조속히 군의 충성과 단합을 이끌어내야 한다고 생각했다.

이런 시점에 분을 이기지 못하고 타에르에게 치욕을 준 행동은 심각한 후유증을 남길 수 있어 유스틴에게 위문을 권유한 것이다. 만일 유스틴이 조용히 찾아가 그를 위로해 준다면 할페이가 이를 대대적으로 소문 낼 작정이었다.

할페이의 이런 마음을 아는지 모르는지 유스틴은 아무런 대꾸 없이 자신의 군막 안으로 들어가 버렸다.

이를 보고 깊은 한숨만 내쉬는 할페이. 아직 국민들은 유레시안 국왕의 유폐 사실을 모르지만, 만일 알게 된다면 일은 상당히 복잡하게 돌아갈 것이다. 유레시안의 국민들 지지도는 상상외로 높았다.

복잡하고 불안한 심정으로 지는 해를 바라보는 할페이의 마음은 무겁고 착잡해졌다.


같은 시작, 슈튼 성에는 비교적 많은 수의 장수들이 자릴 함께하고 있었다. 올랭 장군을 중심으로 좌측에는 발트의 장수들이, 우측에는 트로니아의 장수들이 자릴 잡고 있었다.

"펠트란 황제 폐하께 감사의 뜻을 전해주십시오. 브라이언 장군과 트로니아의 용맹한 황실 근위병들을 보니 천군만마보다 더 든든합니다."

올랭과 그의 동료들은 황실 근위대의 브라이언 장군이 일만 병력을 이끌고 달려오자 진심으로 펠트란에게 감사의 마음을 느꼈다.

트로니아 황실 근위대가 누구인가? 황제의 최후의 보루이자 황궁을 지키는 트로니아 최고의 정예들이 아니던가. 황제가 이런 군대를 직접 파견하자 사기가 하늘을 찌를 것 같은 올랭 군이었다.

"올랭 장군께서 이미 반역도당에게 일격을 가한 사실을 잘 알고 폐하께서도 무척 기뻐하셨습니다."

"허허, 당연한 일을 했을 뿐입니다."

과정이 어떻든 트로니아와 발트 연합군이 형성되었다. 이

번 발트의 정변이 잘 해결디면 이들은 트로니아 연방 제국군
의 일원이 되어 함께 전장을 누비게 될 것이었다.

"어떻게 유스틴을 물리치는 것이 좋을지 의견들이 있으면
제시해 주십시오."

병력이 열세인 상황이다 보니 갖가지 아이디어가 속출했
다. 전면전을 벌이자는 의견부터 성을 중심으로 매복 작전을
펼치자는 의견까지 다양한 의견이 제시되었다.

이를 지켜보던 브라이언. 올랭에게 귀엣말로 몇 마디를 전
한다.

"험험!"

큰 헛기침이 나오자 하던 말을 멈추고 올랭을 바라보는 장
수들.

"험, 이곳 상황을 브라이언 장군께서 루카스 군사께 상세
히 전달했다 합니다. 그러자 루카스 군사께서 한 가지 작전을
일러주셨다고 합니다."

루카스가 누구던가. 오늘의 트로니아 제국을 만드는 데 일
등 공신이었다. 이름난 명장이나 명군사들이 있었지만, 그와
대결해 다 쓴맛을 보았다.

비록 트로니아 군은 아니었지만 이미 그의 명성을 잘 알고
있는 발트의 장수들은 흥미로운 표정으로 브라이언의 다음
말을 기다렸다.

브라이언이 자리에서 일어나 이미 준비해 둔 슈튼 성 인근
의 지형도를 펼쳐 놓았다. 발트의 장수들이 깜짝 놀랄 정도로

세밀한 지형도였다. 발트의 장수들은 등골이 썰렁해지는 느낌을 받았다.

만일 이런 적을 상대해야 한다면 정말 어려운 전투가 될 것이다.

"루카스 군사께서는 유스틴 군이 서전의 패배를 만회하기 위해 적극적으로 공세를 펼칠 것이라 예상했습니다."

유스틴은 아직 트로니아 군의 움직임을 간파하지 못하고 있었다. 특수부대와 척후를 통해 철저히 트로니아 군의 참전 사실을 외부에 노출시키지 않았다.

이런 상황에서 루카스는 슈튼 성이 한번 포위당하면 역공을 취하기 쉽지 않다는 것을 파악하고 공성전보다는 야전을 택할 것을 주문했다.

루카스는 이를 위해 구체적으로 작전을 수립했다.

슈튼 성에 삼천 수비병을 두고 출진한다. 코렌 산을 우회해 서쪽으로 가다보면 그랑이라는 평야 지대가 나오고 그 평야의 중앙을 흐르는 조그만 개천이 하나 있다.

"이 조그만 하천을 중심으로 유스틴의 대군을 기다리는 겁니다."

"트로니아 군까지 합쳐 이만을 좀 넘는데, 유스틴의 칠만을 어떻게 당해내렵니까?"

"하하, 좀 더 루카스 군사의 작전을 들어보시지요."

유스틴 군은 성을 나서 진지를 구축한 올랭 군의 움직임을 보고 다른 계략이 없다고 여길 것이고 전면전을 전개하려 들

것이다.

연합군은 유스틴 군의 공격이 시작되면 곧바로 후퇴한다. 슈튼 성을 지나 후퇴를 하면 유스틴 군의 추격이 늦어질 것이다.

더욱이 유스틴 군은 추격보다는 우선 슈튼 성을 공략하려 들 것이고 유스틴 군의 병력은 자연스럽게 분산된다.

그때 브라이언의 트로니아 군이 유스틴 군의 배후를 급습하고 후퇴하던 올랭 군 역시 방향을 선회해 유스틴 군을 공격한다. 마지막으로 성에 있는 삼천 수비병까지 공격에 가담한다면 유스틴 군은 배겨낼 방법이 없을 것이다.

"헐, 대단합니다. 루카스, 루카스 하더니 왜 그러는지 그 이유를 분명히 알 수 있겠군요."

발트 장수들은 벌린 입을 다물지 못했다. 트로니아의 코린트에 있는 사람이 어떻게 이곳에서 태어나고 성장한 자신들보다 이곳 지형을 더 자세히 알고 있단 말인가.

"음, 대단한 묘책인 것 같은데, 여러분들의 의견은 어떻소?"

"난 적극적으로 찬성이오. 루카스 군사의 대명은 과연 명불허전이오."

올랭의 질문에 키리키슈가 답하자 발키아의 나머지 장수들은 별다른 의견이 없었다.

작전에 대한 합의가 끝나자 브라이언은 슈튼 성 장수들에게 작별을 고하고 서둘러 트로니아 군이 주둔하고 있는 곳으로 달려갔다.

  병력에서 크게 앞서는 유스틴 군은 별다른 작전 없이 루카스가 예상했던 대로 그랑 지역을 향해 진격했다.

  할페이는 유스틴 군을 세 개 부대로 편성해 선봉을 돌렌 장군에게, 중군을 하일 장군에게, 그리고 후군을 그런치 장군에게 지휘토록 했다.

  그리고 유스틴과 할페이는 중군에서 전군을 지휘할 것이었다.

  "잘 알고 있듯이, 올랭을 비롯한 저 역도들은 발트의 사직을 트로니아에 넘기려고 했던 자들이오. 우리 유구한 역사를 지닌 발트가 어찌 트로니아에게 머리를 숙일 수 있겠소? 반역 도당을 물리치고 발트의 새로운 기강을 세우는 데 그대들이 견마지로를 다해주시오."

  "전하의 말씀대로 최선을 다합시다. 편히 쉬도록 하시고, 내일 일찍 날이 밝는 대로 출발토록 할 겁니다."

  결전의 시간이 점점 다가오고 있었다. 승리라는 동일한 목표를 갖고 전투준비를 하는 양군.

  타에르의 선봉군이 요격당한 경험도 있고 해서 유스틴 군은 철저히 척후 활동을 통해 진격했기 때문에 오후 늦은 시각이 되어서야 그랑 지역에 도착할 수 있었다.

  조그만 하천이 있고, 그 하천 너머로 올랭 군의 진지가 보인다.

할페이는 적의 기습에 대비하면서 야영 준비를 지시했다. 각지에 척후를 파견해 적의 유격전에 대비했으나, 그의 예상과 달리 적이 유격전을 전개할 징후는 전혀 보이질 않았다.

속속 들어오는 척후의 보고도 올랭 군이 다른 곳으로 이동하려는 징후가 전혀 없음을 보여주었다.

'좀, 이상한데. 올랭이 그리 멍청한 자가 아닌데, 이런 눈에 띄는 허술한 작전을 펼까?'

"하하하, 할페이, 올랭이 그대를 따라오려면 멀었나 보군. 그대가 적군의 장수였다면 내 고생을 꽤 했을 것이네."

"전하, 올랭이 그리 만만치 않은 장수인데, 그가 이렇게 나온다는 것이 좀……."

"할페이, 지나친 걱정도 일종의 병이라네. 올랭은 어차피 패하게 되어 있네. 열세인 상황에서 낙성당하느니 차라리 야전에서 장렬한 전사를 원하는 마음이 있을 것이네."

유스틴의 말대로 이리저리 생각을 해도 다른 책략이 있는 것으로 보이지는 않았다. 할페이는 자신의 염려가 기우에 불과하길 바랐다.

하천 건너편 진지에서 유스틴의 대군이 몰려와 진지를 구축하는 모습을 바라보던 올랭과 키리키슈, 그리고 하룬. 다섯 배가 넘는 규모에 혀를 내둘렀지만 불안하거나 위축되지는 않았다.

평야를 가득 메운 군막과 여기저기서 피어오르는 화톳불이 불야성을 만들었다.

"야습을 하는 것은 어떻겠습니까?"

"그럴 필요 없네, 하룬. 저쪽을 보게. 유난히 어둡지 않은가?"

"아, 그러네요, 올랭 장군님."

좌우측이 중앙에 비해 컴컴하다.

"아마 저곳에 야습을 대비한 요격부대가 대기하고 있을 거네. 할페이 정도면 야습을 충분히 대비하고 있을 테니까. 하하하!"

전투에서 상대의 빈틈을 찾거나, 상대를 속이는 묘책은 그리 대단한 발상을 요하는 것이 아니다.

상대방의 심리 상태를 이용하는 것이 가장 빈번하였고, 그 다음은 지형지물을 이용한 매복이나 기습 공격이었다.

만일 중앙과 좌우 양측 모두 밝았다면 올랭은 자신있게 야습을 시도했을까? 그건 또 별개의 일이다.

지금 상황도 실제로 적의 교묘한 안배일 수도 있다. 올랭 군으로 하여금 저런 밝기의 차이를 보여줌으로써 야습에 대한 걱정없이 편하게 쉬려는 계책일 수도 있다. 실제의 정확한 상황은 아무도 모르는 것이다.

올랭 군과 유스틴 군은 내일의 결전을 생각하며 하나둘 깊은 잠 속에 빠져들었다. 내일의 전투 결과나 자신들에 대한 운명은 아무도 모른다.

단지 지금 주어진 이 시간에 달콤한 잠을 누리는 것이 병사들에게 있어 가장 커다란 기쁨이었다.

어둠의 신이 서서히 물러나는 그랑 지역에 여명이 밝아오기 시작했다. 가벼운 새벽 산들바람이 잠에서 깬 병사들에게 싸늘한 기운을 안겨주었다.

히히힝! 푸르릉. 푸푸.

"서둘러라! 시간이 없다!"

전투준비를 지시하는 지휘관들의 외침이 곳곳에서 들려온다.

병사들은 군장을 다 꾸리고 난 뒤, 서둘러 아침 식사를 먹었다. 좀 답답할 정도로 배를 채우는 병사들.

일단 전투가 시작되면 언제 끝이 날지 아무도 모른다. 굶주린 상태에서 용감하게 싸운다는 것은 일정 시간까진 가능하겠지만 한계를 넘어서면 전투력이 급격히 떨어진다.

오전 9시경, 유스틴의 진영에서 사자가 올랭 군 진영을 찾아왔다.

"유스틴 전하께서는 올랭 장군께서 지금이라도 무기를 버리고 항복한다면 이전의 죄과는 모두 백지로 돌림은 물론이요, 발트 군 부사령관 직을 약속하셨습니다."

"사자는 나의 말을 분명히 전하거라. 왕의 뜻을 거역하고 왕을 유폐시킨 자가 옳은 자이더냐? 도대체 누가 누구에게 항복을 하라는 것인가? 지금이라도 유스틴이 무기를 버리고 항복한다면 내 목숨을 걸고 유레시안 국왕에게 유스틴 왕제의 사면을 요청할 것이라 이르거라."

사자는 안색을 일그러뜨리며 올랭 군 진영을 떠났다. 유스틴은 예상했다는 듯, 사자의 전언을 듣고 담담히 고개를 끄덕였다. 이제 남은 해결 방법은 전투밖에 없었다.

평소 인적이 드문 그랑 지역에 나팔소리가 크게 울려 퍼지기 시작했다.

유스틴은 휘장이 드리워져 있는 지휘소에 자리한 채, 병사들의 움직임과 적진 상황을 살펴보고 있었다.

올랭 군 진영의 움직임을 보니 결코 유스틴 군을 두려워하는 모습이 보이지 않았다. 유스틴은 가볍게 인상을 찡그렸다.

"할페이, 그대가 파악하기로 올랭의 병력은 많아야 일만 오륙천을 헤아린다고 했는데, 적의 움직임을 보니 담담하구먼."

"저들이 배수의 진을 치고 저희를 대적하는 것이 아니잖습니까. 대적하다 불리하면 도망칠 수도 있으니, 극단적인 움직임이 엿보이지 않을 수 있습니다."

"음, 그도 그렇겠구먼. 하지만 올랭, 두고 봐라. 그랑 지역에서 패하고 나면 네가 갈 수 있는 곳이 그리 많지 않을 것이다. 껄껄껄."

유스틴 군 지휘관들의 명령에 따라 병사들이 창과 방패를 손에 들고 전투 대열을 갖추기 시작했다.

사기를 북돋기 위해 여기저기서 큰 함성 소리가 터져 나온다. 병사들의 전의가 불타오르는 가운데 유스틴 군 대열이 먼저 움직이기 시작했다.

발트 내전의 2회전이 시작되었다.

"유스틴 전하께서 뒤에서 지켜보고 계신다. 우리 발트 선봉군 병사들아, 저 반역도당을 일거에 격퇴해 가장 큰 공을 세우도록 하자! 전군, 진격하라!"

선봉 삼만을 지휘하는 돌렌 장군이 큰 소리로 공격 명령을 하달했다.

수백 명씩 한 부대를 형성한 밀집 대형의 부대가 육중한 걸음 소리를 만들며 앞으로 진격하기 시작했다. 선봉 후미에 역시 중군 삼만이 준비를 다 갖춘 채 출격 준비를 기다리고 있었다.

허허벌판, 아무런 장애물이 보이지 않는 그랑 지역이라 유스틴 군은 아무 제지도 받지 않고 하천 가까이에 이르렀다.

올랭 군은 유스틴 군의 움직임을 예의 주시할 뿐, 그 자리에서 미동도 하지 않았다. 루카스의 작전대로 적이 속아 넘어가도록 약간의 전투를 치른 뒤, 퇴각을 시도할 것이다.

'허허, 병력의 열세를 감안해 수세를 취할 거면서 이곳엔 왜 나왔는가, 올랭.'

할페이가 속으로 너털웃음을 터뜨리며 지휘소에서 큰 깃발을 흔들자 선봉군 좌우에 있던 기병이 요란한 소리와 함께 적을 향해 돌진했다.

유스틴 군의 기병은 무서운 속도로 조그만 하천에 진입했다.

"발사 준비!"

예상대로 적이 공격 수순을 밟자 올랭은 궁병들로 하여금 발사 준비를 지시했다. 기병대 선두가 하천 중간을 건널 때쯤 올랭의 입에서 발사 명령이 하달되었다.

"발사!"

휘익! 휙! 휙!

활시위를 팽팽히 당기고 있던 궁병들이 일제히 45도 방향으로 화살을 발사하기 시작했다.

무서운 파공음과 함께 올랭 군의 화살이 하늘 높이 올라갔다. 일정 거리까지 올라간 화살이 급강하하며 무서운 속도로 달려오는 기병을 향해 꽂혔다.

"크윽!"

"으악!"

화살이 떨어지는 힘에 기병이 달려오는 속도가 결합되자 기병들은 화살을 막아낼 방도가 없었다. 견고한 갑옷과 심지어 방패들까지 화살의 힘을 견디지 못하고 관통되었다. 순식간에 수많은 피해가 발생했다.

유스틴 군의 기병은 이에 굴하지 않고 계속 박차를 가해 올랭 군의 화살 공격을 피해 하천을 건너는 데 성공했다.

두두두두! 두두두!

기다렸다는 듯 올랭 군의 좌우익에 있던 기병대가 출동했다.

"전투준비! 전투준비!"

유스틴 군 기병대장이 큰 소리로 적을 맞을 준비를 지시했다.

"공격하라!"

"야아아!"

우렁찬 말발굽 소리와 함께 기병들의 외침이 어우러지더니 쌍방의 기병대가 충돌했다. 양측 기병이 서로 공격을 가하며 교차했다.

워낙 수적 열세에 있던 올랭 군의 기병이라 적 기병의 기세를 일시 막는 역할로 끝이 났다. 한 차례씩 양측 기병이 교차할 때마다 올랭 군 기병대의 숫자가 현저히 줄어들었다.

서너 차례의 접전 후 올랭 군의 기병대는 거의 전멸되다시피 했다. 가로막힐 것 없는 유스틴의 기병이 다시 전열을 가다듬고 올랭 군 대열을 향해 돌진했다.

지축을 울리는 말발굽 소리에 올랭 군 병사들의 얼굴에 공포의 그림자가 깃든다.

육중한 군마가 중장기병과 하나가 되어 달려오는 모습을 보고 있자면, 일반 병사들의 공포를 나무라기 힘든 것도 사실이었다.

"창을 곧추세우고 달려오는 말을 노려라!"

올랭 군의 전방 지휘관들이 공격해 오는 기병을 노려보며 소리쳤다.

병사들은 창의 뒤쪽 끝을 땅바닥에 고정시키며 비스듬한 각도로 말의 몸통을 노렸다. 무서운 굉음과 함께 기병이 올랭 군을 덮쳤다.

"으악!"

"크윽!"

달리는 기세를 주체 못한 말들이 올랭 군의 창에 찔려 죽었으나 달리던 관성에 의해 올랭 군 병사들을 덮치며 선두 대열이 무너지며 큰 피해가 발생했다.

"자, 이제 때가 된 것 같소."

올랭은 하룬, 키리키슈와 눈빛을 교환한 후 각자의 지휘 장소로 이동했다. 약속에 의해 하룬이 휘하 병력을 이끌고 전선을 이탈하기 시작했다.

올랭과 키리키슈는 기병에 의해 흐트러진 전열을 갖춘 후, 돌렌의 선두 부대가 하천을 건너기 바로 전부터 전군 퇴각 명령을 하달했다.

중군과 함께 전진하며 전황을 살피던 할페이는 의외로 쉽게 무너지는 올랭 군을 바라보며 자신의 염려가 단지 기우에 불과했다고 여겼다.

"전하, 적이 후퇴하고 있습니다. 승기를 잡은 것 같습니다."

"할페이, 이번에 끝을 내야 하오. 슈튼 성을 함락시키고 올랭의 목을 베면 상황 끝이오."

"걱정하지 마십시오."

유스틴 군과 올랭 군의 쫓고 쫓기는 추격전이 전개되었다. 겉보기엔 무질서하게 후퇴하며 많은 피해가 속출된 듯 보였지만, 이미 사전에 작전을 수립한 올랭 군의 피해는 그리 심하지 않았다.

일찌감치 그랑 지역에서 퇴각한 올랭 군은 슈튼 성을 좌우로 우회해 그대로 지나쳐 버렸다.

유스틴과 할페이가 슈튼 성에 도착했을 무렵, 유스틴 군은 이미 슈튼 성에 대한 포위를 완료했다. 빈틈없이 포위된 슈튼 성을 바라보며 유스틴은 안도의 한숨을 내쉬었다.

비록 올랭은 도망쳤지만, 슈튼 성이 함락되면 그가 발트 내에 발 디딜 곳은 더 이상 없었다.

유스틴은 느긋이 앉아 향후 정국 구상을 시작했다. 우선 유레시안에 대한 처리가 가장 크고 미묘한 문제였다.

유스틴은 유레시안이 국민들에게 신뢰가 깊다는 것을 잘 알고 있었다. 그래서 유폐 사실을 감추고 있었다.

유스틴은 형 유레시안의 피를 원하지 않았다. 만일 유레시안이 왕위를 순순히 선양한다면 그와 그의 가족을 트로니아로 보내줄 용의도 있었다.

비록 유스틴이 힘의 역학적 관계를 내세워 타키온의 손을 들어주고 있었지만 그도 국제 정세를 전혀 모르는 것이 아니었다.

트로니아에게 밉보여야 좋을 것이 하나도 없었다. 때문에 팰트란 황제의 누이와 조카를 담보로 불가침조약이라도 맺어 놓을 생각이었다.

슈튼 성에 대한 유스틴 군의 공격이 시작되었다. 하룬은 몰려오는 유스틴 군을 바라보며 공격 명령을 내렸다.

사정거리에 들어선 유스틴 군 병사들의 머리 위로 무수히 많은 화살이 떨어져 그들의 목숨을 앗아갔다.

잠시 주춤거리는 유스틴 군이었지만 곧 전열을 가다듬고

병력의 우위를 앞세워 다시 공격을 퍼붓는다.

공성전에 있어 수비측이 유리하긴 하지만 전혀 피해가 발생하지 않는 것이 아니다. 슈튼 성 수비병들의 피해도 눈에 띄게 늘어났다.

날이 지고 다음날이 밝았다. 어제 오후부터 반복적으로 이어지는 유스틴 군의 공격에 하룬의 수비병은 한계에 도달했다.

동문이 무너졌다는 소식에 하룬은 눈앞이 캄캄해졌다.

'아, 이대로 끝이란 말인가.'

올랭과 키리키슈가 반격을 가할 때까지 슈튼 성 사수라는 임무를 맡았으나 달성하기 어려운 임무가 될 성싶었다.

마지막 옥쇄를 위해 전열을 가다듬던 하룬. 망루에 있던 병사가 큰 소리로 외쳤다.

"장군, 적이 갑자기 공격을 중지하고 물러서기 시작합니다!"

"뭐라고, 정말이냐?"

얼굴에 희색을 띠며 성 망루로 뛰어 올라가는 하룬. 병사의 말대로 유스틴 군이 우왕좌왕하며 성에서 멀어진다.

"하하하, 원군이 왔구나, 원군이 왔어."

하룬은 치열한 전투로 다 닳아빠진 갑옷을 걸친 채 그 자리에 풀썩 주저앉았다.

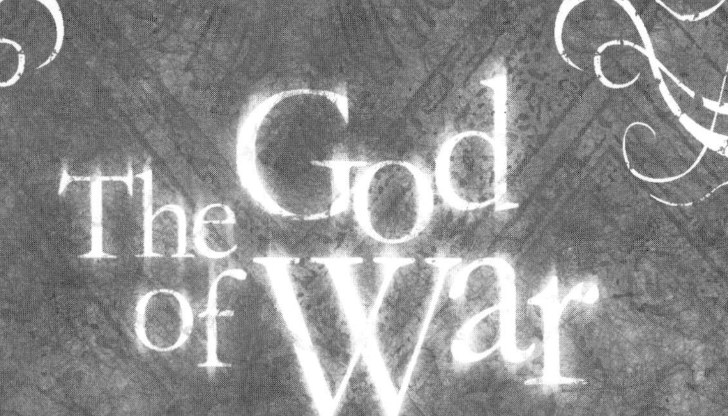

# The God of War

## CHAPTER 08

### 대단원(大團圓)

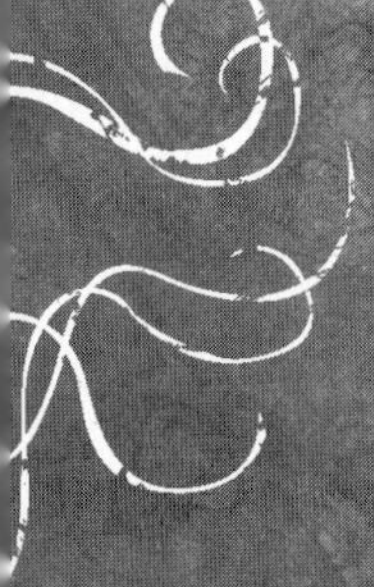

The God of War

**역**사는 필연적인 결과보다 우연을 통한 결과가 더 많다. 타키온 제국도 예외는 아니었다.

유스틴을 도와 발트 내전에 참전을 결정한 타키온 제국은 2로군 파병을 계기로 트로니아 연방 제국과 본격적인 전쟁에 돌입하게 되었다.

하지만 유스틴의 반군과 타키온 제국군은 루카스의 계략에 말려 울렌 평야에서 대패하고 발트에게 완전히 발을 떼게 되었다.

발트의 연방 가입으로 점점 탄력을 받는 트로니아 연방 제국. 펠트란과 루카스는 결코 서두르지 않았다. 달이 차면 기울 듯 타키온 제국은 더 이상 과거의 맹호가 아니었다.

베링의 쿠벨 왕은 내심 타키온이 트로니아를 상대로 대항마 역할을 해주길 기대했다. 그와 함께 외교적으로 타키온에게 힘을 실어주려 노력했으나 군부의 생각은 달랐다.

베링 군부의 핵심 요한슨 장군을 필두로 수뇌부에 있는 장수들은 타키온에 대해 감정이 좋질 않았다. 그들은 타키온보다는 전통의 맹방인 트로니아를 더 선호했다.

쿠벨 왕이 요한슨을 현역에서 축출했지만, 대다수 군부 실세들은 요한슨의 부하이거나 그와 깊은 친분을 맺고 있는 자들이라 그의 군부에 대한 영향력은 조금도 줄지 않았다.

루카스가 판단하기로, 만약 쿠벨 왕이 현 상황에서 더 무리수를 둔다면 베링 정부의 앞날이 깊은 안개 속에 빠져들 것이었다.

팰트란은 자신의 친필 서신을 비밀리에 요한슨 장군에게 보내 그의 협조를 구했다. 크게 기뻐한 요한슨은 트로니아의 일에 적극 협력하기로 굳게 약속을 했다.

*　　　*　　　*

대륙력 1786년, 트로니아 연방 제국군은 3년간의 전비 강화를 끝낸 후, 작정을 한 듯 대대적인 군사행동을 준비했다.

3군 병력 이십오만이 타키온의 서부 국경 요새 알펜 성 인근에 포진을 했고, 새로운 편제에 의해 4군 사령관으로 보직이 변경된 루이스 장군이 3군 후방에 주둔을 했다.

트로니아의 무력 시위에 타키온 제국민들의 심정은 그리 밝지 못했다.

특히 수도 앙카라의 주민들은 오랜 기간 전화에 휩싸인 적이 없던 터라 불안감이 더했다. 미개한 국민으로 여겼던 트로니아가 힘을 키워 문명국인 타키온을 위협한다는 사실이 믿기지 않는 듯, 그들은 하루빨리 드미트리 2세가 트로니아를 응징하길 바랐다.

그해 3월 중순, 트로니아 연방 제국 사신이 앙카라에 당도했다. 사신으로 온 로긴스 외무장관은 타키온의 홀대와 위협에도 아랑곳 않고 드미트리 2세를 만나 팰트란의 친서를 전달했다.

"안녕하십니까, 트로니아 연방제국의 외무장관 로긴스라 합니다."

"그대가 로긴스 경이구려. 얘기는 많이 들었소. 음, 트로니아의 팰트란 국왕도 잘 있겠지요?"

로긴스는 드미트리 2세의 무례에 순간 가슴속에 분노의 불길이 타올랐으나, 꾹 눌러 참았다.

"팰트란 황제 폐하께서 보내시는 친서가 여기 있습니다."

로긴스의 말에 여기저기서 무례한 놈이라고 욕설이 터져 나왔다. 그러나 눈 하나 깜빡이지 않는 로긴스.

드미트리 2세는 팰트란의 서한을 읽고는 얼굴색이 하얗게 변했다.

"뭐라, 나보고 트로니아 연방 제국에 가입하라고?"

드미트리 2세가 자리에서 벌떡 일어나 서신을 박박 찢어버렸다.

"펠트란 황제폐하께서는 더 이상 피 흘리는 것을 원하지 않습니다. 만일 타키온 제국이 트로니아 연방 제국에 가입한다면 드미트리 2세 폐하께서 지금 누리고 있는 모든 권한을 인정해 줄 뿐 아니라 영원한 동지로 받아들이겠다고 언급하셨습니다."

"여봐라, 저놈을 당장 끌어내 목을 치거라!"

"만일 타키온 제국이 트로니아 연방 제국의 권유를 받아들이지 않는다면 금년 5월 1일을 기해 타키온에 대한 전면적인 공격을 시작할 겁니다."

로긴스의 말이 끝나자 대전은 갑자기 침묵에 잠겼다. 그들은 서로의 얼굴을 바라보며 조금 전 트로니아의 사신이 한 말이 사실이지 확인을 했다.

심지어 드미트리 2세 역시 당황해 엉거주춤 선 자세에서 어떻게 말을 해야 할지 모르겠다는 듯 가만 서 있었다. 그만큼 로긴스가 언급한 말이 충격적이었다.

로긴스는 할 말을 다했다는 듯 대전을 걸어나갔다. 누구 하나 그를 막아서는 자가 없었다. 타키온 조정은 발칵 뒤집혔다. 5월 1일이면 그리 시간이 많지 않았다.

드미트리 2세는 몰트케와 앙카라의 저택에서 요양 중인 다이얀을 급히 호출했다. 한편 트로니아의 펠트란에게 서둘러 사신을 보내 생각할 시간을 달라 요청했다.

팰트란은 시간을 벌어보겠다는 드미트리 2세의 생각을 훤히 읽고 있었지만 순순히 그의 요구를 들어주었다. 그는 드미트리 2세에게 2개월의 시간을 주었다. 그리고 분명히 언급했다. 더 이상의 시간 연장은 없다고.

몰트케는 두 달의 시간을 확보하고 한시름 놓았다. 그는 다이얀과 함께 여러 경로를 통해 트로니아의 진의를 확인한 결과, 타키온과 진검 승부를 벌이려는 게 틀림없었다.

"군사, 우선 베링에 도움을 요청하는 것이 어떻겠소?"

"그건 안 될 말입니다. 쿠벨 왕이 돕겠다고 나서면 그날로 베링은 끝입니다. 베링 군부는 타키온에 대한 원한이 꽤 깊거든요."

"허어, 그럼 어떻게 해야 하오?"

"제 속마음을 알고 싶으십니까?"

몰트케가 고개를 끄덕였다.

"음, 어렵겠지만 폐하를 설득해서 트로니아 연방 제국에 가입하는 것이 가장 현명한 방법이라 생각합니다."

"군사! 그 무슨 농담을."

화를 벌컥 내는 몰트케.

다이얀은 창백한 얼굴로 화난 그의 얼굴을 뻔히 들여다보았다.

"장군, 그럼 우리가 무슨 수로 트로니아 연방 제국군을 상대할 수 있겠습니까. 장군과 저 다이얀이 열 명이 있어도 이 난국을 타개할 수 없습니다."

"끄응."

다이얀의 말뜻을 잘 알고 있지만, 군인으로서 항복하자는 다이얀의 말에 노기를 가라앉히기 어려운 몰트케였다.

두 사람은 아무 말 않고 창밖의 파란 잎이 무성한 나뭇가지만 쳐다보고 있었다.

2개월이란 시간이 길면 긴 시간이었지만, 해결 방법이 막연할 때의 2개월은 그리 길게 느껴지지 않는 법이다. 지금 타키온이 바로 그랬다.

타키온은 다시 트로니아에 사신을 보내 생각할 시간을 더 달라 요청했으나 펠트란은 냉정하게 이 요청을 거부했다.

어쩔 수 없이 타키온은 현재의 전력으로 트로니아 연방 제국군을 맞서 싸우느냐, 아니면 저들의 권유를 받아들여 트로니아 연방 제국에 가입하느냐 두 가지의 길을 남겨놓았다.

어전 회의에서 갑론을박 격렬한 쟁론을 벌인 끝에 트로니아와 한판 승부를 벌이는 것으로 결론이 났다. 이대로 손들고 주저앉기에는 도무지 자존심이 허락하질 않았다.

드미트리 2세는 전권을 몰트케 사령관에게 넘겨주었다. 전권을 받은 몰트케, 다이얀이 했던 말이 귓가를 떠나지 않았다.


"상대할 수 없는 전력 차이가 나는데 싸우는 건 바보들이나 하는 것이다."


*　　　　*　　　　*

운명의 5월 1일이 당도했다. 트로니아 군은 선전포고한 대로 북부, 남부, 서부 세 방면으로 타키온 국경을 돌파했다.

파죽지세의 기세에 국경 요새들이 5일 만에 다 함락되는 치욕을 겪은 타키온 제국. 거듭된 패배로 앙카라에서 하룻길인 레탄 강가에 진을 구축했다. 이곳이 타키온의 마지막 방어선이 될 것이었다. 이곳마저 뚫리면 타키온은 끝이다.

몰트케는 다이얀의 진지 구축과 때를 맞춰 드미트리 2세를 찾았다. 연속된 패배 소식에 크게 낙담한 황제는 초췌한 표정으로 집무실에 앉아 몰트케를 바라보았다.

"폐하!"

"자자, 되었소. 어서 자리에 앉도록 하시오."

황제의 말에 더 송구스런 마음이 드는 몰트케. 얼굴을 쳐들기가 어렵다.

"사령관, 내 오늘 옛 생각을 하다 갑자기 안톤 재상이 떠오르는 것이 아니겠소."

황제의 얼굴에 환한 웃음꽃이 핀다.

"대략 20년 전인 것 같소만, 우리 세 사람이 모여 나누던 대화가 생각나시오?"

"발키아 제국의 내분으로 군비를 강화하자던 내용이 생각나긴 하는데……."

"허허, 그때 트로니아의 왕자였던 펠트란을 귀환시키기로 결정했을 때 안톤 재상이 이렇게 말했었지요. 트로니아의 왕자를 보내지 말라고. 보내면 문제가 클 것이라 말이오."

"아, 이제야 생각이 납니다."

당시 생각이 떠오르자 얼굴이 화끈 달아오른다. 당시 트로니아의 왕자를 보내줘도 아무 문제 없을 것이라 호언장담했던 사람이 바로 자신이었기 때문이다.

"사령관, 괜히 자책할 필요도, 부끄러워할 필요도 없소. 그때가 지금부터 20년 전이오. 그 당시 그대와 나, 다 혈기 왕성할 때였고 자신감이 넘쳐흐를 때였소. 지금 와서 그 일을 생각하니 감회가 새로워 말을 꺼낸 것이오."

"말씀을 하시니 새삼스레 안톤 재상이 그립습니다."

"그래봐야 이미 떠나간 사람. 무슨 일로 나를 찾았소?"

"말씀드리기 송구하오나, 다이얀 군사가 탁말 전투에서 패한 후 레탄 강가에 진을 치고 마지막 방어선을 구축한다 합니다."

"천하의 다이얀도 방법이 없구려."

"소장이 너무 무능해 벌어진 일입니다. 소장을 벌해주시기 바랍니다."

"사령관, 그 무슨 말이오. 내 그런 뜻으로 한 말이 아니니 괜한 오해는 하지 마시오. 그래, 상황은 어떻소?"

"다이얀 군사의 전령에 의하면 루카스가 이끌고 오는 적 병력이 육십만에 가깝다고 합니다."

드미트리 2세는 아무 말 없이 머리를 들어 창밖을 내다보았다. 육십만이란 숫자가 무서워 그런 것은 아니었다. 타키온도 육십만 대군을 보유하고 있다.

그러나 문제는 단일 작전에 육십만을 투입할 정도로 커버린 트로니아에 질린 것이다. 북부의 1로군과 남부의 3로군은 또 다른 적을 방어하느라 한 치도 움직일 수 없다. 다가오는 트로니아의 위협에 더욱 분하고 더욱 슬퍼지는 드미트리 2세였다.

"폐하, 그래서 이번엔 소신 역시 수도방위군을 이끌고 레탄 강으로 출정하려 합니다. 이기든 지든 그곳에서 결말을 볼 것입니다."

드미트리 2세는 강건한 어조로 마지막 출정 의사를 밝히는 충신 몰트케의 얼굴을 가만 내려다보았다. 젊은 시절 용맹무쌍하게 전쟁터를 누비던 그도 얼굴 곳곳에 생긴 주름을 막을 수가 없었다. 흐르는 세월을 막을 수 있는 사람은 아무도 없었다.

"사령관, 만일 말이오, 물론 이런 상황이 벌어져서는 안 되지만, 다이얀과 그대가 패한다면 타키온은 어떻게 되는 것이오?"

"폐하, 절대 그럴 일은 없을 겁니다. 아무 염려 마시기 바랍니다. 이 몰트케가 살아 있는 동안 절대 그런 일은 없을 겁니다."

몰트케의 두 눈에 눈물이 방울방울 맺혔다. 이를 보던 드미트리 2세 역시 눈물을 흘리며 가만 몰트케의 손을 잡았다.

　　　　　*　　　　　*　　　　　*

　깊은 심호흡을 내뱉은 후 몰트케는 자신의 막사를 나섰다. 하늘을 보니 날이 맑아오면서 비가 거의 멈춰갔다. 그간 격렬하게 물결치던 레탄 강 역시 물결이 가라앉으며 유량이 줄기 시작했다.

　곧 트로니아 대군의 공격이 시작될 것이다.

　"자, 각자 진지로 돌아가 적을 맞이할 준비를 합시다. 하늘이 주신 몸을 되돌려 줄 시간이 된 모양이오. 우리는 이렇게 가나 훗날 사람들은 우리의 충절을 두고두고 찬미할 것이오."

　"걱정 마십시오. 저희 역시 타키온의 부끄럽지 않은 장수가 되도록 최선을 다하겠습니다."

　몰트케는 장수들의 어깨를 하나하나 다독이며 서로의 무운을 빌어주었다.

　몰트케는 다이얀을 찾아갔다. 그는 갑옷을 입은 다이얀의 모습을 오늘 처음 보게 되었다. 하얀 갑옷에 하얀 투구를 쓴 다이얀은 인세의 무장이라기보단 하늘에서 내려온 천군 같은 모습을 하고 있었다.

　"허허, 멋지구려."

　"놀리지 마십시오. 군사 다이얀이 아니라 무장 다이얀으로 마지막을 맞이하고 싶습니다."

　다이얀에게 이 자리를 떠나라 권고하기 위해 왔으나 그의 태도를 보고 끝내 그 말을 입밖에 꺼내지 못하는 몰트케.

다이얀과 몰트케는 본진 지휘소로 자리를 옮겼다. 몰트케와 함께 가는 장수가 바로 다이얀이라는 소식이 온 진중에 퍼지며 병사들 사기가 급격히 올랐다.

타키온 군이 전열을 갖추고 있을 무렵 트로니아 연방 제국군도 도하를 시작, 이미 교두보를 확보한 헤인세 장군의 인도를 받으며 전열을 갖추기 시작했다.

도하를 마친 트로니아 군의 진영을 바라보던 타키온 군 병사들은 아연실색해 벌린 입을 다물지 못했다. 정말 엄청난 규모였다. 이런 대규모의 진영을 처음 보는 타키온 병사들은 전율에 몸을 떨며 곧 벌어질 전투를 기다렸다.

전투가 시작되었다. 타키온 군은 전력의 열세에도 불구하고 최선을 다해 싸웠다. 마지막이라는 심정으로 배수의 진을 치고 트로니아 연방 제국군을 맞이해 싸우는 그들은 최후의 일인까지 물러서지 않고 싸웠다.

몰리고 몰리던 타키온 군. 갑자기 요란한 함성 소리가 울려 퍼졌다.

전차 한 대가 앞으로 나왔다. 전차 위에는 타키온의 신화 다이얀이 늠름한 모습으로 창을 들고 있었고, 그 옆에 몰트케 사령관이 전차를 몰고 있었다.

"자, 공격하라!"

몰트케가 큰 소리로 외치며 트로니아 연방 제국군의 중앙을 향해 진격하기 시작했다.

타키온 군은 어떤 특별한 목적이 없었다. 그저 마지막을 화려하게 장식하고 싶었을 뿐이다.

화살이 빗발치듯 타키온 군을 향해 쏟아졌다. 다이얀은 창을 높이 쳐들고 환한 웃음을 짓고 있었다. 직접 창을 휘두르지는 않았지만 그의 이런 모습은 타키온 군에게 무한한 용기와 힘을 주었다.

일방적인 도살이 자행되었다. 타키온 군은 그러나 끝까지 저항했다.

일군을 형성했던 타키온 군 대열이 거의 전멸에 가까운 피해를 입자 트로니아 연방 제국군 병사들은 점점 몰트케와 다이얀이 타고 있는 전차 주위로 몰려들었다.

"다이얀 군사, 우리 좋은 세상에서 다시 만나도록 합시다."

"하하, 좋습니다."

몰트케와 다이얀은 뜨거운 눈빛을 교환했다. 몰트케는 굳게 잡고 있던 다이얀의 손을 놓고 전차에서 내렸다. 그는 주변에 있던 병사에게 다이얀의 전차를 몰게 했다.

"타키온의 영광을 위하여, 나를 따르라!"

몰트케는 남은 병사들을 이끌고 마지막 진격을 시작했다.

"커억!"

격전을 치르던 몰트케, 자신의 가슴에 깊게 박힌 트로니아 병사의 창을 바라보며 서서히 앞으로 쓰러졌다.

"적장의 목을 베었다!"

몰트케의 목을 베어 든 병사가 큰 소리로 타키온 군 사령관의 죽음을 알렸다.

몰트게의 죽음에도 불구하고 다이얀은 트로니아 연방 제
국군 진영 깊숙한 지점까지 진격해 들어왔다. 주위를 둘러보
던 다이얀. 타키온 군 병사들은 몇 안 되었다. 그때 몰트케의
죽음을 알리는 함성이 다이얀의 귀에 선명히 들려왔다.

'하하, 먼저 가셨구려. 내 곧 뒤따라가리다.'

적진을 바라보던 다이얀의 시선이 한곳에서 딱 멈추었다.
무표정한 시선으로 자신을 바라보는 한 인물. 비록 통성명을
하진 않았지만 두 사람은 상대의 정체를 한눈에 알아차렸다.

한동안 서로를 바라보던 두 사람. 다이얀이 입가에 묘한 미
소를 지었다. 그러나 루카스는 예의 무표정한 얼굴로 다이얀
을 묵묵히 바라볼 뿐이었다.

루카스가 오른 손을 높이 쳐들었다.

다이얀을 포위하고 있던 트로니아 병사들이 활시위를 당
기며 다이얀을 겨누었다.

여전히 웃는 얼굴로 루카스에게 고개를 끄덕이며 감사의
뜻을 표하는 다이얀.

루카스의 손이 아래로 떨어졌다. 병사들이 활시위를 놓으
며 날카로운 화살이 다이얀을 향해 날아갔다.

휙! 휙!

푸욱. 퍼억!

"으윽!"

순식간에 다이얀의 몸이 고슴도치가 되어버렸다. 입가로

피를 흘리며 죽어간 다이얀. 마지막까지 입가에 그린 미소를 잃지 않았다. 타키온의 일대 거성 다이얀은 이렇게 가버렸다.

루카스는 천천히 다이얀이 있는 전차로 다가갔다. 전차 위에 있던 그의 몸을 바닥에 눕힌 루카스, 그의 몸에 박혀 있는 화살을 하나하나 손수 뽑았다. 그리고 자신의 갑옷을 벗어 다이얀의 몸을 덮어주었다.

"잘 가게, 다이얀."

루카스는 처음 보는 다이얀의 아름다운 얼굴을 바라보며 나직이 읊조렸다.

앙카라에 있던 드미트리 2세는 몰트케와 다이얀의 전사 소식을 보고받았다. 타키온 군은 회복할 수 없는 대패를 당했고, 루카스가 이끄는 트로니아 연방 제국군이 앙카라를 향해 진군해 오고 있다는 소식도 곧 알려졌다.

앙카라의 주민들은 트로니아 군이 몰려오고 있다는 소식을 듣고 큰 혼란에 빠져들었다. 피난을 가려는 사람, 끝까지 항전을 해야 한다고 주장하는 사람, 항복하는 것이 상책이라 주장하는 사람 등 여러 사람이 여러 의견을 제시했다.

앙카라를 하루 남겨둔 지점에 이르렀을 때 루카스에게 드미트리 2세의 사신이 찾아왔다. 사신은 루카스에게 드미트리 2세의 친서를 전달했고 루카스는 그 자리에서 답신을 전달했다.

그날 저녁, 트로니아 연방 제국군 장수들이 루카스의 막사에 집결했다.

"다들 알고 있겠지만, 오늘 드미트리 2세의 사신이 왔었소. 그의 생각은……."

장수들이 침을 꿀꺽 삼키며 루카스의 입을 쳐다보았다.

"타키온 역시 트로니아 연방 제국의 일원이 되고 싶다는 거였소."

"와아아아!"

장수들이 환호성을 내질렀고, 루카스도 엄숙한 표정을 풀고 간만에 환한 미소를 떠올렸다.

타키온의 항복이나 다름없는 트로니아 연방 제국 가입 소식이 알려지자 기다렸다는 듯 인타와 베링 양국이 사신을 보내 연방 제국에의 가입 의사를 알려왔다.

루카스는 병사들을 앙카라 인근 지역에 주둔시킨 후 일부 병사들을 이끌고 타키온 수도 앙카라에 입성했다.

개선문을 통과하는 루카스 일행을 따듯하게 맞이한 앙카라 주민. 전쟁 없는 화평한 세월. 이들이 진정으로 바라 마지 않던 소망이 이루어진 것이다.

앙카라의 황궁에 도착하자 타키온의 대소 관료들이 웬 젊은이를 하나 데리고 나와 루카스를 영접했다.

"환영합니다, 루카스 경. 저는 타키온의 듀프러스 왕입니다."

"뭐라고요?"

화들짝 놀라며 반문하는 루카스. 드미트리 2세가 언제 하야했단 말인가.

“드미트리 2세께선?”

“선황께선 연방 제국 가입을 공표하던 날 자결하셨습니다. 유언으로 연방 제국의 일원으로 최선을 다하라는 말씀을 남기셨습니다.”

그제야 루카스는 이들 가슴에 검은 천 조각이 달려 있는 것을 보았다. 타키온의 드미트리 2세는 오욕의 순간을 살아서 맞이할 수 없었다. 그는 인생의 모든 번뇌와 고민을 죽음으로 해결했다.

타키온의 연방 편입 작업은 빠르게 진행되었다. 팰트란 황제는 타키온의 가입 소식을 듣고 너무 기뻤다. 이제 북부 대륙은 하나가 되었다.

율리시안 대륙에 크롬 제국 이후 또 하나의 거대 제국이 탄생했다.

팰트란은 황제의 칙사를 앙카라에 보내 타키온의 신하들과 드미트리 2세 일족에 대해 어떤 처벌도 내리지 않을 것을 약속했다.

그리고 다음해 1월 팰트란은 직접 앙카라를 찾았다. 어린 시절 볼모로 수학하던 팰트란이라 앙카라에 남다른 감회가 있었다.

주민들의 열렬한 환영을 받으며 앙카라에 입성한 팰트란. 타키온 국왕 듀프러스에게 타키온 국왕으로서의 자격을 인정해 주며 타키온 지역에 대한 선정을 부탁했다.

또 하나 팰트란에게 뜻 깊은 만남이 있었으니, 그것은 팰트

란에게 바실리스와 루카스 부자를 소개시켜 준 과거 아카데
미 교장과의 만남이었다.

　이미 고희에 접어든 교장은 자택에서 편안한 노후 생활을
즐기고 있었다. 그는 펠트란이 친히 찾아오자 그를 크게 반겼
다.

　"허허허, 결국 심원의 목표를 달성하셨군요."

　"이게 다 교장님 덕분입니다. 저에게 올바른 이상을 심어
주었고, 저에게 세상에 둘도 없는 신하를 소개시켜 주었기 때
문에 오늘의 저와 트로니아 연방 제국이 있었습니다."

　"아닙니다. 이 세상에 이론으로 해박한 사람들은 많습니
다. 그러나 마음으로 이것을 깨달은 사람은 그리 많지 않지
요. 전 폐하를 믿고 있었습니다."

　교장은 젊은 시절 타키온에서 명성을 날린 정치 학자였다.
드미트리 2세의 선황 시절 정부의 요직을 맡으며 큰 활약을
했다.

　그러나 호전적인 성격의 드미트리 2세가 등극한 후 교장과
황제는 사사건건 의견 대립을 일으키다 대륙의 현자라는 안
톤이 등장하면서 교장은 정치일선에서 물러나게 되었다.

　소외감을 느낀 교장은 황실 아카데미 교장이 되었고, 그는
펠트란이라는 소국의 왕자를 눈여겨보았다. 그는 펠트란이
장차 드미트리 2세와 안톤을 능가하길 바랐고, 마침내 그 염
원이 이루어진 것이었다.

　펠트란은 대대적으로 행정구역을 개편했다. 그는 북부 대

륙을 11개의 행정구역으로 재편했다. 그리고 트로니아 연방 제국 수도를 코린트에서 유캐슬로 천도했다. 대륙 남부에 가까운 곳에 위치한 유캐슬, 팰트란 황제의 다음 행보를 엿볼 수 있는 대목이었다.

팰트란은 대외에 천명한 대로 각 왕국과 자치구는 군사권과 세제를 제외한 모든 권리를 과거처럼 행사할 수 있었다.

원탁 회의라 칭한 회의는 2년에 한 번씩 유캐슬에서 개최되었고 트로니아 연방 제국에 큰 사건이 있을 때마다 비정기적으로 회의가 소집되었다.

팰트란은 노령으로 은퇴한 하인츠의 후임으로 루카스 카라티노스를 트로니아 연방 제국군 총사령관에 임명했다.

이제 트로니아 연방 제국군은 전력을 다할 때 총 백칠십만 명에 달하는 병력을 동원할 수 있었다.

다음 해 대륙 남부의 젠다 왕국과 푸롱 왕국이 트로니아 연방 제국에 가입했다. 이로써 트로니아 연방 제국은 대륙 남부에 중요한 교두보를 확보했다.

연이어 로센과 아센 왕국이 손을 들고 가입하자 대륙 통일을 가로막는 나라는 팔랑가스 제국과 크리타스 제국이었다.

5년 뒤 팔랑가스 제국에 대한 본격적인 공격이 시작되었다. 황자의 난 이후 루카스와 제이크 형제가 다시 맞붙었다.

제이크는 과연 대단한 인물이었다. 전력의 열세에도 불구하고 끝까지 루카스를 괴롭혀 장장 3년이란 시간을 소비하게 했다.

라이런 평야에서 팔랑가스의 마지막 저항을 물리친 루카스. 제이크가 전사하며 팔랑가스 제국의 운명은 사실상 끝이 났다.

팔랑가스 제국 황제는 항복하라는 제이크의 유언에도 불구하고 끝까지 항전하다 일족의 멸문이라는 최악의 사태를 맞으며 역사의 뒤안길로 사라졌다.

율리시안 대륙에서 트로니아 연방 제국을 상대로 대항하는 나라는 크리타스 제국 하나만 남게 되었다.

크리타스는 크레져를 제국 원수로 임명해 맞서게 했으나 전력에서 도저히 연방 제국의 상대가 될 수 없었다. 과거 팔랑가스 제국을 상대로 큰 승리를 거뒀던 크레져는 난전 중에 전사하고, 미하일 황태자가 직접 병력을 이끌고 최후의 항전을 거듭했으나 펠트란의 손에 목숨을 잃음으로써 크리타스 제국 역시 멸망하고 말았다.

펠트란의 나이 55세. 어린 나이에 왕위에 올라 37년의 세월이 흐른 뒤 마침내 대륙 통일이라는 위대한 과업을 달성했다.

펠트란은 대륙 통일을 이룩한 뒤 통일 제국의 초대 황제로 15년간 재직하다 세상을 떠났다. 펠트란은 연방 국가와 연방주의 화합과 협력에 모든 힘을 쏟았다.

펠트란은 완전한 제도는 없지만, 불합리적이고 불공평한 부분을 없애는 길만이 여러 이질적인 통일 정부를 이끌어가는 지름길이라 굳게 믿고 이를 실천했다.

　어떤 체재도, 어떤 규정도, 어떤 규칙도, 그것을 누가 해석하고 관리하느냐에 따라 판이하게 다른 결과가 나온다. 위정자들은 치리(治理)를 행함에 있어 이를 반드시 명심해야 한다. 역지사지(易地思之), 정책의 공포, 실행에 앞서 반드시 당하는 자의 입장에서 생각하고 또 생각하라.


팰트란 대제의 치국론(治國論) 서언에서 발췌.


『군신』 5권 完

# 초등학생이 반드시 읽어야 할 좋은 책 49권

각 학년별로 초등학생이 반드시 읽어야할 좋은 책을
선정하여 통합논술의 기본이 되는 '올바른 독서법'을
일깨워 줍니다.

## 교과서와 함께하는
## 초등학교 통합논술

초등1학년 | 값 12,000원 | 초등2학년 | 값 9,500원 | 초등3학년 | 값 11,000원 | 초등4학년 | 값 9,500원 | 초등5학년 | 값 9,500원 | 초등6학년 | 값 11,000원

### ♣ 혼자 할 수 있어요.

엄마가 책 읽는 방법을 가르쳐 주어도 좋아요.
독서지도하는 선생님이 가르쳐 주어도 좋답니다.
"초등 교과서와 함께하는 **통합논술 시리즈**"는
아이 스스로 독서할 수 있도록 꾸며진 책이에요.
엄마와 선생님은 요령만 가르쳐 주시면 된답니다.

### ♣ 교과서의 중요한 내용이 총정리되어 있어요.

각 학년별로 중요한 교과 내용이 함께 수록되어 있어요.
초등학생은 교과서 내용을 충실하게 공부해야 합니다.
아울러 그와 병행한 독서가 대단히 중요하지요.
"초등 교과서와 함께하는 **통합논술 시리즈**"는
두가지 방법 모두 알려준답니다.

### ♣ 이 책은 훌륭하신 선생님들이 함께 쓰신 책이랍니다.

동화작가 선생님들이 쓰셨어요. 소설가 선생님도 쓰셨답니다.
국어 논술독서지도 선생님들도 함께 쓰셨지요.
"초등 교과서와 함께하는 **통합논술 시리즈**"는
엄마의 마음으로 모든 선생님들이 함께 꾸민 책이랍니다.

# 입소문을 통해 아는 분은 다 알고 계십니다!
# 올 한해 공인중개사 최고의 화제작!

1~2권 합본 | 이용훈 지음
3~4권 합본 | 이용훈 지음
5~6권 합본 | 이용훈 지음
용어해설 | 이용훈 지음

## 수험생 기본 필독서
# 만화 공인중개사

### 제목 : 만화공인중개사 쓰신 분에게 감사드립니다.

학원을 두 달 다녔어요. 근데 과연 그 숫자 외우기 그런 게 몇 문제나 나올까 생각을 했어요.
아니라는 생각이 드네요. 학원강의를 뒤로하고 서점을 갔어요. 내 머리에 가장 이해될 수 있는
책이 없나 하구요. 거기서 만화를 발견했어요. 무조건 세 번 봤어요. 3개월 걸렸어요. 문제집을 보라고
했는데 그건 시행을 못했어요. 근데 합격을 했네요.
어떻게 감사의 말을 해야 될지……
도서관에서 만화책 들고 다니니까 사람들이 비웃더라구요. 만화책으로 공인중개사를 공부한다고
미친 사람처럼 보더라구요. 근데 그거 다 감수하고 했던 내가 자랑스럽습니다.
어떻게 감사의 말을 해야 할지… 정말 감사합니다.
부디 행복하세요. 제 나이 41살에 좋은 스승을 만난 것 같습니다.
엎드려 감사드립니다.

－본사 홈페이지에 독자분이 올린 메일 中 에서 발췌－